아침은 초콜릿

아침은 초콜릿

패멜라 무어

허진 옮김

청미래

CHOCOLATES FOR BREAKFAST

by Pamela Moore

역자 허진(許辰)

서강대학교 영어영문학과와 이화여자대학교 통번역대학원 번역학과를 졸업했다. 옮긴 책으로는 『런던 필즈』, 『택시』, 『미라마르』, 『체 게바라, 혁명적 인간』(공역), 『빌라도의 아내』, 『지하실의 검은 표범』, 『델프트 이야기』, 『레니 리펜슈탈, 금지된 열정』, 『우리는 어떻게 포스트 휴먼이 되었는가』 등이 있다.

편집_교정 권은희(權恩喜)

아침은 초콜릿

저자 / 패멀라 무어
역자 / 허진
발행처 / 도서출판 청미래
발행인 / 김실
주소 / 서울시 마포구 월드컵로 31(합정동 426-7)
전화 / 02 · 739 · 1661
팩시밀리 / 02 · 723 · 4591
홈페이지 / www.cheongmirae.co.kr
전자우편 / cheongmirae@hotmail.com
등록번호 / 1-2623
등록일 / 2000. 1. 18
초판 1쇄 발행일 / 2015. 1. 20

값 / 뒤표지에 쓰여 있음
ISBN 978-89-86836-56-1 03840

이 도서의 국립중앙도서관 출판예정도서목록(CIP)은 서지정보유통지원시스템 홈페이지(http://seoji.nl.go.kr)와 국가자료공동목록시스템(http://www.nl.go.kr/kolisnet)에서 이용하실 수 있습니다.(CIP제어번호: CIP2015000485)

1

스케이스브룩 홀에서 봄은 분명 일 년 중 가장 아름다운 계절이었다. 모든 졸업생들은 네모난 안뜰에 핀 사과 꽃, 시냇가에 자란 길고 싱그러운 풀들, 교칙 위반이지만 저녁 자습시간 전에 몰래 마실 콜라를 차갑게 식혀주는 냇물을 떠올리며 그렇게 말했다. 봄이면 너무 큰 스웨터와 거기에 어울리는 파란색 치마, 질긴 옥스퍼드화들은 집으로 보내지고, 봄 교복인 파란색 원피스와 구두 등 부분에 색깔이 다른 가죽을 씌운 옥스퍼드화로 바뀌었다. 스케이스브룩은 60년 전에 영국 공립학교를 흉내내서 세워진 학교로, 들보가 높다란 건물들에는 어둡고 묵직한 전통이 서려 있었다. 이제 공부와 실내 농구로 창백해진 학생들의 안색이 때 이른 선탠으로 짙어지는 시기였고, 운동장을 걸어다니거나 그늘진 뜰에서 무리를 지어 웃고 있는 학생들은 말쑥하고 건강해 보였다.

코트니 패럴의 기숙사 방 창문은 푸릇푸릇한 코네티컷의 봄을 향해 열려 있었고 코트니의 룸메이트 재닛 파커는 옷을 벗고 침대 위 사각형 모양으로 내리쬐는 햇볕 속에 누워 있었다. 코트니는 검은 머리에 날씬한 열다섯 살 소녀로, 피부는 하얗고 아일랜드계답게 혈색이 좋았다. 초록색에 가까운 눈동자는 햇빛을 받으면 더 짙어졌다. 크고 반항적인 눈에는 열다섯 살 소녀가 알아서는 안 될 차가움이 어려 있었다. 이미 아이다운 둥글둥글함을 잃은 얼굴은 자신이 번역한 카이사르의 글을 보면서 골똘히 생각에 잠겨 있었기 때문에 각진 턱이 약간 튀어나와 특유의 반항심과 결단력을 드러냈다.

부드러운 오후가 창문을 타넘어 들어오더니 코트니 옆 침대로 올라와서 몸을 웅크렸고, 계절이 공부를 방해했기 때문에 코트니는 깊은 한숨을 쉬었다. 코트니는 교과서를 내려놓고 라틴어 사전을 덮었다. 그런 다음 침대 옆 양철 상자에서 바나나를 꺼내어 재닛에게 던져주고 자기 것도 하나 꺼내서 껍질을 벗겼다.

"정말 여유롭다." 코트니가 말했다. "난 방학 직후의 학교가 제일 좋더라."

"난 항상 싫은데." 재닛이 말했다. "특히 방학이 끝난 뒤에는 말이야. 이번 봄방학은 정말 즐거웠어." 재닛이 생각에 잠겨서 이렇게 말하더니 룸메이트 쪽으로 고개를 돌렸다. "너도 방학 재밌게 보냈지? 그러니까, 엄마랑 플라자 호텔에 묵거나 했을 거 아니야." 그녀가 씩 웃었다. "며칠 늦어지긴 했지만."

"아, 뭐 상관없어." 코트니가 바나나를 한입 가득 우물거리며 말했다. "엄마는 엄청 화를 내면서 전부 아빠 탓으로 돌렸지만. 방학 때는 아빠가 버진아일랜드에서 돌아오실 줄 알았대. 물론 아빠는 나한테 긴 편지를 보내서 자기 휴가가 아직 일주일 남아 있다는 사실을 엄마도 아는 줄 알았다고 했어. 뭐 그런 거 있잖아, 휴가 때도 출판 일에 파묻혀 있다는 둥, 그래서 휴식이 필요했다는 둥 그런 거지. 마침 엄마는 촬영 중인 영화가 없었거든. 그래서 영화사에서 엄마를 바로 보내줬어. 방학 중에 이틀이나 학교에서 허비했다고 엄마는 화를 냈지만 난 뭐 괜찮았어."

"그럼 넌 도대체 뭐가 불만이야? 내가 보기엔 잘 지낸 것 같은데. 스케이스브룩에 비하면 플라자 호텔이 훨씬 낫잖아."

"글쎄." 코트니가 말했다. "그냥 부담스러워서 그래. 예전엔 엄마랑 정말 친했는데, 지금은 안 그런데도 친한 척해야 되거든." 코트니가 갑자기 재닛을 향해서 고개를 돌렸다. "재닛, 우리는 왜 항상 부모님한테 이런저런 척을 해야 하는 걸까?"

"아아, 나도 모르지. 아마도 자기 방어가 아닐까? 내가 남자애들이랑 어울리면서 가끔 취할 정도로 술을 마신다는 사실을 우리 아빠가 알면 아마 날 죽일걸. 부모님의 화를 돋우지 않으려고 그런 척하는 습관이 생겼나봐. 잘 모르겠다. 넌 이상한 질문만 해."

코트니는 이 대답에 만족하기로 했고, 두 사람은 다시 조용해졌다.

"아, 그런데 말이야." 재닛이 침묵을 깨고 말했다. "깜빡 잊고 말 안 했는데, 너 일광욕하러 간 사이에 로즌 선생님이 왔었어. 용건이 있다면서 널 만나고 싶다고 하시던데?"

코트니가 갑자기 관심을 보이며 시선을 들었다.

"무슨 일인지 말씀하셨어?"

"안 물어봤는데."

재닛이 바나나 껍질을 방 저편 쓰레기통으로 던졌다. 그런 다음 거울을 집어들고 눈썹을 뽑기 시작했다. 열여섯 살인 재닛은 즉흥적이고 유쾌하고 보통 화장이 너무 짙기는 했지만 매력적이었고, 그리고 나이를 불문하고 모든 여자들의 미움을 샀다. 립스틱과 모피가 금지된 스케이스브룩에서 재닛은 안 예뻐 보이려고 열심히 애를 쓰면서 구겨진 교복을 입고 겨우 아침 복장 검사를 통과할 정도로 더러운 신발을 신고 다녔다. 하지만 뉴욕에서 사교계 데뷔 전 파티와 나이트클럽들을 순회하고 막 돌아온 재닛은 별 생각 없이 눈썹을 뽑고 있었다.

"난 너랑 선생님 사이가 별로 마음에 안 들어." 재닛이 말을 이었다. "있잖아, 점심시간 전에 앨버츠랑 클라크네 방에 갔었는데 둘이서 너랑 로즌 선생님 얘기를 하더라. 나도 한참 전부터 너한테 선생님 얘기를 좀 할 생각이었어. 일단 몸부터 좀 풀어야겠다. 바나나 하나 더 먹든지 하면서 단단히 준비하고 있어."

코트니는 룸메이트가 봄 햇살 속에서 나른하게 몸을 쭉 펴고 팔을 돌려 등 뒤에 받쳐둔 베개를 감싼 다음 다리를 꼬고 몸을 수축시켰다가 이완시키는 모습을 보았다. 아주 젊은 사람만이 이토록 간단한 동작으로 몸을 이완시킬 수 있었다. 재닛의 사랑스럽고 젊은 여인다운 몸은 탄탄했고 햇빛에 그을린 수영복 자국이 남아 있었다.

"뭐라도 좀 걸쳐." 코트니가 말했다.

재닛이 씩 웃었다. "왜 날 보니까 흥분이라도 돼?"

"알았어, 됐어. 그냥 얘기나 계속해."

"물론 정신 나간 이 기숙학교 애들은 다들 선배 언니나 선생님을 짝사랑해. 우상화하는 거지, 그건 괜찮아. 하지만 넌 좀 극단적이라서 다른 애들이랑은 어울리지도 않고 학교에서 지내는 시간 대부분을 로즌 선생님이랑 보내잖아. 너도 알겠지만, 애들이 그것 때문에 화가 나 있어. 걔들은 네가 자기들을 깔본다고 생각해."

"깔보는 거 맞아."

"나처럼 남자들이랑 어울리면서 학교 밖에서 다른 사교 생활을 하고 있으면 또 몰라. 하지만 넌 엄마랑 엄마 친구들밖에 없잖아. 여기 생활에도 적응을 좀 해야지. 네가 인정하든 말든 너한테는 호의를 사고 다른 애들이랑 어울리는 게 중요해. 넌 학교 바깥에는 아무것도 없잖아. 네가『리트 리뷰』편집장 되고 싶어하는 거 나도 알아. 난 네가 우리 학교 애들에 잘 대해서 쓸 수 있으니까 편집장이 되어야 한다고 생각해. 하지만 잘 한다고 호의를 얻는 건 아니라는 걸 너도 알잖아. 호의는 사회적 인정의 증표 같은 거야. 그러니까 너도 아이들이랑 어울리고 싶어한다는 사실을 스스로 인정하고 로즌 선생님한테로 도망치려고 하는 건 그만둬. 조심해 코트니, 아니면 네가 좀 이상한 애라고 소문이 날 테니까. 앨버츠는 네가 로즌 선생님이랑 사랑에 빠졌대."

"도대체 그게 걔들이랑 무슨 상관이야? 그래, 선생님이 나한테 사랑한다고 말한 건 맞지만, 로즌 선생님은 친구들을 전부 사랑해. 그러니까, 사랑한다는 말을 성서적인 의미로 쓰신다고."

"아, 코트니, 선생님이 시카고 대학에서 주워들은 그 복지사업가 같은 생각은 신경 쓰지 마. 너한테서 들은 얘기를 종합적으로 생각해 보면, 선생님은 아주 이상하신 것 같은데? 네가 매일 밤 선생님한테 가서 문학인지 뭔지에 대해서 얘기하는 거 말이야."

"도대체 우리가 뭘 한다고 생각하는 거야!"

“그렇게 화낼 거 없어. 사랑이라도 나눌 거라고 생각하는 건 아니니까. 네가 사랑을 나누는 법을 알 것 같지도 않은데 뭐.”

“넌 선생님과 나와의 관계를 아주 이상하게 만들고 있어.” 코트니가 양손을 머리 뒤로 베고 침대에 누웠다. “선생님은 교사야. 내가 영어를 아주 지루해한다는 걸 아시기 때문에 『피네간의 경야』나 T. S. 엘리엇 시집 같은 걸 주시면서 내가 평소에 읽지 않는 걸 읽히고 저녁에는 자유토론을 하는 거야, 그뿐이야.”

“선생님은 단순한 영어 교사가 아니야, 너도 알잖아. 네가 올해처럼 많이 변한 건 처음 봤어. 학기가 시작할 때쯤엔 다들 한 번씩 그러듯이 너도 재수 없고 우울하고 이기적으로 굴었는데 지금은 이 시대의 성자라도 된 것처럼 대중을 사랑해야 한다고 생각하잖아. 선생님이 너한테 주입한 시카고 대학 어쩌고 하는 생각 때문에. 너 혼자 틀어박혀서 화도 내지 않고 어딘가 화를 묻어버리더니 지독하게 비판적이고 잘난 척하는 사람이 됐잖아. 코트니, 넌 그런 사람이 아니야. 선생님의 본성을 받아들이고 선생님의 세계로 도망칠 수는 없어. 너랑 선생님은 전혀 다른 사람이야, 사회적 배경이랑 지적 배경부터 전혀 다르다고.”

“아, 정말이지 재닛, 넌 아무것도 몰라. 난 내 자신이 싫었어, 알아? 그러다가 새로운 선생님을 만났는데, 그 사람은 어딘가 차분하면서 자기를 좋아하는 것 같았어. 난 그런 사람을 본 적이 거의 없었어. 그러다가 어느 날 점심시간에 어떤 책에 대한 얘기를 하게 됐고, 선생님이 내가 좋아할 만한 책을 빌려주겠다고 하신 거야. 그래서 다음번에 그 책에 대해 얘기를 하다가 선생님에 대해서 좀 알게 됐고, 선생님한테 나에 대해서 조금씩 얘기하기 시작했어. 선생님은 날 이해해주시니까, 선생님한테는 털어놓을 수 있었거든."

"코트니, 그렇게 방어적으로 설명할 필요는 없어. 난 널 도우려는 것뿐이야. 우린 같은 학년이지만 내가 한 살 더 많고, 네가 여기서 인생을 낭비하면서 도피처에 모든 걸 쏟아붓는 게 내 눈에는 보이니까 하는 말이야. 그뿐이야. 잊지 마, 우린 한 살 차이지만 그 일 년 동안 난 네가 모르는 걸 몇 가지 배웠어."

코트니가 상자에서 오렌지를 꺼내 방 저편으로 던졌다. 오렌지가 벽에 부딪혀 터지면서 아주 만족스러운 효과를 냈다.

"코트니." 재닛이 참을성 있게 말했다. "가끔 난 네가 아직 열다섯 살이라는 걸 절감한다니까. 그리고 그건 내 오렌지였어."

"또 엄마처럼 잔소리를 하려는 거야? 난 산책하러 갈래. 저녁 시간에 자리 좀 맡아줘."

재닛이 한숨을 쉬고 다시 눈썹을 뽑기 시작했다.

혼자 밖으로 나간 코트니는 우연히 교장 선생님을 만났다.

"안녕, 패럴."

"안녕하세요, 리스 선생님."

"네가 반입이 금지된 책을 가지고 있어서 또 지도를 받았다는 얘기 들었단다." 리스 선생님이 말했다.

"네, 선생님. 제임스 조이스의 『피네간의 경야』였는데, 조이스가 허가된 작가인 줄 알고 선생님들께 여쭤보지 않았어요."

"그렇게 네 마음대로 생각하면 안 되지." 리스 선생님이 차갑게 말했다. "제대로 알았어야지."

"이제 알아요, 선생님." 선생님들 앞에만 서면 기가 죽어서 예의발라지는 자신이 얼마나 싫었는지! "제가 잘못했다는 걸요."

"그래, 다음엔 더 조심해라." 교장 선생님이 약간 따뜻하게 말했다. 알아서 먼저 물러나면 선생님들은 항상 조금 더 따뜻해진다. "패럴, 넌 똑똑한 아이인데 벌을 너무 자주 받는 것 같구나. 올해에는 네가 룸메이트를 좀 잡아줬으면 했는데, 반대로 둘 다 말썽을 피우는구나."

"네, 선생님."

코트니는 안도의 한숨을 쉬며 네모난 뜰을 지나서 밖으로 나오자마자 달리기 시작했다. 멋진 봄날이었고, 코트니는 열다섯 살이었기 때문이다. 코트니는 하키장을 가로지른 다음 늘 하키 공이 떨어지는 작은 시내를 뛰어서 건너기로 했다. 있는 힘껏 뛰어서 시냇물을 넘어 기다란 풀이 자라는 곳에 착지한 코트니는 자기 꼴을 보고 웃으면서 자리에서 일어났다. 그런 다음 작은 언덕을 뛰어올라 테니스 코트 주변의 석탄재를 다져서 만든 경주용 트랙으로 들어섰다. 하키 훈련으로 아침 식사 전에 매일 달리는 트랙이었다. 두 번째 하키장에 도착한 코트니는 발을 멈추었다. 여기까지가 리스 선생님의 집 마당을 침범하지 않고 갈 수 있는 최대한의 거리였는데, 상급생들이 리스 선생님의 집에 차를 마시러 갈 때를 제외하고는 아무도 리스 선생님의 마당에 들어갈 수 없었기 때문이다. 코트니가 숨이 차서 풀밭에 눕자 갓 벤 풀에서 신선하고 풋풋한 향기가 났다. 여름이면 뜨겁고 축축한 냄새가 풍겼지만 봄에는 적당히 풋풋한 풀 냄새가 났고, 학교 복도의 낡고 죽은 냄새만 맡다가 풀 냄새를 맡으면 마음이 놓였다.

코트니는 등을 대고 똑바로 누워서 혼자 미소를 지으며 하늘을 올려다보았다. 하늘은 정말 광대했다. 코트니는 여름에 가끔 태평양 위를 둥둥 떠다니면서 사실은 하늘이 아무 모양도 없고 자신이 동그란 세상의 가장자리에 있음을 이해하려고 애썼다. 『루바이야트』는 세상이 "뒤집혀진 거대한 그릇"이라고 했는데, 사실 코트니는 남몰래 그 말이 옳다고 생각했다. 코트니가 보기에 과학자들은 분명히 말이 안 되는 이야기로 우리를 설득하려고 정말 열심히 애를 쓰는 것 같았다. 과학자들은 하늘이나 산처럼 불가사의할 만큼 거대한 것들을 작은 원자로 조각내서 그것들의 미소(微小)함을 증명하려고 애썼다. 코트니는 원자를 본 적도 없고 보고 싶지도 않았다. 산이든 사람이든 똑같은 것을 다르게 배열한 것에 지나지 않는다는 생각이 마음에 들지 않았기 때문이다.

저녁 식사 시간을 알리는 예비종이 두 개의 하키장을 아주 조용하게 건너와 코트니의 생각을 방해했다. 1분 늦을 때마다 벌점이 1점인데 저녁 식사용 교복으로 갈아입어야 했기 때문에 서둘러야 했다.

코트니는 저녁 시간 내내 로즌 선생님과의 만남을 기대했다. 로즌 선생님의 방에 가면 항상 편안하고 마음이 놓였고, 안마당을 가로질러서 교직원 숙소까지 걸어가는 길도 좋았다. 코트니는 안마당을 두 개 지난 다음 교회 옆 산책길을 따라 걸었다. 길 양옆에 늘어선 키 큰 나무는 봄을 맞이하여 초록색으로 변했고 꽃이 핀 나무도 있었다. 아직 이른 저녁의 어슴푸레한 하늘 아래로 교회의 실루엣이 보였다. 가끔 코트니는 교회에 들어갔다. 그녀는 가톨릭 신자였지만 교회에서 종교적인 중요성을 느끼지는 못했다. 하지만 교회는 조용하고 어두웠기 때문에 그곳에 가면 생각을 할 수 있었고 할리우드에 있다고 상상할 수도 있었다.

그러나 오늘밤 코트니는 로즌 선생님과의 대화를 고대하고 있었기 때문에 교회를 그냥 지나쳤다. 코트니는 『피네간의 경야』를 팔에 끼우고 있었는데, 난해한 문단을 읽을 때마다 곰곰이 생각해보았지만 잘 이해가 가지 않았다. 코트니는 이 책을 가지고 있다는 이유로 봉사활동 세 시간과 외출금지 이 주일을 받았다. 그녀는 어둑어둑한 계단을 올라가서 두 번째 계단참에서 왼쪽으로 꺾었다. 문이 조금 열려 있고 로즌 선생님이 올려놓은 레코드판에서 바흐의 선율이 흘러나왔다. 로즌 선생님 방에서는 항상 바흐의 음악이 흘렀기 때문에 코트니의 마음속에서 바흐의 음악이 주는 견실함과 확고함은 놀라운 책들이 가득한 책장이 그런 것처럼 로즌 선생님과 밀접하게 연관되었다. 몇 년 후 코트니가 이 음악을 다시 들었을 때, 마치 너무나 잘 알고 있던 이 계단을 오르고 있는 것처럼 이 방의 풍경과 따뜻한 느낌이 강렬하게 다가오게 된다.

로즌 선생님은 키가 크고 다리가 길고 어깨가 둥근 20대 초반 여성으로, 갈색 눈은 커다랗고 강렬했다. 로즌 선생님을 매력적인 여성이라고 할 수는 없었지만 그 강렬함과 따스함 때문에 사람들은 몇 분만 같이 있어도 곧 그녀의 얼굴과 신체의 단점을 잊었다. 로즌 선생님에게는 시카고 대학에서 만난 학식이 있는 약혼자가 있었는데, 그는 하버드에서 철학을 가르쳤다.

코트니가 방으로 들어가자 로즌 선생님이 미소를 지으며 의자에 앉으라고 손짓했다. 코트니가 자리에 앉아서 겉옷을 벗는 동안 로즌 선생님은 수정 중이던 영어 리포트에 뭔가를 쓴 다음 어지러운 책상 위에 내려놓았다.

"제임스 조이스랑은 어떠니?" 로즌 선생님이 경쾌하게 물었다.

"아주 좋진 않아요." 코트니가 털어놓았다. "이 의식의 흐름인지 뭔지를 통해서 뭘 말하려는 걸까요?"

로즌 선생님이 코트니 옆 테이블에 놓인 책을 집어들고 코트니가 읽었던 페이지들을 손가락으로 넘겼다.

"『피네간의 경야』에서 조이스가 말하려는 건 말이야, 부모와 자식 사이의 영원한 모습이야." 영어 교사인 로즌 선생님이 정확하고 분석적으로 설명했다. "조이스는 부모란 아이가 독립성과 정체성을 얻기 위해서 정복해야 할 대상임을 보여주고 있어."

코트니는 '아, 선생님은 이렇게 복잡한 주제를 정말 단순하고 명확하게 말씀하시는구나'라고 생각했다. 로즌 선생님은 계속 책 구절을 인용하고 발췌한 부분을 분석하면서 자신의 주장을 뒷받침했다. 코트니는 생각했다. '선생님들은 광대한 삶을 분석 가능한 작은 입자들로 쪼개고 감정을 없애버리는 것이 과학자랑 조금 비슷하네.' 엄마가 숙제가 너무 많으니 주말 동안 아빠에게 가지 말고 학교에 남으라고 했던 때가 생각났다.

"엄만 날 독점하려는 거야." 코트니가 장거리 전화를 걸어 엄마를 비난했다. "학교에 엄마가 보호자로 등록되어 있으니까 엄마 허락을 받아야 하는 거 알잖아요. 그냥 허락해주기가 싫은 거죠, 외출해도 되는 주말에도 내가 학교에 남기를 바라는 거죠. 언젠가 내가 사실은 아빠를 좋아한다는 본심을 깨달을까봐 두려워서."

"코트니, 억지 부리지 마. 아빠는 아주 좋은 사람이야, 엄만 네가 아빠를 좋아했으면 좋겠어. 다음 주 월요일까지 기말 리포트를 써야 하는데 시간을 맞출 수 있을지 모르겠다고 편지에 써 놓고서, 지금 전화해서 주말 동안 뉴욕에 가도 되냐고 물으니까 그런 거지."

"리포트는 좀 늦게 낼 거예요. 중세사에서 A를 받았으니까 괜찮단 말이에요. 게다가 별 차이도 없을 텐데요, 뭐. 외출할 수 있는 주말인데 학교에 남아 있기 싫어요. 엄만 날 독점하고 싶은 거예요, 그뿐이야. 리포트는 핑계예요."

"널 독점하고 싶은 생각은 눈곱만큼도 없어. 넌 늘 그런 식으로 날 비난하지만 말이야. 네 걱정을 할 필요도 없고 널 돌볼 필요도 없으면 내 인생이 훨씬 쉬워질걸." 엄마가 화를 내며 말했다. "그러면 내 마음대로 살 수 있겠지. 너만 아니었으면 닉이랑 이혼하지도 않았을 거야. 두 번째 남편과 자식 중에 하나를 선택해야 했기 때문에 당연히 난 너를 선택했어. 너에 대한 책임감 때문에 내 인생이 엉망이 됐는데 이제 와서 내가 널 독점하려 한다고 비난하는 거니? 그래, 가서 네 아빠랑 살아. 평생 같이 살아봐라, 내가 신경이나 쓸 줄 아니!"

코트니는 고맙다고 말한 다음 엄마가 마음을 바꾸기 전에 얼른 전화를 끊었다.

"조이스는 어른이 되어서 부모를 타도하는 자식을 보여주고 있어." 로즌 선생님은 이렇게 말하고 있었다.

재닛과 그녀의 남자친구, 그의 룸메이트와 코트니가 앤도버에서 더블데이트를 했을 때 재닛의 아빠가 어떻게 했는지 떠올랐다. 재닛은 그 남자친구와 자주 데이트를 했고, 그의 룸메이트는 재닛과 남자친구가 뒷좌석에서 "오붓한 시간을 보낼" 수 있도록 코트니를 조수

석에 태우고 존스 비치 바닷가에서 돌아오는 길이었다. 네 사람이 파크 애비뉴에 위치한 재닛의 집에 도착했을 때, 아일랜드 위스키를 한 잔 들고 앉아 있던 파커 씨는 재닛의 립스틱이 번진 것을 보고서 그 남자아이에게 끔찍할 만큼 무례하게 말했다. "존스 비치에서 여기까지 오는 내내 내 딸이랑 얼싸안고 키스를 했군!" 물론 사실이었지만 파커 씨가 모두를 너무 당황스럽게 만들었기 때문에 네 사람은 얼른 집에서 나와 플라자 호텔로 갔다. 재닛이 아버지 일은 미안하다고 말했다. "아빠가 좀 취했어." 재닛이 웃었다. "게다가 아빠는 항상 내가 친구를 잘못 만나서 방탕한 생활에 빠져들고 있다고 생각하시거든." 재닛은 좋아하지 않는 남자아이들과도 끌어안고 키스를 하면서 어울렸는데, 파커 씨는 그 사실을 알게 된 후부터 항상 크게 화를 내면서 재닛이 조금만 늦게 들어가도 용돈을 깎았다.

"조이스는 하나의 주기를 완성시킨 거야." 로즌 선생님이 말을 이었다. "문명이 겉모습만 바꿔놓은 원시적인 의식을 통해서 자식 역시 자기 자식에게 타도당한다는 걸 보여줌으로써 말이야."

"주기요?" 코트니가 멍청하게 말했다.

"내 말 안 듣고 있었구나." 로즌 선생님이 꾸짖었다. "책 마지막 문장이 첫 문장 시작 부분이랑 같다고 보여줬던 거 기억나니? 두 문장이 연결된다고 가르쳐줬잖아."

코트니가 고개를 끄덕였다.

"음, 말하자면 조이스의 책은 한 바퀴를 돌아서 제자리로 오는 거야. 소설의 형태마저도 부모—자식—부모의 연속적인 순환을 나타내도록 쓴 거지."

"이제 알 것 같아요. 하지만 저 혼자서는 이해 못 했을 거예요. 아아, 저는 어휘 실력이 꽤 괜찮은 편인데도 단어 다섯 개 중 하나는 들어본 적도 없는 거였어요."

"조이스는 그 유명한 천둥소리(제임스 조이스는 아담과 이브의 타락과 관련된 천둥소리를 묘사하기 위해서 천둥을 뜻하는 여러 가지 어원을 조합하여 알파벳 100개로 된 새로운 단어를 만들었다/옮긴이)처럼 새로운 단어를 많이 만든 데다가 독일어, 게일어, 그리고 아무도 모를 수많은 언어를 사용했거든."

로즌 선생님이 미소를 지으면서 코트니에게 책을 돌려주었다.

"내일은 그 다음 열 페이지를 읽어봐. 자신 없으면 『피네간의 경야 주해서』가 있으니까 빌려줄게. 인용문들이 좀 설명돼 있어. 그래도 혼자 읽으려고 해보는 게 좋을 거야."

선생님이 자리에서 일어나 축음기의 레코드판을 뒤집은 다음 다시 앉아서 담배에 불을 붙였다.

"봄방학이 끝난 뒤로는 너랑 얘기할 시간이 없었네." 로즌 선생님이 말했다. "엄마랑은 어떻게 지냈니?"

"그냥 잘 지냈어요." 코트니가 말했다. 나이 많은 어른이 친한 척하는 말투에 잠깐 화가 났다. 코트니는 누군가가 자신의 방어막 틈새로 미끄러져 들어온다고 느낄 때마다 항상 본능적으로 물러났다. 하지만 코트니는 곧 로즌 선생님이 친구라는 사실을 기억해냈다. "우린 늘 그래요." 코트니는 여전히 방어적이었다. 두 사람 모두 이 말이 사실이 아니라는 것을 알았지만 선생님은 코트니가 속 깊은 이야기를 쏟아낼 때까지 참을성 있게 기다렸다. 두 사람만 있을 때면 코트니가 그 어떤 여자에게도 할 수 없었던 이야기를 마음 편히 했기 때문이다. 코트니에게는, 본인의 표현대로라면, "입양한 아버지"가 잔뜩 있었다. 대부분 엄마의 친구들이었는데, 코트니는 아이가 자기 부모님에게 절대 말할 수 없는 걱정과 두려움을 그 사람들에게 털어놓았다. 로즌 선생님은 코트니가 여섯 살 때 엄마에 대한 믿음을 잃은 후 처음으로 신뢰하게 된 성인 여자였다.

"말이 잘 안 통하는 것뿐이에요. 엄마는 나를 잘 몰라요. 방학이 돼서 집에 갈 때마다 점점 더 모르시는 것 같아요. 할 수만 있다면 엄마한테 얘기를 하겠지만, 그게, 여자 어른한테는 말을 못하겠어요. 그 사람들은 선생님처럼 일관적으로 생각하지를 않거든요. 난 내 논점을 인정받고 싶은데, 여자들은 사소하면서 연관성도 아주 희박한 주제로 빠지거든요. 미치겠어요."

"넌 네가 여자라고 생각하지 않니?" 로즌 선생님이 재미있다는 듯이 말했다.

"그다지요." 코트니가 생각에 잠겨 말했다. "난 여자처럼 생각하지 않거든요. 남자들이 항상 나더러 남자처럼 생각한대요. 내가 남자면 모든 일이 훨씬 더 쉬울 거예요. 하지만 안 그럴지도 모르죠. 아마 남자였대도 난 여자들이 여전히 싫을 거고, 동성애자가 되면 정말 엉망진창이겠죠."

로즌 선생님이 코트니의 단순함에 웃음을 터뜨렸다. "정말 남자가 되고 싶어?"

"음, 제가 기억하는 한 저는 항상 남자가 되고 싶었어요. 눈치도 못 챘었는데, 꿈에서도 나 자신이긴 한데 항상 남자로 나와요. 왜 그런지 모르겠어요." 코트니가 생각에 잠겼다.

"부모님이 항상 네가 아들이었으면 좋겠다고 하셨다며. 또 엄마가 늘 너한테 술을 만들어달라고 하시면서 아들처럼 자기를 보살펴달라고 하신댔잖아. 아마 그래서가 아닐까?"

"아마도요." 코트니는 잠시 생각해보았지만 오래는 아니었다. 그녀에게 그다지 중요한 문제가 아니었기 때문이다.

"있잖아요." 코트니가 말했다. "엄마는 이번 봄방학이 망했다고 엄청 화를 냈어요."

"망했다니, 그런 표현 쓰지 마." 로즌 선생님이 말했다.

"왜요? 전 어렸을 때부터 늘 그런 식으로 말했는데. 나쁜 말이에요?"

로즌 선생님이 그것에 대해서는 더 이상 아무 말도 하지 않는 대신 이렇게 말했다. "넌 엄마랑 지내다 오면 항상 조금 더 적대적이고 방어적이야."

"엄마는 못됐어요." 코트니가 불쑥 내뱉었다.

"그 말, 진심이 아닌 거 너도 알잖아." 로즌 선생님이 부드럽게 말했다.

"알아요." 코트니가 심술을 부리며 대답했다.

"그런데 왜 그렇게 말하니?"

"그러고 싶었어요."

"그렇게 어린애처럼 말하는 건 너처럼 똑똑한 아이에게는 어울리지 않아."

"아이 참, 저 어린애 맞아요." 코트니가 불쑥 말했다. "제가 엄마랑 지내기 싫은 이유가 바로 그거예요. 내가 꼭 엄마 같아서요. 나한테 화를 내고서 기분이 상한 엄마도 내가 위로해드려야 하고, 좋은 배우라고 비위도 맞춰줘야 해요. 있잖아요, 지금까지 엄마가 나온 영화는 네 편밖에 못 봤지만, 그 배역들이랑 사는 것만으로도 충분해요. 전 엄마가 좋은 배우인지 아닌지 모르지만 남들 기분을 맞춰주는 성격이라서 엄마한테 그렇다고 말해요. 그리고 닉 아저씨가 엄마를 떠날 때마다, 또 정말 영영 떠났을 때 엄마 손을 잡아줘야 했어요." 코트니가 기억을 떠올리며 말했다. "게다가 엄마는 혼자 술 마시는 것도 싫어하니까 빌어먹을 술도 만들어줘야 하고, 뭐 그렇다고요. 진짜 지겨워 죽겠어요!"

"그만, 그만. 난 네 어머니를 만나본 적은 없지만 아주 성숙하지 못한 여자라는 건 알겠어." 로즌 선생님이 말했다. "하지만 꼭 참고 어머니를 도와드리려고 노력해야 돼. 굉장히 외로운 분이시기도 하고, 어머니한테는 정말 너밖에 없잖니. 게다가 이번에도 이혼을 하셨으니까 더더욱 그렇잖아."

"선생님은 너무 착해요." 코트니가 씁쓸하게 말했다. "그러니까, 선생님은 꼭 우리 아빠 같아요. 항상 맞는 말만 하시지만, 직접 겪을 필요가 없으니 말은 쉽죠. 전부 헛소리예요."

로즌 선생님이 움찔하더니 자리에서 일어나 코트니의 어깨에 손을 올렸다.

"나한테는 그런 식으로 말하지 않아도 돼." 선생님이 부드럽게 말했다. "여기선 긴장 풀어도 돼. 나랑 가까워지는 게 두려워서 주먹을 마구 휘두르며 방어할 필요는 없어."

코트니가 침울하게 정면을 응시했다. 코트니는 잘 알았다, 고개를 들어서 자신의 어깨에 손을 올리고 있는 로즌 선생님을 보면 가끔 목욕을 하거나 잠옷을 입을 때 드는 그 이상한 기분, 사람들이 자기 몸을 보고 있는 듯한 기분이 들 것이다.

"저번에 절 사랑한다고 말씀하셨죠." 코트니가 탐색하듯이 말했다.

로즌 선생님이 손을 치우고 코트니를 보면서 침대에 앉았다.

"그래, 가엾은 코트니, 난 널 사랑해. 왜 또 묻는 거야? 누군가가 널 사랑할 수 있다는 걸 못 믿겠니?"

"저한테 아무것도 원하는 게 없다면, 못 믿겠어요."

로즌 선생님의 얼굴에 떠오른 표정을 보고 코트니가 말했다. "그래요, 그게 제 솔직한 감정이에요. 그리고 안쓰러운 눈으로 쳐다보지 마세요! 전 그 누구의 동정도 싫어요. 아무도 날 불쌍하다고 생각할 필요 없어요. 난 내 한 몸쯤은 돌볼 능력이 있고, 항상 그래 왔으니까요. 사실 누구에게도 사랑받을 필요 없어요. 저한테 사람들은 별로 중요하지 않으니까요. 전 냉정하고 약간 이기적이거든요."

로즌 선생님이 한숨을 쉬었다. "아니, 넌 그렇지 않아. 나한테 뭘 배운 거니? 네가 누구 때문에, 무엇 때문에 그렇게 생각하는지 모르겠지만 넌 아주 따뜻하고 감정이 풍부한 아이야. 스스로에게 사랑을 하고 성숙한 사람이 될 기회를 준다면 아주 훌륭한 여자가 될 거야."

코트니가 로즌 선생님을 올려다보았다. 얼굴에서 반항기가 잠시 사라져서 마치 어린아이 같았다.

"선생님이 도와주시면 좋은 여자가 될 수 있을지도 몰라요. 여기 오면 선생님에게 기댈 수 있다는 느낌이 들어요. 전 선생님을 알고 난 후에야 거절당하거나 이용당할지도 모른다는 두려움 없이 다른 사람에게 사랑한다고 말할 수 있다는 것을, 사람을 믿을 수 있다는 사실을 알게 됐어요."

로즌 선생님은 코트니에게 결국은 해야 하는 말을 하고 싶지 않아서 피우던 담배로 다음 담배에 불을 붙였다.

"크리스마스 때 할리우드에 갔더니 엄만 내가 딴 사람이 된 것 같대요." 코트니가 자랑스럽게 말했다. "모르는 사람 같다고 했어요. 엄마를 별로 무서워하지도 않고 엄마가 내 이름을 불러도 예전처럼 깜짝 놀라지 않았거든요. 선생님 때문에 그렇게 된 것 같아요." 코트니는 자기보다 나이 많은 여자에게서 반응을 끌어내려고 애쓰면서 말했다.

"있잖아, 코트니." 로즌 선생님이 고통스럽게 입을 열었다. "사실은 너한테 할 말이 있었어. 그런데 네가 이렇게까지 얘기를 해주니 그 말을 하기가 정말 힘들구나. 널 정말 사랑하기 때문이야. 하지만 이게 다 널 위한 거라고 생각해. 담배 한 대 피울래?"

"고맙지만 괜찮아요. 담배 안 피워요. 정말 우울한 얘기인가 봐요." 코트니가 미소를 지었다. "선생님이 학생에게 담배를 권하는 건 학생이 자살을 시도했거나 약혼이 깨졌거나 그럴 때밖에 없잖아요."

코트니는 로즌 선생님이 하려는 말이 상처가 될 것임을 직감했기 때문에 건방지게 굴려고 애썼다.

"난 네가 오는 게 정말 좋아. 너랑 얘기하는 것도 좋고. 넌 아주 착한 마음을 가졌고, 난 네가 아주 좋으니까."

아, 세상에. 코트니는 생각했다. 선생님, 제가 두려워하는 말을 하시려거든 차라리 하지 마세요.

“하지만 넌 또래 아이들이랑 더 많이 어울려야 돼, 알잖아. 그 애들한테 배울 것도 많고, 너만큼 책도 많이 읽고 뛰어난 실력을 가진 애들도 있어.”

“또래 애들은 지루해요.” 코트니가 절박하게 말했다. “전 엄마 친구들이랑 어울리면서 자랐기 때문에 어른들이랑 얘기하는 게 더 편해요. 나이 많은 사람들이 더 재미도 있고요.” 코트니는 선생님이 자신의 말을 이해하기를 바라며 그녀의 안색을 살폈다. “선생님도 아시잖아요.”

“바로 그게 문제야.” 로즌 선생님이 말했다. “넌 또래 아이들이랑 어울리는 법을 배운 적이 없으니까 스케이스브룩은 네가 그 방법을 배울 좋은 기회잖아. 그게 나한테서 배울 수 있는 것보다 훨씬 더 중요해.”

코트니가 자리에서 일어났다. 「뉴욕 타임스」에서 엄마가 닉 러셀과 할리우드에서 결혼한다는 기사를 읽었을 때와 같은 기분이었다. 코트니는 그때처럼 반쯤 이해가 안 가는 기분을, 사랑하는 사람을 잃고 있다는 희미한 깨달음을 느꼈다.

“이제 밤에 여기 오지 말라는 거군요, 선생님이랑 같은 자리에 앉거나 수업이 끝난 후에 얘기를 나누고 싶지 않으시다는 뜻이군요.”

“그래, 그런 뜻이야.” 로즌 선생님이 무력하게 말했다.

“그러면 왜 그렇게 말씀하지 않으세요? 전 괜찮아요.” 코트니가 『피네간의 경야』를 침대에 던졌다. “이건 돌려드리는 게 낫겠네요.” 코트니가 뒤로 돌아 걸어나갔다.

로즌 선생님이 일어섰다.

"코트니……."

코트니가 문 앞에서 걸음을 멈추고 갑자기 돌아섰다. 어쩌면 선생님의 마음이 바뀌었을지도 몰랐다. 로즌 선생님이 코트니에게 걸어가서 슬픈 눈으로 그녀를 내려다보았다. 그런 다음 몸을 숙여 코트니의 이마에 입을 맞추었다.

"나한테 화내지 마." 로즌 선생님이 말했다. "어쩔 수 없었어." 코트니는 로즌 선생님의 말을 결코 이해하지 못했다.

코트니는 자신이 얼마나 많은 것을 잃었는지 아직 알지 못했고, 상실의 고통과 어쨌든 이제 자신의 삶이 달라졌다는 무감각한 느낌밖에 없었다. 코트니는 교회를 지나고 안뜰을 지나 달렸다. 울음이 터져나왔기 때문이다. 코트니는 항상 누구에게도 우는 모습을 보여주기 싫었다. 학교 본관에 도착한 코트니는 걸음을 멈추고 겉옷 소매로 얼굴을 문질러 닦은 다음 계단에 서 있던 학생 위원을 보았지만 아무 말도 할 수가 없어서 미소만 지었다.

재닛은 코트니가 말할 기분이 아니라는 것을 파악하고 혼자만의 시간을 보내도록 놓아둔 채 편지를 썼다. 소등 시간이 지난 다음 코트니가 베개에 얼굴을 묻고 우는 소리가 들렸다. 재닛은 어둠 속에 누워서 30분 동안 그 소리를 듣다가 손을 뻗어서 불을 켰다.

"소등 시간 지났잖아." 코트니가 웅얼웅얼 말했다.

"까짓 거, 뭐 어때." 재닛이 대답했다. "몰래 들여온 담배를 주고 싶지만, 넌 안 피우잖아. 하지만 몰래 가져온 것 중에 딱 네가 원할 만한 게 있어."

재닛이 침대에서 나와 은으로 된 향수병을 집어들었다.

"위원회 검사를 완벽하게 통과했지." 재닛이 자랑스럽게 말한 다음 향수병에 든 아주 좋은 스카치 위스키를 건넸다.

"코트니, 마지막 한 방울까지 음미하면서 마셔. 한 잔 정도밖에 안 돼. 네가 스카치를 안 좋아해도 상관없어." 재닛은 룸메이트의 마음이 약해졌을 때를 위해서 아껴두었던 엄숙한 어조로 말했다. "난 오늘밤에 잠을 좀 잘 생각이야. 이게 네 기분을 달래줄 거야. 아침에 그 나쁜 년이 뭐라고 했는지 나한테 말해도 돼." 재닛이 불을 끄고 침대 위로 몸을 굴렸다.

2

코트니의 방에는 불이 하나만 켜져 있었다. 재닛은 역사 공부 중이었고 코트니는 침대에 누워서 천장만 보고 있었다. 전에 이 방에 살았던 어느 변덕스러운 학생이 천장에다가 문까지 이어지는 검은색 발자국을 그려놓았다. 재닛이 스탠 켄턴 노래를 틀어놓았다. 코트니는 스탠 켄턴을 별로 좋아하지 않았지만 손가락 하나 까딱하기 싫었기 때문에 우울한 불협화음이 방 안을 채우도록 두었다. 비가 오고 있었다. 일주일 동안 맑은 날씨가 계속된 후여서 봄비가 아주 우울하고 차갑게 느껴졌다. 재닛은 두꺼운 이불을 둘둘 말고 담배를 무릎 뒤로 숨겨가며 피우고 있었다. 재닛은 담배를 한 모금 빨아들인 다음 이불을 들고 다리 사이로 연기를 내뿜었다. 그녀는 소등 시간이 지난 다음 잠들기 전에 침대에서 담배를 피우곤 했지만, 학생 위원이 돌아다니는 시간에 방에서 담배를 피우는 것은 무척 위험한 행동이었다.

코트니는 더 이상 로즌 선생님을 만날 수 없게 되어 이렇게 긴 시간을 혼자서 보내는 것이 이상하게 느껴졌다. 켄턴이 즉흥 연주를 시작하자 갑작스럽고 이상한 소리에 코트니가 깜짝 놀라서 벌떡 일어섰다. 너무나 개인적이고 거의 신경질적인, 정신 나간 음악이었다. 비제의 음악은 아주 기분 좋고 사교적이었다. 비제가 듣기에는 더 좋았지만 오늘밤에는 켄턴의 음악이 외로운 비와 갑작스러운 천둥소리에 잘 어울리는 것 같았다. 코트니가 외로움이라는 벌을 선고받은 지 일주일이 지났다. 코트니는 종종 침대에 누워서 천장을 바라보았다. 밖으로 나가는 일조차도 너무 힘들게 느껴졌다. 바깥을 무척 좋아했는데도 말이다.

"한 모금 피워봐." 재닛이 명령했다.

"싫어. 어떻게 피우는지도 몰라."

"언젠가는 배우게 될 텐데, 제대로 배우는 게 좋아."

코트니는 굳이 거절하지 않았다.

"이런, 담배는 연필처럼 쥐는 게 아니야. 봐."

"이제 좀 낫네. 이제 한 모금 빨아봐. 목에서 딱 걸리는 지점 너머까지 들이마셔야 돼."

코트니는 재닛이 시키는 대로 했지만 초보자처럼 콜록거렸다.

"아픈 지점 너머까지 들이마시랬잖아. 안 그러면 바보처럼 기침이 나오는 거야. 연기를 공기라고 생각해봐."

코트니는 굳은 결심으로 들이마셨고, 이번에는 제대로 했다.

"바로 그거야." 재닛이 기뻐하며 말했다. "그래도 세련되게 피우는 법은 다시 가르쳐줘야겠다."

코트니가 재닛에게 담배를 돌려주었고 재닛이 손을 흔들어 연기를 흩었다. 재닛은 켄턴의 다른 음반인 「앱스트랙션(Abstraction)」을 건 다음 역사 공부로 돌아갔다. 하지만 몇 장 넘기자 중세 역사가 너무 따분해져서 화가 난다는 듯이 코트니를 보았다.

"넌 공부할 거 없어?"

"당연히 있지." 코트니가 관심 없다는 듯이 대답했다. "하지만 공부할 기분이 아니야. 프랑스어는 대충 넘기면 되고 라틴어 공부는 했어. 내가 걱정되는 건 그 두 과목밖에 없어."

"정말 재수 없다, 코트니. 얼른 지옥에나 떨어져."

"굉장히 나른한 기분이야.……비참한 밤이고 비참한 일주일이었어. 그냥 아무것도 안 하고 여기 누워서 이 끔찍한 학교가 아니라 다른 데 있는 척할 거야."

"기말고사 볼 때가 되면 깜짝 놀랄걸."

"무슨 상관이야."

"아, 헛소리 좀 그만해." 재닛이 화가 나서 말했다. "상처 받았다고, 네 자신이 너무 불쌍하다고 생각하면서 세상을 욕하는 건 그만 좀 해둬. 난 이런 우울한 분위기를 견딜 수가 없어. 정신 차려, 코트니."

"너야 그렇게 말하기 쉽겠지." 코트니가 우울하게 대답했다.

"코트니, 아주 큰 의미를 가진 것을 빼앗긴 사람이 네가 처음일 것 같아? 네가 특별하다거나 뭐 그렇다고 생각해?"

"아니야. 아니, 아닌 것 같아. 미안해, 재닛, 정말 미안. 내가 재수 없게 굴었지, 나도 알아."

"선생님한테처럼 나한테 말하지 마. 알아서 먼저 물러나는 것도 좋지 않아. 코트니 정신 좀 차리자. 우선 공부부터 시작해. 좋든 싫든 앞으로 삼 주일은 이 끔찍한 학교에 있어야 하잖아."

"꼭 부모님처럼 말하네."

"왜 그래, 너 로즌 선생님 말고는 삶의 이유가 없어?"

재닛이 아픈 곳을 건드렸다.

"살아야 될 이유야 당연히 많지. 나 자신도 있고. 물론 그게 가장 소중한 삶의 이유야. 누가 떠난다고 해서 내가 죽진 않아. 난 계속 살아갈 거야."

"말은 잘 하면서 겁쟁이처럼 사는구나."

"도대체 나한테 왜 이래? 내가 너한테 화를 냈으면 좋겠어?"

"그래, 화라도 내서 정신 차리고 삶을 되찾으라고 그런다."

"좋아, 계속해봐. '삶을 되찾는다'니, 그게 무슨 뜻이야?" 코트니가 진지하게 말했다.

"말하자면, 숙제를 하라는 거야. 아마 나만큼 농땡이 치는 애도 없겠지만, 꼭 해야 하는 일도 있는 거라고. 그리고 애들한테 말도 좀 붙여봐. 이젠 로즌 선생님이랑 얘기도 못하니까 다른 사람들이랑 얘기하면 되잖아. 앨버츠랑 클라크 같은 애들. 걔네 괜찮아, 정말이야. 난 걔네랑 있으면 좋더라. 넌 자꾸 혼자서 고립되려고 하는데, 그래서 네가 행복하면 괜찮겠지만 그렇지 않잖아."

"알았어, 노력해볼게. 내일 오후에 가보지 뭐. 그런데 걔들이 나랑 얘기하고 싶은 건 맞아?"

"당연하지, 코트니. 걔들은 너 좋아해, 같이 네 얘기를 했었으니까 알아. 네가 걔들한테 기회를 반만 줬어도, 로즌 선생님한테 달려가지만 않았어도 걔들은 벌써 너랑 친구가 됐을 거야."

"좋아, 그럼 그렇게 할게. 정말 그러고 싶어."

"너한테 오히려 잘된 일일지도 몰라, 로즌 선생님 일 말이야. 그게 네가 애들이랑 어울리지 못하게 된 원인이잖아. 다른 애들이랑 어울리려면 평범하고 서로 비슷해야 되거든. 네가 그 애들을 정말 좋아한다는 걸 알려주면 내년에 『리트 리뷰』 편집장이 될 수 있을 거야."

"그럴 가능성은 별로 없어. 드 라브리 선생님이 편집장을 결정하는 고문 선생님이잖아. 그런데 선생님이 엄마랑 닉 아저씨의 이혼에 대해서 가십 칼럼 같은 걸 쓰라고 부추겨서 내가 지옥에나 가시라고 했거든. 그 다음부터 배짱 좋은 내 태도를 싫어해." 코트니가 생각에 잠겨 말했다. "그런 말을 했는데도 무례하다고 벌을 주지 않으신 게 신기하지만."

"편집부가 정말로 너를 원하면 될 수 있어. 네가 표를 진짜 많이 받으면 선생님도 거부권을 행사하지 못 하실 거야."

"아, 그 쓸데없는 잡지는 사회적으로 인정을 받으려는 수단일 뿐이야."

"마음에도 없는 소리 하지 마."

"맞아. 사실은 정말 하고 싶어. 정말 내가 할 수 있다고 생각해?"

"이 학교를 쥐고 흔드는 애들이 생각하는 사회적 성공의 기준이 뭔지는 모르겠지만 앨버츠나 클라크랑 친해지면 분명 도움이 될 거야." 재닛이 말했다. "알잖아, 걔네 페어차일드랑 굉장히 친한데, 페어차일드가 올해 편집장이니까 내년 편집장에 대한 발언권도 셀 거야."

"사실은 나도 그쪽 애들이랑 어울려보고 싶었어. 마음에 드는 애들이 많거든. 하지만 또래 애들이랑 얘기를 해본 적이 별로 없어서."

"알아. 넌 남자애들도 만난 적 없잖아. 안 됐다. 남자를 만났으면 로즌 선생님한테 그렇게 집착하지도 않았을 텐데."

"그럴지도 모르지."

"말해봐." 재닛이 말했다. "남자애랑 키스해본 적 있어?"

코트니가 싱긋 웃었다.

"지난번 새해 전야 때 사람들이 엄마한테 파티를 열어줬거든. 거기서 웬 정신 나간 배우가 나한테 키스했어. 진짜 키스였어. 그 사람 좀 취했거든."

재닛이 웃으며 말했다. "무슨 뜻이야? '진짜 키스'였다니?"

"있잖아, 혀도 쓰고 뭐 그런 거. 정말 깜짝 놀랐다니까."

"코트니, 멋진데!" 재닛이 빙긋 웃었다. "첫 번째 프렌치 키스라. 아, 진짜 웃긴다. 그러니까, 네가 깜짝 놀라는 모습이 눈에 훤해."

"그 사람은 남자 주인공 타입인데, 정말 정신이 나갈 정도로 취했어." 어느새 코트니는 이 이야기를 즐기고 있었다.

"누가 너한테 집적댄 적은 있어?"

"아, 뭐 그런 거 있잖아, 젊어서 몸매가 아주 좋다든가 뭐 그런 말을 하기도 하고, 할리우드식으로 포옹하면서 인사하기도 하고. 그 정도야."

"그러면 넌 어떻게 하는데?"

"그냥 가만히 서 있어."

"팔은 내리고?"

"그렇지, 뭐."

"코트니, 너 좀 배워야겠다. 그럴 땐 남자 목에 팔을 두르는 거야. 그래야 몸이 서로 딱 맞거든. 안 그러면 나무토막이나 마찬가지라서 불편하고 자연스럽지가 않아."

“항상 좀 어색한 느낌이긴 했어.”

“당연하지. 하지만 너도 곧 배우게 될 거야.”

“너 정말로 섹스에 대해서 잘 알아, 재닛?”

“나 아직 처녀야. 네가 묻는 게 그거라면 말이야. 소문과는 반대로 말이지.”

“정말로 남자랑 끌어안고 키스하고 그랬어?”

“네가 말하는 ‘정말로’가 무슨 뜻인지 모르겠어. 남자애들이랑 옷을 다 벗고 잔 적은 있어, 그게 네가 묻는 거라면.”

“진짜? 하지만 그러면—”

“불편하지 않냐고? 코트니, 다들 그렇게 해. 그러니까, 내가 아는 여자애들은 다들 그래. 별 의미는 없지만 기분이 좋아. 난 좋아하는 편이야.” 재닛이 말했다. “남자애 품에서 잠드는 거.”

“하지만 언제 그럴 시간이 있어?”

“아, 주말에 사립 고등학교나 대학교에 가기도 하고, 뉴욕에 갔을 때 부모님이 집을 비운 친구네에 놀러 가기도 하고. 넌 스카스데일에서 자라느라 많은 걸 놓친 거야. 열다섯 살인데 술도 안 마시잖아. 내가 아는 애들은 여자애들은 대부분, 남자애들은 전부, 열세 살만 되면 조금씩 마시기 시작한다고.”

“엄마는 항상 나한테 다이커리(럼주에 과일 주스나 설탕 등을 섞은 칵테일/옮긴이)를 줘. 엄마가 약간 취해서 눈치 못 채실 때 네 잔이나 마신 적도 몇 번 있어. 난 열네 살 때부터 다이커리를 마셨는걸.”

“그래, 하지만 그게 벌써 언제 마신 거야? 11월쯤 마신 게 마지막이겠네.”

"내가 그 정도로 아무것도 모르는 건 아니야. 섹스에 대해서도 상당히 많이 알아. 뭐가 어디로 들어가고 몸이 어떻게 되고 그런 거 말이야. 동성애에 대해서도 좀 알아서 배우들을 보면 동성애자인지 아닌지 대충 알아볼 수 있어. 게다가 동성애자가 어떻게 사랑을 나누는지도 알고."

"정말? 어떻게 하는데?"

"음, 있잖아, 두 사람 중 하나가 — 아아, 재닛, 그 얘기는 하고 싶지 않아. 엄마랑 닉 아저씨가 어떤 배우 두 명에 대해서 얘기하기에 내가 궁금해서 물어봤거든. 그랬더니 닉 아저씨가 '당신이 말해줘'라고 했고, 엄마가 진짜로 말해줬어."

"네가 순진하다거나 뭐 그런 뜻은 아니었어. 그냥 너도 남자애들이랑 좀 어울려야 된다는 말이지."

"하지만 사립 고등학교 남자애들은 너무 지저분해. 피부도 지저분하고, 엄청나게 축축한 손바닥으로 손을 꽉 잡는 것도 싫고. 게다가 너무 어색해! 뭐, 한 손에 마티니를 들고 날 끌어안는 근사한 배우들은 좋지만. 난 나이 많은 남자가 좋아."

"또 그런다. 나이 많은 남자는 네 상대가 아니야. 그런 관계에는 미래가 없어. 그러니까, 나이 많은 남자들 중에서 너한테 키스를 하거나 그런 사람은 아직 없잖아."

"응, 당연히 없지. 난 아직 애니까. 하지만 좀더 나이를 먹으면 그러는 사람이 생기겠지. 언젠가는 어떤 나이 많은 남자가 나한테 다 가르쳐줄 거야. 네가 담배 피우는 법을 가르쳐준 것처럼. 나이 많은 남자가 자기처럼 자연스럽게 행동하는 법을 가르쳐줄 거야. 난 서툰 고등학생이랑 시행착오를 거치면서 남자한테 사랑스럽게 안기는 법을 배우고 싶진 않아. 그건 너무 시시하잖아. 난 근사해지고 싶어. 근사하게 살면서 사랑스럽게 사랑할 거야."

잠시 침묵이 흐르는 사이에 소등을 알리는 종소리가 들렸다. 종은 원래 두 번 울렸지만 코트니와 재닛은 10분 전에 울린 예비 종소리를 듣지 못했다. 이제 학생회 위원이 와서 코트니와 재닛이 잠자리에 들었는지, 화재에 대비해서 폴로 코트와 고무 덧신을 침대 발치에 두었는지 검사할 것이다. 준비가 되어 있지 않으면 벌점을 받는다. 폴로 코트는 잠옷 위에 덧입기 위한 것이고 고무 덧신은 재를 밟을 때를 대비한 것이다. 1923년에 스케이스브룩에 큰 화재가 났을 때는 효과가 있었다. 코트니와 재닛은 항상 소등 준비가 늦었기 때문에 좋은 방법을 고안했다. 코트니가 허둥지둥 침대에서 빠져나와 옷장에서 재닛의 폴로 코트와 고무 덧신을 꺼내자 재닛이 그것을 코트니의 침대 발치에 정리해놓았다. 그런 다음 코트니가 다른 옷장으로 달려가서 자기 코트와 덧신을 꺼내고, 재닛이 코트니의 침대로 뛰어들어 코트와 신발을 정리하는 동안 코트니가 침대를 빙 돌아 불을 껐다. 그 사이 두 사람 다 킥킥 웃으면서 각자 침대로 올라가서 이불을 덮고 아직 잠옷으로 갈아입지 않은 것을 숨겼다. 이렇게 하면 일 분도 채 걸리지 않았다.

다음 날은 비가 오다가 갰다가 날씨가 오락가락 했지만 체육 시간은 두 번 모두 실외 수업이었다. 수 앨버츠와 브룩스 클라크 모두 코트니와 같은 2학년 하키 팀이었기 때문에 첫 번째 체육 시간이 같았다. 연습이 끝난 후 앨버츠와 클라크가 하키용 민소매 덧옷을 바구니에 넣는 동안 코트니는 덧옷이 다 있는지 확인해야 한다는 구실로 머뭇거렸다. 그녀는 덧옷이 필요 없는 2군 팀이었기 때문이다. 세 사람이 주 건물로 돌아갈 때 수가 찻집에서 케이크를 한 조각 먹겠다고 말했지만 브룩스 클라크—키가 크고 사랑스럽고 곧게 뻗은 금발머리를 가진 소녀로 보스턴 억양이 약간 남아 있었다—가 약간 통통한 수에게 다이어트 중이 아니었냐고 일깨워주었고, 그래서 세 사람은 찻집을 그냥 지나쳤다. 코트니가 같이 있었지만 앨버츠와 클라크는 그녀의 존재를 거의 의식하지 못하는 것 같았다. 하지만 그렇다고 확신할 수는 없었기 때문에 코트니는 어쩔 줄 몰라서 자기가 끼어들어서 두 사람이 화가 난 것은 아닌지 열심히 살폈다. 두 시간 동안 하키 연습을 하느라 땀을 흘린 세 사람은 계단을 올라 다 같이 앨버츠와 클라크의 방으로 들어갔다.

두 사람의 방은 어지러운 코트니와 재닛의 방과 달리 표백제 냄새라도 날 것처럼 깔끔했다. 언제라도 검사가 실시되기를 기다리는 것 같았다. 그러고 보면 앨버츠와 클라크는 10개월 동안 학생회 위원을 하고 나서 받는 열 줄짜리 명예 배지를 가지고 싶어했고, 중요한 직책을 맡아서 선생님들이 자랑스러워하는 학생이 되고 싶어했다. 이제 4학년인 앨버츠와 클라크는 둘 다 『리트 리뷰』 소속이었고 한 학기 전에 학생회에 들어갔다. 고학년이 되면 매력적이고 인기 많은 브룩스가 학생회 회장이자 『리트 리뷰』의 편집장이 될 것이고 그녀의 룸메이트 수는 총무이자 학생회 위원으로서 브룩스에 대한 영향력과 선생님들에 대한 영향력을 발휘하여 학교를 통제하게 된다. 두 사람은 결국 바사 대학에 가서도 성공적인 한 쌍이 되어 항상 사람들의 호감을 살 것이다. 두 사람이 든든한 친구가 될 것이라는 재닛의 말은 옳았다.

“오렌지 먹을래, 코트니?” 브룩스가 경쾌하게 물었다.

“아, 고마워.”

“난 너랑 나눠 먹을래, 브룩스.” 수가 말했다. 코트니는 자신이 손님이자 외부인이기 때문에 오렌지 하나를 통째로 주고 두 사람은 친하기 때문에 하나로 나눠 먹는다는 사실을 깨달았다.

“아아, 너 되게 오랜만에 본다.” 브룩스가 코트니를 편안하게 해주려고 말을 꺼냈다.

“요즘 공부를 좀 열심히 했거든.” 코트니가 거짓말을 했다.

“아, 그래. 넌 머리가 좋으니까.” 수가 말했다.

코트니가 아무런 대답도 하지 않자, 브룩스가 얼른 말했다.

“봄방학은 어땠어? 할리우드에 갔었니?”

“아니, 뉴욕에 있었어.”

“내가 할리우드에 살면 절대 거길 떠나지 않을 텐데.” 수가 꿈을 꾸듯이 말했다. “얘기 좀 해봐, 할리우드는 어때?”

“뭐, 나쁘지 않아. 파티도 많고 술도 많이 마시고, 그렇지 뭐. 다들 굉장히 열심히 일해.”

“감독이랑 자는 스타도 많고, 동성애자도 많고, 그렇겠지?”

“아니, 꼭 그렇진 않아. 브로드웨이나 문학, 예술 분야보다 많지는 않을걸.” 코트니가 말했다. 코트니는 이런 식으로 말하는 사람들을 싫어했지만 수에게 그런 눈치를 주지는 않았다.

“넌 소문도 많이 알겠다.” 브룩스가 말했다.

"아마도."

"그레고리 펙, 타이론 파워, 수전 헤이워드 같은 배우들 얘기 좀 해봐." 브룩스가 말했다. "그 사람들 실제로 보면 어때?"

"난 그 사람들 잘 몰라. 할리우드에서는 외출을 별로 안 하거든. 엄마는 그런 사람들을 알고 좋아하시지만."

"그런 뜻이 아니라." 브룩스가 말했다. "그러니까, 대화를 나누면 어떻다든가, 술을 많이 마신다든가, 성질이 더럽다든가, 그런 거 말이야. 그 사람들 소문 아는 거 없어?"

"우선, 잘 몰라. 엄마는 그 사람들의 능력이나 작품이나, 뭐 그런 얘기만 하시거든. 그리고 둘째, 만약에 안다고 해도 난 싸구려 가십을 떠들고 다니지는 않을 거야."

두 소녀는 아무 말도 하지 않았고, 코트니는 시작이 별로 좋지 않았음을 깨달았다.

"그렇게 잘난 척할 건 없잖아." 수가 말했다.

"음, 아무튼……." 브룩스가 말했다.

"어, 벌써 네 시다. 자습시간 전에 머리도 감아야 되는데." 수가 말했다.

"우등생이라 방에서 공부할 수 있으니 넌 좋겠네." 브룩스가 코트니에게 희미한 목소리로 말했다.

"난……난 미안하지만 가봐야겠다." 코트니가 말했다. "공부할 게 많아서 얼른 시작하는 게 좋겠어."

"자주 놀러 와." 브룩스가 말했다. 친구에게는 절대 하지 않는 말이었다.

"그래, 네 방에 숨어서 공부만 하지 말고." 수가 말했다.

"오렌지 잘 먹었어." 코트니는 이렇게 말한 다음 방을 나섰다.

자기 방으로 돌아온 코트니는 침대 위에 털썩 쓰러졌다.

"내 말대로 앨버츠랑 클라크랑 얘긴 좀 해봤어?"

"응, 그랬어."

"어땠어?"

"대재앙이었지." 코트니가 혼자서 킥킥 웃었다. "처음부터 쓰레기 같은 가십에 대해서 묻기에 그런 질문을 들을 때마다 늘 그러는 것처럼 쏘아붙여줬거든. 그런 다음에 나와버렸어. 오렌지 하나 주더라."

재닛이 한숨을 쉬었다. "바나나나 먹어."

"재닛, 넌 정말 바보야."

두 사람은 웃으면서 바나나 하나를 나눠 먹었고, 재닛이 자습실로 가자 코트니는 다시 천장을 멍하니 보다가 피곤하지도 않았는데 잠이 들었다.

3

라이스만 박사의 진료실은 소나무 패널이 둘러쳐진 세련된 방이었다. 남자다운 분위기 때문에 코트니는 진료실에 들어가자마자 마음이 편안해졌다. 포리스트 선생님이 동석하겠다고 우기기는 했지만, 자기 이야기를 하기 위해서 거기 앉아 있다고 생각하자 코트니는 기뻤다. 사감 선생님들은 학생의 사생활을 침해하는 데 아주 열정적이었다. 라이스만 박사는 키가 작고 학자답게 생긴 독일인으로, 코트니의 엄마인 손드라 패럴의 말에 따르면, 뉴욕 지역에서 가장 뛰어난 진단의였다. 박사는 천을 씌운 의자에 뒤로 기대어 앉아 코트니를 보았다.

“그래, 코트니, 아주 젊고 건강하군. 약간의 빈혈만 제외하면 아무 문제도 찾을 수 없는데, 네 나이에는 흔한 증상이지. 어디 보자, 열다섯 살인가?”

“네. 그럼 제가 항상 피곤한 이유를 모르시겠다는 말씀이세요?”

“신체적으로는 아무 문제가 없구나. 음, 스케이스브룩 하키 팀 소속이지?”

"네, 저학년 팀이에요."

"그러면 연습을 많이 하겠네. 연습 때문에 피곤하니?"

"그거야 다른 애들이랑 마찬가지죠. 아침에 깰 때 제일 피곤해요."

"잠은 얼마나 자니?"

"열 시간 정도요."

"알겠다. 잠에서 깬 직후에는 뭘 하지?"

"침대를 정돈하고 방을 치운 다음에 검사를 받아요. 그런 다음 아침 식사를 하고, 안뜰을 산책하고, 그 다음에 교복 검사를 받고, 예배당에 가고, 십 분 정도 지나면 1교시가 시작해요."

"무척 바쁜 아침이구나."

"으음." 지루한 이야기였다. "오후에 자유시간이 잠깐 있는데, 그 때가 정말 피곤해요." 코트니가 덧붙였다.

의사는 종이를 내려다보고 있었다.

"부모님이 이혼하셨군." 그가 말했다.

"네, 제가 열 살 때요." 코트니가 말했다. 이런 이야기가 더 재미있었다.

"부모님은 자주 만나니?"

"네, 엄마는 자주 만나요."

의사가 눈에 띄지 않게 꾸준히 기록을 하고 있었기 때문에 코트니는 거의 알아차리지도 못했다.

"엄마랑 아주 멀리 떨어져 있구나." 의사가 말했다. "향수병 걸리겠네, 캘리포니아 생각도 나고."

"아니요." 코트니가 대답했다. "향수병에 걸린 적은 한 번도 없어요." 코트니가 창밖을 내다보며 말했다. "하지만 공상은 많이 해요. 특히 지금처럼 날씨가 좋을 때요. 그리고 저녁이면 예배당에 가요." 코트니가 몸을 숙였다. "있잖아요, 안뜰 구석에 커다란 토끼굴이 있어요. 대가족이 모여 살았나 봐요. 아무튼, 굴이 굉장히 커서 덤불 아래로 기어 들어갈 수 있거든요. 그 속에 들어가면 아무도 없고 저 혼자만 있는 것 같아요, 학교 건물이나 다른 사람들이 아예 존재하지 않는 것 같아요."

코트니는 토끼 굴 이야기가 좀 멍청하게 들린다고 생각했다. 회양목이 가득한 리스 선생님네 마당에 대해서 이야기하는 편이 나았을지도 모른다. 어느 날 거기에서 작은 길을 발견했는데, 50년쯤 아무도 밟지 않은 것처럼 흐릿했다. 코트니는 거기에 가서 회양목에 완전히 가려진 비밀 장소의 작은 대리석 벤치에 앉아 있곤 했는데, 아직까지 스케이스브룩의 어느 누구도 그곳을 모른다고 생각하면 기분이 좋았다. 비밀 장소에서 나오면 정원사가 발자국을 따라 왔다가 금이 간 대리석 벤치를 발견할까봐 자기 발자국을 눈으로 덮어서 지웠다. 겨울에는 그곳이 가장 좋았고 봄가을에는 토끼 굴이 가장 좋았다. 하지만 토끼 굴이라니, 정신 나간 소리 같았다. 더 어른스러운 이야기를 했어야 했다. 그러나 회양목으로 가려진 장소에 대해서 말할 수는 없었다. 그곳은 출입금지 구역이었는데, 포리스트 선생님이 바로 옆에 있었기 때문이다.

"어떤 공상을 하니?" 의사가 가볍게 물었다.

의사의 질문에 코트니는 하던 생각을 멈추고 곰곰이 생각했다. 어떤 공상이더라? 비밀 장소에 앉아서 상상의 나래를 펼 때 어떤 생각이 떠올랐더라? 코트니는 로즌 선생님에 대해서 바보 같은 생각을 많이 했다. 뉴욕에서 선생님과 함께 저녁을 먹는다든지 그런 말도 안 되는 생각을. 하지만 포리스트 선생님이 옆에 있었으므로 그런 이야기를 할 수는 없었다. 어쨌든, 이제 더 이상 그런 생각을 하지 않았다. 코트니는 일어날 가능성이 있는 일에 대해서만 생각했기 때문이다. 코트니는 무척 실용적인 사람이었다.

코트니가 손을 들어 블레이저 옷깃을 당기며 생각해내려고 애쓰다가 다시 손을 내렸다. 깃을 당긴다는 것은 불안하다는 뜻이었는데, 코트니는 매력적으로 보여야 했기 때문이다.

"글쎄요." 코트니가 어색하게 말했다. "아는 사람들에 대해서 생각하는 것 같아요. 그 사람들이 바로 옆에 있고 제가 그 사람들이랑 얘기하는 것처럼요." 코트니는 혼란스러울 때면 앨 레온에게 이야기를 하는 척했다. 앨 아저씨는 현실적인 답변을 해주기 때문에 코트니가 똑바로 생각할 수 있었다.

"그런 대화를 그냥 상상하는 거니, 아니면 진짜처럼 느껴지니?"

"아, 정말 진짜처럼 느껴져요." 코트니가 열심히 말했다. "물론 그 사람들은 평소처럼 말해요, 억양이나 그런 거 말이에요. 저처럼 말하는 게 아니라요." 코트니가 냉소적으로 말했다.

"그럼 그 사람들이 정말 거기 있는 것 같겠구나?"

"네, 진짜로 곁에 있는 것 같아요, 물론 그렇지 않다는 건 알지만요. 하지만 마음속에 그 사람들 모습이 그려져서 얼굴이나 표정이 보여요."

포리스트 선생님이 믿을 수 없다는 듯이 몸을 숙이다가 라이스만 박사처럼 아무런 반응을 하면 안 된다는 사실을 기억해내고 다시 뒤로 기대어 앉았다.

"글쎄, 누구나 공상을 하지." 의사가 뭔가를 적으면서 흘리듯이 말했다. "하지만 네 공상은 아주 생생하구나."

코트니가 고개를 끄덕였다. 그것은 공인된 사실이었고 코트니가 대부분의 사람들보다 상상력이 더 뛰어나다는 사실이 특별할 것은 없었다.

"그럼, 코트니, 가끔 우울해지기도 하니?"

코트니는 이층 창밖으로 운동장을 내다볼 때, 저기로 떨어지면 어떤 느낌일까 생각할 때를 떠올렸다. 그런 생각을 하면 겁이 났지만 코트니는 그런 생각을 하는 것이 좋았다. 코트니는 항상 높은 곳이 무서웠다. 웨스트체스터에 살던 어린 시절에 남자애들처럼 나무를 탈 때도 그랬다. 아주 높이까지 올라가면 나무가 흔들리고 무서웠지만 그래도 올라갔다. 항상 떨어지면 어떻게 될까 생각하기는 했지만 코트니는 높이 올라가는 것이 좋았다. 아주 우울할 때도 그런 느낌이었다. 마치 높은 곳에서 아래를 내려다보면서 떨어지면 어떻게 될까 생각하는 것 같았다.

"맞아요." 코트니가 말했다. "가끔은 우울해요."

"으흠. 오랫동안 그러니? 아니면 그냥 몇 시간 정도?"

"한동안 그래요." 코트니가 생각에 잠겨 말했다. "가끔은 기분이 아주 좋을 때도 있어요." 코트니가 들뜬 목소리로 말했다. "다른 사람들보다 더 많은 일을 더 잘할 수 있을 것 같은 기분이 들어요."

코트니는 여기서 말을 멈추었다. 포리스트 선생님이 듣고 있었는데 코트니가 이런 말을 할 때면 아주 우쭐대는 것처럼 들렸기 때문이다. 선생님들은 코트니가 우쭐댄다고 항상 혼냈다. 자신이 좋은 사람이 전혀 아니라는 느낌이 들 때, 다른 사람들보다 못하다는 느낌이 들 때 코트니는 누구에게도 그 사실을 알리지 않았기 때문이다.

그러나 곧 의사가 자리에서 일어섰고, 코트니는 진료 시간이 끝났음을 깨달았다. 코트니는 자기 생각에 흥미가 있는 듯한 이 남자에게 하고 싶은 말이 많았지만 시간이 없었고, 자기 생각을 제대로 설명하지 못했다. 코트니는 자기가 늘 피곤한 이유를 의사가 알아낼 수 있을 만한 이야기를 하나도 하지 않은 느낌이었지만, 어차피 무슨 말을 했어야 하는지도 알 수 없었다.

"이야기 정말 즐거웠다, 코트니."

"감사합니다." 코트니가 자동적으로 중얼거렸다. 코트니는 반사작용처럼 무슨 말을 들어도 "음"이라고 말하는 대신 "감사합니다"라고 말했다.

"우선 철분제를 복용하면서 좀 나아지는지 보자. 달리 제안할 게 없구나. 이렇게 사랑스러운 봄 대신 추운 날씨가 더 나을 수도 있기는 하지만 말이다." 의사가 미소를 지었다.

"감사합니다, 라이스만 박사님. 안녕히 계세요." 코트니가 이렇게 말하면서 손을 뻗었다. 진료실은 무척 남자답고 편안했지만 거기에서 나가는 것이 그렇게 싫지는 않았다. 바깥 날씨가 정말 사랑스러웠고 시내에서 스케이스브룩까지는 걸어가기에 무척 좋은 길이었기 때문이다. 이런 날에는 포리스트 선생님을 견디기도 쉬웠다. 토요일이었고 저녁 식사는 맛이 없었지만 자습이 없기 때문에 바깥세상으로의 짧은 외출을 끝내고 학교로 돌아가는 것이 그렇게 싫지 않았다. 학교까지 걸어가는 길에 코트니는 달리고 싶었지만 예의 바른 스케이스브룩 학생답게 몸집 좋은 포리스트 선생님의 걸음에 보조를 맞추었다. 하지만 봄날이 되면 소녀들이 다들 그렇듯이 햇살을 받으면서 얌전히 있기가 무척 어려웠다.

"아, 재닛, 또 벗고 있구나." 방으로 돌아온 코트니가 지친 듯이 말했다.

재닛이 기지개를 켜고 말했다. "응. 아주 관능적인 기분이야. 나가서 누군가랑 사랑을 나눠야 할 것만 같아. 그게 누구든 말이야." 재닛이 생각에 잠겨 말했다. "너무 뚱뚱하지만 않으면."

코트니가 재닛을 의심스럽게 보았다.

"너, 내 책 읽었어? 크리스토프 이셔우드?"

"이셔우드? 들어본 적도 없다."

"아마 그 사람은 너에 대해서 들어봤을 거야." 코트니가 미소를 지었다. "언제 한 번 읽어봐. 샐리 볼스가 맘에 들 거야."

"어떤 여잔데?"

"아, 정신 나간 여자. 정말 재밌는 사람이지만 제정신은 아니지."

"네가 말해줬던 그 젤다처럼 말이야? F. 스콧 피츠제럴드의 아내."

"그래." 코트니가 말했다. "밤이 너무 더워서 플라자 호텔 근처의 분수에 뛰어든 젤다처럼."

"내가 그렇단 말이지." 재닛이 자랑스럽게 말했다. "피츠제럴드 집안사람 같단 말이지."

"좀 그래." 코트니가 말했다.

“문학적인 룸메이트가 있어서 좋네.” 재닛이 말했다. “바나나는 사 왔어?”

“아니, 포리스트 선생님이랑 같이 갔는데 못 사게 하더라. 2학년생 소머스를 우연히 만났는데, 걔가 사 온다고 했어.”

“선생님이랑은 어땠어?”

“뭐, 괜찮았어. 선생님이랑 얘기해야 하는 건 아니었으니까. 의사는 정말 좋았어. 온갖 질문을 하더라. 공상에 대해서, 피곤함에 대해서, 우울함에 대해서, 전부 다 말이야. 좀 재밌었지만 아무것도 안 나왔어.”

철분제는 코트니에게 전혀 도움이 되지 않았고, 한 주 한 주 지나면서 여름방학이 다가올수록 코트니는 점점 더 과도한 잠에 빠져들었다. 라이스만 박사는 철분제가 별 도움이 되지 않으리라는 사실을 이미 알고 있었다. 그날 저녁 라이스만 박사는 저녁 식사를 하면서 아내에게 이렇게 말했다. “그 애가 잠만 자는 것도 무리는 아니지. 깨어 있고 싶은 이유가 하나도 없으니까.”

4

편리하게도 가든 오브 앨러(할리우드 선셋 대로에 위치한 유명한 아파트 건물. 원래 소유주인 여배우 앨러 나지모바의 이름에서 따왔다/옮긴이)는 커피 한 잔 값만 내면 오후 내내 커피가 무제한으로 제공되는 슈왑스에서 한 블록 떨어진 스트립 거리에 위치해 있었다. 길 건너편 쇠락해가는 가게 진열창에는 자전거를 타는 마네킹과 자전거 비슷한 기계장치를 탄 어깨가 넓은 1940년대 스타들의 사진이 붙어 있었고, 근처에는 싼값으로 배부르게 먹을 수 있는 중국 요리점이 있었다. 가든은 자못 신경질적으로 번득이고 깜빡거리며 바뀌는 네온사인을 통해서 선셋 대로의 통행자들에게 자신의 존재를 외치고 있었다. 물론 인간이 하는 일은 실제보다 더 좋아 보이게 만드는 것이었으므로, 야자수들은 조명등 빛을 받아 빛나고 있었다. 잘 모르는 사람은 네온사인과 기이한 이름을 보고 아주 뻔뻔스럽고 평판이 나쁜 홍등가가 아닌가 하는 인상을 받았지만 사실 가든 오브 앨러의 빌라 가격은 좀더 차분한 비벌리힐스의 호텔 방갈로 가격과 맞먹었고, 주민들이 즐기는 평판 나쁜 행동도 직업적인 것은 아니었다.

빌라들이 기발한 연꽃잎 모양의 수영장을 둘러싸는 형태로 배치되어 있었는데, 수영장의 목적은 물론 실용적인 것이 아니라 상징적인 것이었고, 그 점에서는 감탄할 만큼 성공적이었다. 로터스 열매를 먹고 모든 괴로움을 잊은 몽상가들이 매일 수영장으로 모여들어서 진 러미(gin rummy) 카드 게임을 하면서 맡고 싶은 일이나 최근에 끝낸 일 이야기를 주고받으며 다양한 방법으로 보드카를 마셨다. 수영장 옆에는, 그렇게 불러도 될지 모르지만— 사실 가든 오브 앨러 역시 상징이자 전조에 지나지 않았다—호텔의 주요 건물이 있었다. 호텔 안에는 바가 하나 있었는데, 그것은 확실히 실용적이었다.

바의 벽지는 야단스럽지 않은 초록색이었고 의자는 초록색 가죽이었다. 더욱 악명 높은 최근 경영진이 이곳까지 상징으로 만들려고 사탕 포장지처럼 흰색에 원색 줄무늬가 있는 벽지를 발랐지만, 그들의 치세 역시 짧았다. 그래서 F. 스콧 피츠제럴드의 짧고 비극적인 할리우드 체류 기간 동안 그를 위로해주었던 초록색이 아직 남아 있었다.

예전에, 지금만큼 타락하지 않았던 시절에는 아이들의 시간이라고 불렸지만 지금은 칵테일 시간이라고 불리는 한낮이었다. 할리우드에서 일자리가 있는 사람들은 샤워를 하고 옷을 갈아입고, 일자리가 없는 사람들은 창밖으로 오후의 하늘을 보면서 코듀로이 재킷을 입는 시간이었다.

이것은 또한 손드라 패럴이 고독에서 비롯된 증오심 때문에 아주 싫어하는 시간으로, 그녀는 이 시간을 가든 오브 앨러의 바에서 보냈다. 여자 혼자서 가도 남자들이 지나치게 집적대지 않는 몇 안 되는 장소였기 때문이다. 바텐더 마티가 손드라를 지켜주었다.

"오늘 저녁은 좀 어때요, 패럴 양?" 마티가 경쾌하게 말했다. 어떤 정보를 기대하고 한 말은 아니었고, 사실 정보를 얻으려고 하는 말은 거의 없었다. 그저 공간을 채우는 말, 잔 닦기 같은 행동을 가리는 말이었다.

"평소랑 똑같죠 뭐. 마티, 배리 캐벗 마티니로 줘요." 손드라가 이렇게 덧붙였는데, 이것은 거의 순수한 보드카를, 그것도 많이 달라는 뜻이었다.

"캐벗 씨는 어젯밤 늦게 오셨었어요." 마티가 보드카 마티니를 만들며 말했다.

배리 캐벗은 옆집 남자아이처럼 친숙한 소년 역할을 주로 맡는 20대 후반의 배우였는데, 곧 일자리가 거의 다 없어질 것임을 그 자신도 알고 있었다. 배리 같은 배우가 일할 수 있는 시간은 권투 선수의 전성기만큼이나 짧았고, 성격파 배우 역할을 할 수 있을 때까지의 기다림은 길고 배고플 것이다. 배리는 이제 "중간 역할"을 자주 했고, 할리우드의 거의 모든 바에서는 "캐벗 마티니"라는 말이 통했다.

"어제는 별일 없었어요?" 손드라가 미소를 지었다.

"아, 캐벗 씨 잘 알잖아요." 마티가 대답했다. "그래도 괜찮았어요. 그냥 약간 우울했던 거죠. 다른 사람 얼굴에 마티니를 끼얹지도 않았고요."

캐벗은 특히 연상의 여자들에게 인기가 많았지만 손드라는 연약한 청년들에게 아주 일시적인 관심 이상은 가져본 적이 없었기 때문에 두 사람은 편안하고 공적인 관계였다. 캐벗은 술에 취하지 않았을 때는 좋은 술친구였지만 멀쩡한 시간이 점점 줄어들고 있었고, 그래서 캐벗이 바에 뿌루퉁한 얼굴로 앉아 있으면 손드라는 굳이 말을 걸지 않았다. 배리 캐벗의 주된 매력은 사람들을 재미있게 해주는 것이었다.

"딸은 좀 어때요?" 손드라가 무척 외로워 보였기 때문에 마티가 이렇게 물었다.

"괜찮아요." 손드라가 거짓말을 했다. "곧 돌아올 거예요." 그녀가 덧붙였다.

마티는 이 정보를 머리에 새긴 다음 바 반대쪽 끝으로 가서 방금 들어온 사람들의 주문을 받았다. 그중 한 명이 손드라 패럴을 향해 고개를 끄덕였고, 손드라는 가볍게 손을 들어 인사했다. 그 남자를 어디서 만났는지 기억이 나지 않았지만 아마도 무슨 영화에서였을 것이다.

갑자기 누군가가 손드라의 등을 세게 치는 바람에 마티니가 입술에 살짝 튀었다. 옆에 앉은 남자가 껄껄 웃으며 말했다. "친구 분이신가요?"

"이야, 손드라, 도대체 어디 있었어요?" 배리 캐벗에게는 다른 사람의 비위를 맞추는 태도가 있었다.

"집에 있었지." 손드라가 미소를 지었다. "요즘은 누구한테 마티니 얻어 마셨어?"

배리가 특유의 밝고 소년 같은 미소를 지었다.

"누가 됐든, 지금은 당신이 사줄 거니까요." 배리는 그가 만든 마티니만큼이나 아름답고 낮은 목소리로 유명했는데, 그 역시 이 사실을 알았기 때문에 아직 침대에 누워서 기지개를 켜는 것처럼 천천히 말했다. 손드라는 생각했다. 그래, 배리는 침대에 누워 있는 듯한 목소리를 가졌어.

"재밌게 해주면 사줄게, 배리. 난 울적한 제비족은 못 봐주겠거든."

"그런 얘기를 듣고 나니까 정말 재밌게 해줘야 하는 건가 싶은데요." 배리 캐벗이 건방지게 말했다. "얘기 좀 해봐요." 배리가 다시 그 미소를, 아주 성의 없지만 효과적인 미소를 지었다. "당신 딸은 어때요?" 손드라는 열다섯 살짜리 딸이 있다는 사실을 상기시키는 것을 싫어했고 배리는 그 사실을 잘 알았다.

"아, 골칫거리지. 항상 그렇지만."

"만나보고 싶은데요." 배리가 손드라를 짜증나게 하려고 일부러 말했다.

"곧 할리우드로 올 거야. 제기랄, 걔가 내 사감 선생이라니까."

"물론 아주 사랑스럽겠죠."

"아, 그럼. 무척."

"젊음이 주는 매력이 있으니 말이에요." 배리가 말했다.

"그래, 당연하지."

"난 젊음이 좋더라." 배리가 말했다.

"오, 그건 몰랐네."

"심술부리지 마요." 배리가 말했다.

"내가 늘 그렇지 뭐."

"마거릿은 당신 나이 정도밖에 안 돼요." 배리가 말했다.

"열 살은 더 들어 보이잖아."

“그 여자는 이용하기 편하죠.” 배리가 말했다. “이런, 내 술은 어디 있어?”

“당신이랑 같이 있으면 참 즐거운데 말이야.”

“나랑 같이 있을 필요 없어요, 잘 알겠지만.” 배리가 말했다.

“그럼 갈까?”

“돈은 내야죠.” 배리가 말했다.

“세상에, 당할 수가 없네.”

배리가 술잔을 들더니 천천히, 일부러, 손드라에게서 등을 돌렸다. 배리 캐벗을 아는 사람들은 모두 이런 태도에 익숙했다. 손드라는 굳이 자리에서 일어나지 않았다. 까다로운 아이를 다루는 가장 좋은 방법은 무시하는 것이었다. 손드라는 바 뒤편 거울에 비친 배리의 세련된 옆모습을 보았다. 남자 주인공을 하기에는 너무 약한 얼굴이다. 연습으로 만든 오만한 표정이었고 변화가 없었다. 지금 배리는 일부러 폼을 재고 있었다. 손드라는 거울을 통해서 앨 레온이 들어오는 것을 보고 마음이 놓였다. 그리고 앨이 자신을 발견하고 다가오기를 기다렸다. 바 쪽으로 다가온 앨은 배리를 보았지만 손드라를 향해 어깨를 으쓱할 뿐 그를 무시했다. 앨은 대부분의 남자들처럼 배리 캐벗을 극도로 싫어했다.

“혼자 마시고 있군.”

“그래, 앨. 요즘은 항상 그렇지.”

“아, 또 그러면 안 돼, 손드라.”

손드라가 미소를 지었다. “알았어.” 그녀가 어린애 같으면서도 친근한 목소리로 말했다. 남자들은 이 목소리를 들으면 손드라가 자기에게 꼬리를 친다고 생각했는데, 사실이 그랬다. “나랑 한 잔 마셔 주면 우울해하지 않겠다고 약속할게.”

“기꺼이. 내가 한 잔 더 살까?”

“당신 정말 좋아, 앨.”

“그럼, 테이블로 옮기자.” 앨은 캐벗과 손드라 사이에 서 있으려니 배리 캐벗의 무릎에 앉아 있는 느낌이었다.

“딸은 어때?” 앨이 물었다.

“자기, 오늘 저녁에 한 사람만 더 나한테 그걸 물으면 비명을 지를 거야.”

“그런 말 하지 마. 그렇게 멋진 딸이 있다는 걸 자랑스러워해야지.”

“코트니가 내 젊음을 돌려주는 것도 아니잖아.”

“도대체 어떤 놈 때문에 젊어지고 싶은 건데? 저 호모 같은 배리 캐벗?”

“아니, 아니야. 난 배리한테 전혀 관심 없어. 나 자신을 위해서 젊어지고 싶은 거야. 난 절대 엄마가 될 생각은 없었다고.”

“말은 되네.”

“앨, 당신까지 그렇게 까다롭게 나올 거면…….”

“딸은 어떻게 지내냐고 물어본 것뿐이야. 빌어먹을 당신 집안에서 쓸 만한 사람은 개밖에 없잖아. 당신 첫 남편은 약해빠졌지, 러셀 그 나쁜 놈은…….”

“그 사람 얘기는 빼자고. 당신은 정말 세심하지 못 하다니까.”

“세심? 그런 건 당신처럼 별난 사람한테나 맡겨두지. 난 매니저야, 손드라.”

"앨, 솔직히 말해서 코트니가 좀 걱정이야. 학교에서 전혀 즐거운 것 같지가 않아. 사감 선생님한테서 편지가 왔는데 코트니가 여기로 오고 싶어한대. 공부는 거의 안 하고, 얘기를 나눌 친구도 없대."

"크리스마스 때 내가 말했잖아, 걘 가정이 필요해. 이제 러셀이 빠졌으니까—그래, 알아, 나 세심하지 못 해—내 생각엔 당신이 코트니를 데리고 와서 같이 살아야 할 것 같은데."

"앨, 지금 나한테 뭘 하라는 건지 알아?"

"그래 알아, 기분 전환 삼아서 엄마 노릇 좀 해보라는 거지. 책임감을 좀 가지라는 거야."

"앨, 내가 걔한테 어떻게 해줬는지 당신도 나만큼이나 잘 알잖아."

"유감이지만 알 거 같군. 크리스마스라고 엄마한테 왔는데 바에 덩그러니 내버려뒀지."

"바에 내버려뒀다고! 정말이지, 앨! 코트니는 어른인 척하는 걸 좋아해, 우리랑 다이키리 마시는 거 말이야."

"말도 안 돼. 애들은 애다운 걸 좋아한다고."

"그렇지만. 당신도 알겠지만 난 혼자 있는 거 싫어. 난 내 비위를 맞춰주는 남자들한테 둘러싸여야 하는 여자라고."

"그럼 그렇게 해. 하지만 코트니는 기숙학교에서 빼줘."

"하지만 거기가 안전하단 말이야."

"퍽도 그렇겠다. 집이 없는데 어떻게 안전할 수가 있어?"

"당신 지금 나한테 애 키우는 법을 가르치는 거야?"

"그래. 손드라, 코트니는 아빠한테 하듯이 나한테 모든 걸 털어놔. 난 걔 마음속에서 무슨 일이 일어나고 있는지 안다고."

"걔 아빠나 나보다 당신이 더 잘 안다는 거네."

앨이 고개를 끄덕였다.

"그럼 어느 학교에 보내라는 거야?"

"할리우드 고등학교."

"세상에, 안 돼."

"뭐가 어때서? 나도 어렸을 때 거기 다녔어."

"내 말이 바로 그거야. 안 돼, 코트니는 못 어울릴 거야. 걘 동부에서 가장 좋은 학교랑 가장 좋은 캠프는 다 다녔어. 코트니한테 생활방식을 바꿔서 전혀 다른 애들이랑 어울리라고 할 순 없어."

"그럼 돈 많은 애들이 다니는 비벌리힐스 고등학교에 보내든지."

"있지." 손드라 술잔을 만지작거리면서 말했다. "그렇게 나쁜 생각은 아닐지도 모르겠다."

"이 빌라를 나가서 비벌리힐스에 집을 사는 게 당신한테도 더 좋을지도 몰라."

"음, 그건 잘 모르겠어. 두고 봐야지. 하지만 당신 말도 일리가 있는 것 같아."

"결정은 당신한테 맡기지. 가봐야겠어. 저번에 데려왔던 작고 귀여운 아가씨랑 데이트가 있거든. 세상에, 자기 아파트로 데리러 오라지 뭐야. 정말 우아하다니까."

"즐거운 시간 보내." 손드라가 미소를 지었다.

"잘 있어, 별난 아가씨." 앨이 다정하게 말했다.

손드라 패럴은 코트니와 같이 산다는 생각에, 아이에게 가정을 만들어주어야 한다는 생각에 겁이 났다. 지금까지 사 년 동안 할리우드에서 젊은 아가씨처럼 살아왔는데 이제 와서 갑자기 어른이 거의 다 된 아이를 둔 엄마가 되는 것이다. 이렇게 생각하자 손드라는 무서웠다. 하지만 손드라는 앨의 말이 맞다는 사실을 알았다. 제기랄, 앨은 어설프고 단도직입적이었지만 항상 옳은 말만 했다. 코트니는 정말 집이 필요했고, 손드라는 이미 몇 년 전부터 그 사실을 알고 있었다. 시간이 좀 걸리기는 했지만 손드라 패럴은 항상 결국에는 책임을 졌고, 거기에 자부심을 느꼈다. 물론 항상 마지못해서, 자신이 희생하고 있다는 사실을 의식하면서 그렇게 했기 때문에 손드라의 선행은 의미가 줄어들었다. 손드라는 종종 스스로에게 말했듯이 코트니를 가장 좋은 학교와 가장 좋은 캠프에 보내고, 코트니에게 근사한 옷을 사주었다. 하지만 자기 자신을 내어주는 것은 또다른 문제였다. 손드라는 자신을 온전히 내어준 적이 없었고, 남편들에게도 마찬가지였다. 하지만 그렇게 해야 한다는 사실을 알았기 때문에 손드라는 가든 오브 앨러의 바에서 나와 코트니에게 편지를 썼다.

5

코트니는 스케이스브룩 따위 꺼지라고 말할 수 있게 되어서 기뻤다. 리스 선생님이 코트니를 내년『리트 리뷰』의 편집장으로 진지하게 고민하고 있었다고 말했을 때는 후회로 가슴이 아팠지만 드디어 학교를 떠나게 되어서 좋았다. 코트니는 불평꾼이 되기 싫었고, 어떤 곳이 싫으면 거기서 나가는 것이 정당하다고 느꼈다. 게다가 재닛도 학교에서 쫓겨났는데, 코트니는 다른 사람이랑 방을 같이 쓰고 싶지 않았다.

라과디아 공항에서 비행기에 오를 때 코트니는 평소보다 더 가슴이 두근거렸다. 이번에는 기숙학교를 영영 떠나는 것이었기 때문이다. 코트니는 한 살 반부터 비행기를 탔고 일곱 살부터는 혼자서 타고 다녔지만, 아직도 이륙 전에 모터가 공회전을 할 때면 흥분을 느꼈다. 비행기가 뉴욕을 벗어나 한 시간 정도 지나서 코트니가 그토록 사랑했던 도시의 풍경이 사라지고 숨 막힐 듯 짙은 밤 구름이 덮이자 코트니는 엄마의 편지를 꺼내서 다시 읽었다.

사랑하는 코트니에게

지난번에 사감 선생님의 편지를 받고 엄마는 무척 화가 났지만, 너무나도 분명한 문제에 대해서 내가 해결책을 제시할 수 있을 때까지 답장을 쓰기를 망설였단다. 사감 선생님께서 라이스만 선생님과 상담을 했다는 얘기를 해주셨어. 학교에서는 널 무척 걱정하더구나. 네가 무슨 얘기를 꾸며냈기에 의사 선생님이 네가 자살 충동을 느끼고 있다고 생각하셨는지 모르겠다. 우린 그게 말도 안 되는 소리라는 걸 알지만 학교에서는 모르잖니, 이런 일로 장난을 치면 안 돼. 하지만 꾸중은 이쯤 해두자.

네가 영어 선생님에게 더 이상 집착하지 않는다는 얘기를 듣고 엄마는 무척 기뻤단다. 또래 아이들이랑 친하게 지내는 게 너한테 얼마나 어려운 일인지 알지만, 나이 많은 사람이랑 친하게 지내면 더욱 외로워질 뿐이야. 너한테 도움도 안 되고 또래 아이들이랑 더 멀어질 뿐이거든. 사감 선생님 말씀이 네가 이제 다른 애들을 더 자주 만나는 것 같다고, 어떤 애들 — 앨버츠랑 또다른 애 — 이랑 친구가 된 것 같다고 하셨는데, 그 얘기를 듣고 엄마는 정말 기뻤어.

엄마는 포리스트 선생님의 편지에서 행간을 읽고 네가 봄방학 이후에 스케이스브룩에 더 불만이 많아졌다는 사실을 알았단다. 어쨌든 네가 잠을 지나치게 많이 잔다는 건 분명히 뭔가 괴로운 일이 있다는 뜻일 거야. 네가 무엇으로부터 달아나고 싶은 건지 모르겠지만, 이제 내가 너에게 진짜 가정을 만들어줄 때가 된 것 같구나. 아무튼 넌 데이트도 하고 파티도 즐겨야 되니까. 또 그러고 싶으면 밤에 냉장고를 습격할 수도 있어야지. 대부분의 아이들은 당연하게 여기는 일들이거든. 내가 절대 머리가 희끗희끗한 엄마가 될 수도 없고, 네가 기숙학교에서 느꼈던 안정감을 줄 수도 없다는 건 알아. 하지만 그런 건 너도 다 알고 있잖아. 선택은 너한테 달렸어.

네 아빠랑 전화로 이야기를 했는데, 아빠는 네가 여기로 와야 한다고 생각하셔. 그러니까, 네가 그러고 싶다면 말이야. 물론 네 아빠는 자기 책임을 나라 반대편으로 보낼 수만 있다면 항상 기뻐하지만. 이쪽으로 오겠다고 결심하면 비벌리힐스 고등학교에 등록해야 하니까 가능한 한 빨리 알려줘. 그리고 아빠한테도 알려드리고, 그러면 아빠가 리스 선생님과 이야기를 하실 거야. 하지만 우리가 너한테 강요한다고 생각하진 말아 주렴. 네가 그 학교에 남고 싶다면 엄마와 아빠는 네 선택을 이해한단다.

참, 앨 레온 아저씨가 안부를 전해달라고 했고, 가든 전체가 네가 오기를 기다리고 있어. 코트니, 시험 잘 봐. 네가 오기를 진심으로 고대하고 있어. 아침에 같이 샴페인 마시자. 그리고 약속할게, 넌 이번 여름에 파티에 다닐 수 있을 거야.

사랑해.

엄마가.

코트니는 별다른 의구심이 없었고 버뱅크에 도착해 비행기에서 내릴 때는 자기 결정에 대한 확신이 더욱 커졌다. 가든은 기민하게 준비를 끝내고 있었다. 앨 레온과 여러 배우들이 바에서 코트니를 기다리고 있었는데, 이들은 정말로 아침에 샴페인을 마셨다. 코트니가 처음 보는 배리 캐벗이라는 배우도 있었다. 그는 약간 취했지만 매력적이었고, 예상대로 포옹으로 인사를 하고 예상대로 눈이 예쁘다고 말했다. 바가 침침해서 코트니의 눈은 무척 검게 보였다. 배리 캐벗에게는 코트니의 흥미를 자극하는 오만함이 있었다. 코트니 자신과 비슷했다. 그는 고개를 돌릴 때 마치 카메라가 살찐 자기 턱을 찍는 것이 싫다는 듯한 포즈를 취했는데, 겨우 스물여덟 살이고 날씬하기는 했지만 수없이 마신 마티니가 남긴 불가피한 결과였다. 그런 포즈를 취하는 배리를 보니 코트니는 영국 시인 루퍼트 브룩의 닳고 닳은 시집 표지에 실린 시인의 사진이 떠올랐다. 그날 밤 코트니는 잠들기 전에 배리 캐벗을 생각했다.

다음 날 아침에 코트니는 늦잠을 자느라 아침 식사와 예배를 놓쳤다는 생각을 어렴풋이 하면서 잠에서 깼다. 부드러운 아침 햇살이 침대를 비추었고 코트니는 주변을 둘러보았다. 그런 다음 창문에 가볍게 쓸리는 야자나무를 보고 안심하며 다시 침대에 누웠다. 스케이스브룩은 이제 저 멀리 있었다. 옷을 입고 나가 보니 거실은 빈 잔과 가득 찬 재떨이로 어지러웠다. 코트니는 이 광경을 보고 더욱 안심했다. 칵테일 파티는 코트니의 삶에서 변하지 않는 몇 안 되는 것들 중 하나였다. 코트니는 평생 어린 시절을 생각하면 술을 떠올릴 것이다. 그녀는 혼자라는 사실이 싫을 때면, 다른 사람들이 저녁을 짓는 냄새를 맡거나 여름 잔디밭에 호스로 물을 뿌리는 장면을 보면서 안심하듯이 술을 마시며 마음을 달랬다.

소파 위에는 캘리포니아의 차가운 밤공기 때문에 담요를 둘둘 만 배리 캐벗이 어린애처럼 깊이 잠들어 있었다. 코트니는 배리를 보았다. 머리는 팔에 파묻혀 있었고 자느라 긴장이 풀려서 소년 같은 표정이었다. 코트니는 그의 맞은편에 앉았다. 왜 배리가 자는 모습을 보는 것이 좋은지 알 수 없었다. 그의 피부는 여자나 어린아이처럼 희고 맑았고, 붉은 갈색 머리카락이 볼록한 이마 위로 내려와 있었다. 배리의 입은 세밀하고 섬세한 모양이었고 두꺼운 아랫입술은 초조해 보였다.

코트니가 고개를 들어보니 엄마가 거실로 나오는 중이었다. 흰색 새틴 목욕 가운 때문에 햇볕에 그을린 피부가 돋보였다.

"안녕, 코트니. 잘 잤니?"

"아주 잘 잤어요. 고마워요, 엄마." 코트니가 소파를 내려다보았다. "손님도 아주 잘 자고 있네요."

"아, 그래. 어젯밤에 파티가 늦게 끝났어. 내가 햄을 시키는 바람에 말이야. 다들 며칠 동안 아무것도 안 먹었나봐. 배리는 집에 가는 게 무섭다고 하더라. 그런 사람 있잖아, 어둠 속에 혼자 있는 거 무서워하는 피터 팬 같은 소년 말이야. 그래서 소파에서 자도 된다고 했어."

갑자기 현관문 쪽에서 다급하게 문 두드리는 소리가 났다. 코트니가 일어나서 나가보았다. 느지막한 오전의 밝은 빛을 배경으로 서 있는 사람은 뉴욕 출신의 작가이자 어젯밤의 손님이었던 패트릭 캐버너였다. 그의 손에는 블러디메리 네 잔이 놓여 있는 은색 쟁반이 들려 있었다. 코트니가 싱긋 웃으며 쟁반을 받았다.

"아, 패트릭!" 손드라 패럴이 황급히 다가와서 그를 안았다.

"항상 얻어먹는 저 배리 캐벗 좀 깨워봐." 패트릭이 말했다.

배리가 소파에 얼굴을 파묻은 채 불분명하게 뭔가 중얼거렸다.

"블러디메리가 왔어, 캐벗." 패트릭이 말했다.

캐벗이 잠에서 깨어 꾸물꾸물 일어나 앉았다.

"나도 마셔도 돼요, 엄마?"

"코트니 것도 한 잔 사왔는데." 패트릭이 말했다.

"안 돼, 코트니. 오전 열한 시에 보드카라니. 아빠가 알면 천식 발작을 일으키실 거야."

"얘도 좀 주지 그래요." 배리가 말했다.

"음, 그럼 조금만 마셔." 마음 약해진 엄마가 말했다.

패트릭이 장엄하게 잔을 들었다.

"코트니를 위하여." 그가 말했다. "항상 느지막이 일어나보면 술이 코트니를 기다리고 있기를."

"재미있는 남자들에게 둘러싸인 채 말이지." 엄마가 덧붙였다.

"아빠가 뒤로 넘어가시겠어요." 코트니는 이렇게 말했지만 축사가 마음에 들었고 블러디메리가 타바스코 소스와 토마토 주스를 섞은 맛이 난다는 사실을 깨닫자 기분이 좋아졌다.

엄마는 네 사람이 먹을 아침 식사를 주문하면서 블러디메리와 어마어마한 양의 블랙커피까지 시켰다. 코트니는 블러디메리를 더 마실 수는 없었지만 어쨌든 배가 고팠고, 아침 식사를 한 다음 수영을 하러 가고 싶었다.

사람들이 거실에서 이야기를 나누는 동안 코트니는 검은색 수영복을 입고 거울에 비친 모습을 보았다. 코트니는 몸매가 좋았고, 자신도 그 사실을 잘 알았다. 몇 년 동안이나 운동을 했기 때문에 무용수처럼 다리 근육이 탄탄했다. 코트니는 날씬하고 몸이 좋았다. 어깨는 넓었고 적당히 그을린 피부와 쇄골과 상체가 눈에 띄었다. 열다섯 살이었지만 가슴은 단단하고 풍만했다. 코트니는 굴곡 있고 단단하고 관능적인 여인의 몸을 가지고 있었고, 다른 사람들도 그 사실을 모르지 않았다. 코트니는 걷는 것처럼 아주 단순한 행동을 할 때도 무척 편안하고 확신에 차서 자기 몸을 끊임없이 의식했으며 초록색 눈은 생기가 넘쳤고 도전적인 자세가 엿보였다. 이 모든 것이 그녀의 열정을 확실히 보여주었다. 코트니는 아직 열여섯 살도 되지 않았지만 사랑할 준비가 되어 있었다. 남자들은 이 사실을 알았지만 코트니의 엄마는 몰랐고, 코트니 본인 역시 희미하게 느낄 뿐이었다. 코트니는 남자에게 키스를 한 적이 없었고 재닛처럼 사랑을 나누는 척하는 것을 즐기지도 않았지만 열정이 넘쳤고 사랑이 간절히 필요했다.

수영장으로 간 코트니는 자기와 나이가 비슷한 남자아이들 세 명을 보고 깜짝 놀랐다. 왠지 모르지만 가든 오브 앨러에 사는 부부들은 아이를 낳을 능력이 없는 것 같아 보였다. 남자아이들이 서로를 수영장에 빠뜨리면서 터뜨리는 젊은 웃음소리는 일광욕하는 사람들을 깜짝 놀라게 하고 연꽃 모양 수영장에 드리워진 어렴풋한 환상과 자기기만을 흩뜨리는 것 같았다. 코트니는 남자아이들의 존재가 반갑지 않았다. 이 아이들은 젊음이라는 가혹할 만큼 밝고 야만적인 세상에서 부드럽고 아무도 밟지 않은 실망의 땅으로 들어온 침입자들이었다.

마호가니 빛으로 살갗을 태운 앨 레온이 건너편 아파트에서 길을 건너와서 기다란 접이식 의자에서 팔굽혀펴기를 하고 있었다.

"안녕, 코트니." 앨이 코트니를 보고 상냥하게 인사했다. "어제 몇 시에 잤니?"

"아마 두 시쯤이었을 거예요."

"엄마는 어디 계시지?"

"빌라에요. 사람들이랑 블러디메리를 마셔요. 저는 수영하고 싶어서 나왔어요."

"배리 캐벗도 있니?"

"네, 그 사람은 소파에서 잤어요."

"그럴 것 같더라. 코트니, 배리를 어떻게 생각하지?"

"좋아요. 어쩐지 흥미가 생겨요."

"이런, 안 그래도 그럴까 싶어서 걱정이었는데. 코트니, 얘야, 그 호모 자식은 조심해야 돼. 그놈은 정말 아무 짝에도 쓸모가 없어."

"조심하라니, 무슨 뜻이에요?"

"배리는 네가 좋아할 만한 남자야. 지적인 척하는 예술가 유형에다가 여자들이 매력을 느끼는 스타일이지. 게다가 네 엄마가 배리를 재밌어하면서 가끔 술이나 저녁도 사주니까 너희 빌라 주변을 어슬렁거리는 일도 많고. 그러니 그 남자한테 절대 관심을 가지면 안 된다, 배리는 정말 쓰레기 같은 남자야."

"앨 아저씨, 난 아무한테도 관심 없어요. 특히 배리 캐벗 씨처럼 나이 많은 남자는요." 코트니가 참을성 있게 말했다. "저는 아직 어리잖아요."

"모르겠구나. 넌 여자야, 그것도 매력적인 여자. 여긴 그걸 이용하려는 남자들이 많단다."

"저기 수영장에서 노는 애들은 누구예요?" 코트니가 화제를 바꾸며 말했다.

"두 명은 텔레비전 프로듀서의 애들이고 나머지 하나는 감독 아들이야. 여름이라서 놀러 왔지. 만나볼래?"

"뭐, 됐어요. 너무 시끄러워요."

"내가 소개해줄게. 네가 보기엔 좀 애들 같겠지만 괜찮은 애들이야. 너보다는 몇 살 많아."

"수영장에서 나오면 만나보죠 뭐." 코트니가 별 열의 없이 말했다.

앨은 몇 분 동안 햇빛을 받으며 누워 있었다.

"코트니, 엄마에 대해서 하고 싶은 얘기가 있는데." 앨이 비밀스런 어조로 이렇게 말한 다음 주변을 둘러보았지만 근처에는 아무도 없었다.

"네 엄마는 너한테 절대로 말하지 않겠지만 난 네가 알아야 한다고 생각해." 앨이 낮은 목소리로 말했다. "네 엄마는 곧 빈털터리가 될 거야. 다른 기회가 아주 빨리 오지 않는다면 말이야."

코트니가 얼굴을 찌푸리고 이상하다는 듯이 말했다. "하지만 계약이……."

"영화사는 네 엄마랑 계약을 안 했어. 닉 러셀이 찍을 새 영화에서 손드라가 주연을 맡을 가능성이 있긴 하지만, 그게 네 엄마의 유일한 희망이란다. 하지만 네 엄마는 작년만큼 인기가 없어. 다들 허리를 졸라매고 있고, 너도 알고 있을지도 모르지만 계약을 파기당하는 배우들이 수두룩해. 손드라는 빚이 많아서 만약에 이번 일을 못 따내면, 내 생각에는 파산을 선언하는 것밖에 방법이 없을 것 같구나. 최근 영화 두 편이 완전히 망해서 다들 손드라한테 운을 맡길 순 없다고 두려워하고 있어."

"하지만 플라자 호텔이랑, 가든 빌라랑, 엄마가 이번 가을에 비벌리힐스에 집을 얻는다는데, 그건 어떻게 해요?"

"코트니, 너도 나만큼 네 엄마를 잘 알잖니. 네 엄마는 별난 사람이라서 항상 어떤 보이지 않는 힘이 돈을 가져다줄 거라고 생각하잖아. 네 엄마는 자기가 빈털터리라는 사실을 못 믿어, 그래서 점점 더 빚에 빠져들면서 마지막 순간에 뭔가 수가 생길 거라고 생각하지."

"미코버 씨(찰스 디킨스의 소설 『데이비드 코퍼필드』의 등장인물로 빚에 시달리면서도 항상 "뭔가가 나타날 것"이라고 생각하기 때문에 낙천주의자라는 뜻으로도 쓰인다/옮긴이)죠." 코트니가 생각에 잠겨 말했다.

"뭐라고?"

"아무것도 아니에요."

"그러니까 코트니, 지금 그런 상황이야. 너한테 말해주는 게 나을 것 같아서. 너희 집안에서 제정신이 박힌 사람은 너밖에 없잖아. 엄마가 미친 듯이 쇼핑이라도 하면 네가 말릴 수 있을지도 모르니까. 또 이런 일이 폭탄처럼 갑자기 터지는 것도 안 좋을 것 같아서 네가 마음의 준비를 해두면 좋겠다고 생각했단다. 넌 이런 일을 감당할 만큼은 나이를 먹었으니까."

코트니는 사람들이 아이가 절대 가져서는 안 되는 책임을 자신에게 떠맡기면서, 아이가 환상의 탑에서 바벨의 평원으로 스스로 내려올 때까지는 무시해야만 하는 현실을 어쩔 수 없이 직시하게 만들면서 했던 말들이 떠올랐다.

"말씀해주셔서 고마워요, 앨 아저씨. 어쩌면 아저씨랑 제가 힘을 합쳐서 엄마가 조금 더 분별 있게 행동하도록 할 수 있을지도 모르지만, 과연 그럴 수 있을까 싶기도 해요. 아무튼 노력해볼게요. 엄마 빚이 늘어나면 안 되니까 용돈을 달라거나 옷을 사달라고 하지는 않을게요."

비벌리힐스 언덕 위의 집은 햇살 속에서 이 현실 세계의 가장 비현실적인 파스텔 톤과 어우러져 시야에서 사라졌다. 코트니는 생각했다. 무슨 상관이람, 내가 돈 때문에 여기 오겠다고 결정한 것도 아닌데. 돈은 항상 도움이 되기는 하지만. 코트니가 덧붙였다. 정말 구질구질해! 코트니는 갑자기, 화를 내면서 생각했다. 파산이 눈앞에 있다니, 너무 구질구질하고 불쾌해! 하지만 그것은 환상과 환영의 세계, 매력적인 세계에서 살기 위해서 치러야 할 대가였다. 어쩌면. 하지만 코트니는 그 사실을 몰랐다.

코트니는 앨 레온 옆에서 햇빛을 받으며 누워서 어느새 배리 캐벗을 생각하고 있었다. 코트니는 그를 알고 싶었고 그와 이야기를 나누고 싶었다. 저녁에, 코트니가 보통 혼자서 스트립 거리를 걸어다니는 시간에 그의 옆에 앉아 있으면 정말 멋질 것이다. 코트니는 외로움이 지겨웠고, 이유는 몰랐지만 약간 무섭기도 했다. 갑자기 아무 이유도 없이 배리 캐벗과 키스를 하면 어떨까 하는 생각이 떠올랐다. 하지만 바보 같은 생각이었다. 코트니는 아직 아이였고 배리 캐벗 같은 남자는 그녀에게 관심도 없을 것이다. 코트니는 그 생각을 떨쳐버렸다.

"코트니." 앨이 말했다. "우리 집에 가서 한 잔 할래?"

앨은 생각에 잠겨서 너무나 외롭게 앉아 있는 아이가 불쌍했다. 자신의 말 때문에 기분이 상했을 것이다. 코트니가 할리우드에서 자리를 잡을 때까지 기다렸다가 파산 이야기를 꺼냈어야 했는데, 앨은 항상 생각 없이 말했다. 그는 할 말이 있으면 바로 해버리는 사람이었다.

코트니는 앨의 초대를 받아서 기뻤다. 지금까지 코트니에게 같이 한 잔 하자고 말한 남자는 한 명도 없었다.

"좋아요, 앨 아저씨."

두 사람은 길을 건너 앨의 아파트로 갔다. 집안으로 들어가던 코트니는 갑자기 남자의 아파트에 가면 안 될지도 모른다는 생각이 들었다. 엄마는 항상 그러면 안 된다고 말했다. 하지만 코트니는 곧 자신을 비웃었다. 이 사람은 남자가 아니라 앨 아저씨였고, 어쨌든 코트니는 아이에 지나지 않았다.

"한 잔"이 자몽 주스라는 사실이 드러나자 망설였던 순간이 더욱 바보 같이 느껴졌다. 그녀는 어둑어둑한 거실로 들어가 앨의 맞은편 소파에 앉았다.

"내 말 때문에 기분 나빠하지 않았으면 좋겠구나, 코트니." 앨이 자몽 주스를 마시며 말했다.

"아니에요, 앨 아저씨, 괜찮아요. 난 항상 모든 것이 완벽하기를 바라는데 우리가 곧 파산할 거라고 생각하니까, 그런 현실을 마주하니까 환상이 조금 깨진 것뿐이에요."

"이런, 난 네가 너희 집안에서 유일하게 제정신이 박힌 줄 알았는데. 꼭 네 엄마처럼 말하는구나."

"있잖아요, 엄마랑 난 아저씨가 생각하는 것보다 훨씬 더 비슷해요." 코트니가 소파에 몸을 기대고 간접 조명이 달린 천장을 물끄러미 보았다. "가끔은 전부 다 버리고 떠나고 싶어요, 복잡한 건 전부 다 버리고 말이에요. 그리고 내 주변 사람들과는 다른 사람이 되고 싶어요."

"노력하면 되잖아, 코트니."

"아니요, 그럴 수가 없어요. 어젯밤 할리우드로 돌아왔을 때 내가 자란 환경에서 벗어날 수 없다는 걸 깨달았어요. 한 여섯 살쯤에 아저씨 같은 사람한테 맡겨졌으면 달라질 수 있었을지도 모르죠. 하지만 이제 전 열한 시에 칵테일을 마시거나 정오에 아침을 먹는 데 익숙해졌어요."

"내 나이쯤 되는 사람처럼 말하는구나."

"전 이제 어른이 다 됐어요, 앨 아저씨. 저한테 어린 시절이 있었다 해도 이미 지나갔고, 내가 어떤 사람이 될지는 좋든 싫든 이미 정해졌어요. 거기에 저항할 수 있을지도 모르지만, 그래봤자 지치고 혼란스럽기만 할 거예요." 코트니가 일어나 앉아서 목을 문질렀다. "비행기에서 잤더니 온몸이 뻣뻣해요."

"내가 어깨 좀 주물러줄까?"

"네, 좋아요."

앨이 자몽 주스를 치우고 코트니 옆에 앉은 다음 네모난 갈색 손을 코트니의 목에 얹고 손가락으로 매끄럽고 어린 근육을 만졌다. 그는 긴장된 근육을 느끼고 거기에 집중하면서 자기 손가락 아래 놓인 햇볕에 그을린 단단한 몸을 무시하려고 애썼다. 어쨌든 코트니는 아직 아이였고 앨을 믿고 있었다.

코트니는 남자가 어깨를 주물러주는 느낌이 좋았다. 코트니가 앨에게 몸을 기대고 미소를 지었다. 코트니는 남자들이 좋았고, 앨이 좋았다. 그녀는 앨에게 기대어 온기를 느끼다가 새로운 느낌을 의식하기 시작했다. 서로의 느낌을 전하는 생생한 감각, 따뜻하면서도 점점 더 긴장되는 감각이었다. 코트니가 그 정도로 어리지는 않았다. 코트니는 자신이 앨에게 끌리고 있음을 알았고, 그의 몸이 이토록 가까이 있는 것이 좋았다.

앨이 몸을 숙여서 코트니의 뒷목에 입을 맞추었다. 코트니는 더 이상 코트니가 아니었다. 그녀는 앨에게 몸을 기댄 생기 넘치는 젊은 여성이었다. 앨이 코트니의 머리를 소파에 부드럽게 누인 다음 그녀의 다리를 움직이자 마침내 코트니는 그의 옆에 누운 자세가 되었다. 그가 코트니의 어깨에 부드럽게 입을 맞추더니 손으로 그녀의 팔을 쓸어내렸다. 앨이 코트니의 머리에 자기 머리를 가져다 대자 젊은 육체가 내뿜는 떨림이 더욱 강해졌다.

코트니 역시 감정에 휩쓸려 자신을 잊었다. 이런 감각은 처음이었다. 코트니의 정신, 항상 그녀를 지배했던 그 정신이 해방된 열정 속에서 희미하고 사소해졌고, 코트니는 정신의 지배력이 약해지는 것을 후회할 시간이 없었다. 코트니의 몸이 갑자기 의식을 가지고 생생하게 살아났는데, 코트니는 자신이 이렇게 할 수 있으리라고는 생각도 하지 못했다. 누군가가 그녀를 원했고, 코트니는 다른 사람이 자신을 원한다는 것이 행복했다.

“긴장 풀어.” 앨이 부드럽게 말했다. “날 안아봐.”

앨의 목소리를 듣자 갑자기 현실감이 느껴져서 코트니는 깜짝 놀라 고개를 돌렸다.

앨이 일어나 앉아서 코트니를, 젊고 그 누구의 손길도 모르고 어딘가 무방비한 그녀를 보았다. 코트니는 거기 누워서 아무 말도 하지 않았고 움직이지도 않았다.

"넌 인형 같아." 앨이 말했다. "나무로 만든 인형."

코트니는 대답하지 않았다.

"넌 정말 착한 애구나." 앨이 말했다. "그 사실을 알게 돼서 기쁘다. 넌 괜찮아, 코트니. 계속 그렇게만 있으렴. 나 같은 놈이 널 바꾸게 놔두지 마."

"아뇨, 난 그렇게 좋은 애가 아니에요." 코트니가 중얼거렸다. 무척 더럽고 땀으로 축축해진 기분이었고, 자신이 역겨웠기 때문이다. 코트니가 일어나 앉았다. 앨이 코트니의 맞은편 소파로 가서 자몽 주스 잔을 들었다.

"미안하다, 얘야. 난 몰랐어 — 확신이 없었어. 네가 훨씬 더 많이 아는 것 같았거든. 상처를 줬다면 미안하다, 난 널 정말 좋아한단다. 널 다치게 하고 싶은 건 아니었는데. 하지만 정말이야, 미처 생각을 못 했어."

"아니에요, 아저씨." 코트니는 앨의 기분이 나아지게 하려고 싱긋 웃었다. "에이, 아니에요. 저도 잘못했는데요, 뭐. 전 아저씨가 저와 사랑을 나누길 바랐어요. 누군가가 그렇게 해주길 바랐어요. 그랬는데 갑자기 겁이 났고, 사실은 그걸 원하지 않는다는 사실을 깨달은 거예요. 혹시 담배 있어요?"

코트니는 다른 사람에게 담배를 달라고 해본 적이 없었다. 사실 담배를 피우고 싶은 것도 아니었다. 피우는 법을 배운 지도 얼마 되지 않았고 담배에 익숙하지도 않았다. 하지만 왠지 담배를 피워야 할 것 같아서 초보자처럼 보이지 않으려고 주의를 기울이면서 담배를 피웠다.

앨은 코트니가 담배를 달라고 해서 놀랐다. 지금까지 코트니는 한 번도 담배를 피우지 않았고, 앨은 코트니가 담배를 피운다는 사실이 마음에 들지 않았다. 하지만 앨은 코트니 앞에서 남자가 되었기 때문에 그녀를 가르칠 권리를 잃어버렸다. 그 명예로운 지위를 잃은 앨은 코트니가 담배를 피우는 동안 아무 말도 없이 허공을 바라보았다. 그는 침묵이 어색했다. 앨은 전에도 여자에게 다가갔다가 퇴짜를 맞은 적이 있었고, 여자들이 당황한 적도 있었다. 하지만 그 누구도 말없이 앉아서 맞은편 벽만 바라보지는 않았다. 앨은 정말 비열한 놈이 된 기분이었다.

"이런." 마침내 앨이 말했다.

코트니가 고개를 들어 그를 보았다.

"오늘밤에 같이 저녁이나 먹을래?"

코트니는 그러고 싶지 않았다. 코트니는 앨을 보고 싶지 않았다. 조금 전에 일어난 일을 지워버리고 싶었다. 하지만 앨이 화를 내는 것은 싫었다. 어쨌든, 여자라면 남자들이 접근하는 것을 예상해야 했고, 그랬다고 해서 남자를 탓할 수는 없었다. 게다가 코트니는 더 이상 달아날 수 없었는데, 여기서 싫다고 말하면 다시 달아나는 셈이 된다.

"좋아요, 앨 아저씨."

"여섯 시에 데리러 가마."

"알았어요. 이제 사람들도 다 갔을 거예요." 코트니가 말했다. "저도 가봐야겠어요."

"아까 그 남자애들 소개해줄까?" 앨은 코트니를 아이로 되돌리기 위해서 뭔가를 해야 할 것만 같았다. 손드라에게 코트니를 아이답게 대해야 한다고 그렇게 설교를 해놓고서 자신이 자기 말을 어긴 셈이었다.

"아뇨." 코트니는 그 소녀들을, 어린 침입자들을 만나고 싶은 생각이 없었다. 그녀는 그 애들 같은 어린애가 아니었고 결코 그렇게 될 수도 없었다. 코트니가 일어섰다.

"나중에 봐요, 아저씨."

"미안하다." 앨이 다시 말했다.

"뭐가요?" 코트니가 말했다. "괜찮아요, 아저씨."

코트니는 어깨를 으쓱하고서 아무렇지도 않은 것처럼 캘리포니아의 오후로 나가서 집으로 돌아갔고, 집에 아무도 없는 것을 확인하자 침대에 몸을 던지고 울었다.

6

늦은 오후는 조용하고 사색적이었다. 코트니는 엄마가 싫어하는 딱 붙는 리바이스 청바지를 입고 창가에 앉아서 보들레르의 시집『악의 꽃』을 읽고 있었다.

손드라는 코트니를 보면서 쟤가 왜 저렇게 우울한 걸까 생각했다. 손드라는 앨이 코트니를 저녁 식사에 데려간다고 해서 기뻤다. 코트니는 앨을 무척 좋아했고 깊이 신뢰했다. 하지만 코트니는 저녁 식사를 하고 나자 기분이 훨씬 더 나빠진 것 같았다. 코트니는 말도 없이 혼자만의 생각에 잠겼다. 그러고 보면 요즘의 코트니는 손드라가 본 작년 그 어느 때보다 더욱 혼자만의 생각에 잠겨 있었다. 그저 코트니가 자라면서 엄마와 멀어지고 있는 것뿐인지도 몰랐다.

"코트니—"

"네, 엄마."

"코트니, 뭐가 문제인지 말해봐. 내가 어떻게 해볼 수도 있잖아."

"아무 문제도 없어요, 엄마."

"뭐, 어쨌든 나한테는 말 안 할 거라고 생각했어." 손드라가 지친 듯이 말했다.

“아마 그렇겠죠.”

“저녁 식사 때 사람을 초대할까? 그러면 기분이 좀 나아지겠니?”

“엄마, 나 우울하지 않아요.”

“우울한데 뭐. 할리우드 생활이 즐겁지 않니? 그때 본 괜찮은 남자 애들이랑 기분 전환 삼아서 같이 수영을 해도 되잖아.”

“네, 좋은 애들이에요. 아주 어리죠.”

“너도 그렇게 나이가 많은 건 아니잖아.” 손드라가 미소를 지었다.

“그렇죠.” 코트니가 다시 책을 읽으려고 했다.

“음, 이런 기분으로 뒹굴뒹굴하면 안 돼.” 손드라가 마침내 말했다. “넌 정말 같이 살기 지루한 사람이구나.”

“나 때문에 지루하다면 미안해요, 엄마.”

“스캔디아에 가서 진짜 근사한 저녁 식사를 하자, 내가 누구든 부를게.” 손드라가 잠깐 생각에 잠겼다. “배리 캐벗이나 패트릭 캐버너가 어때? 둘 다 항상 재미있으니까.”

“엄마, 돈이 너무 많이 들어요.”

“꼭 그런 건 아니야.” 손드라가 딸을 날카롭게 바라보았다. “왜 갑자기 돈 걱정을 하니? 어젯밤에는 겨울 외투도 필요 없다고, 낡은 외투로 됐다고 하더니. 점점 네 아빠처럼 말하는구나.”

“그래야 돼요 — 음, 돈이 다 떨어져가잖아요, 맞죠?”

“네 아빠가 그러든?”

“얼핏 말씀하시긴 했지만 —”

“세상에, 그 사람이 너한테 돈 걱정을 시키니?”

"음, 아빠만 그런 게 아니고—"

"뭐?"

"아무것도 아니에요."

"닉이 다음 영화에 날 출연시킨다고 했어, 그러니까 영화사가 나랑 계약을 안 했다고 걱정할 필요 없어. 프리랜서로 일하면 돈을 더 많이 벌 거야, 잘 됐지 뭐."

"거짓말."

"뭐라고?"

"거짓말이라고 했어요."

"나한테 그런 식으로 말하지 마."

"죄송해요."

"도대체 너 무슨 일이니?"

코트니가 어깨를 으쓱했다. 무슨 말을 할 수 있었을까? 할 말이 너무 많았다.

"배리한테 저녁 먹으러 오라고 해야겠다. 네가 세스피언에 가서 물어볼래? 좀 걸으면 기분이 좋아질 거야."

오후 네 시면 배리는 가든 오브 앨러에서 한 블록 떨어진 세스피언 바에 있을 것이 뻔했다. 배리는 누군가에게 시저 샐러드를 얻어먹은 다음에야 가든으로 왔다("어, 아니, 난 먹었어. 하지만 샐러드 먹으면서 당신이 식사하는 동안 같이 있어줄게"). 그래야 다음 날 오후 두 시의 아침 식사까지 버틸 수 있었다.

코트니는 배리 캐벗의 차, 앞부분이 살짝 위로 올라가서 반항적으로 보이는 작은 41년식 컨버터블이 가게 앞에 주차되어 있는 것을 보았다. 코트니는 그의 차를 보면서 밖에서 몇 분 기다렸다. 교장선생님한테 불려간 것처럼 긴장이 되었다. 마침내 코트니는 골반에 걸쳐진 딱 붙는 리바이스 청바지가 허락하는 한 깊숙이 숨을 들이마시고 15년(거의 16년) 동안 세상에 대해서 배운 모든 것을 그러모아 안으로 들어갔다. 코트니는 어둑어둑하고 거의 텅 빈 바를 쭈뼛쭈뼛 둘러보았다. 머리가 하얀 바텐더가 고개를 들었다. 코트니가 보기에는 못마땅해하는 것 같았다.

"저는…… 사람을 찾고 있어요." 코트니가 맑고 도전적인 목소리로 말했다. "배리 캐벗 씨 여기 있나요?"

"안녕, 코트니." 그의 목소리는 무척 부드럽고 굵직했기 때문에 정말 친밀하게 들렸다. "이리 와서 나랑 콜라 마시자."

"배리 — 미처 못 봤어요." 코트니는 자신이 어떻게 보일지 무척 의식하고 있었다. "엄마랑 저랑 같이 저녁 식사를 하자고 초대하러 왔어요. 엄마가 저더러 전하래요." 코트니는 침착함을 되찾고 있었고, 배리 캐벗과 함께 바에 있다는 사실에 무척 흥분했다. 정말로 어른이 된 것 같았다.

"저녁 초대, 좋지." 배리가 미소를 지었다. "난 술을 마저 마실 테니까 그동안 넌 콜라라도 마시렴."

코트니는 멈칫했지만, 잠깐뿐이었다. 세스피언은 제대로 된 술집도 아닌 걸 뭐. 정말이지 세스피언은 아무나 들어올 수 있는 작고 조용한 가게였다. 가족끼리도 오고 뭐 그런 가게. 게다가 엄마는 코트니가 어디에 있는지 알았고, 어쨌든 겨우 몇 분 동안 콜라를 한 잔 마시는 것뿐이다.

"좋아요." 코트니가 말했다. "고맙습니다." 코트니는 배리의 옆자리에 앉았다.

"이 아가씨한테 콜라 한 잔 줘요, 피트. 난 같은 걸로 한 잔 더 주고."

"엄마한테 가서 같이 저녁 먹기로 했다고 알려드려야 돼요." 코트니가 말했다.

"마티니는 삼 분이면 다 마셔."

코트니가 어쩔 수 없이 고개를 끄덕였다.

"담배 줄까, 코트니?"

"네, 고마워요." 코트니는 이미 빠른 속도로 지옥에 떨어지고 있었다. 재닛이라면 그렇게 말했을 것이다. 아니지, 재닛은 기뻐했을 것이다.

배리가 담배에 불을 붙여주면서 코트니가 불이 붙을 만큼 길게 들이마실 때까지 엄숙하게 성냥을 들고 있었다. 불이 손가락에 닿으려고 하자 그가 얼른 성냥을 불어서 껐다. 코트니가 길게, 그리고 척 보기에도 결연하게 연기를 들이마신 다음 즉시 내뿜었지만 그의 얼굴에는 아무런 반응도 드러나지 않았다.

"네 얘기 많이 들었어." 배리가 말했다. "예전부터 정말 만나보고 싶었지."

"저도 엄마한테 아저씨 얘기 들었어요." 사실이었다. 엄마는 배리가 거의 알코올 중독에다가 동성애자라고 말했다. 무척 매력적이라고도 말했다. 나머지는 코트니에게 아무 의미도 없었다.

"네 엄마는 참 대단한 여자야."

"맞아요, 전설로 남을 만한 사람이죠."

침묵이 흘렀다. 바텐더가 마티니와 콜라를 가지고 왔다. 배리가 담배에 불을 붙인 다음 콧노래를 하기 시작했다.

"지루한가요?" 코트니가 침착하게 말했다. 엄마가 자주 하는 말이었다.

"아니, 아니야, 코트니. 전혀 그렇지 않아."

배리가 의자에 앉은 채 자세를 바꾸었다.

갑자기 구석 탁자에서 웃음소리가 들렸다.

"당연하지." 여자의 쉰 목소리가 말했다. "메릴린이 지난 영화에서 맡은 역할은 전화만 했어도 따냈을걸. 전화만으로도 말이야." 같은 자리의 두 남자가 웃었다.

"피트." 배리가 말했다. "마티니 한 잔 더."

"콜라 드릴까요, 아가씨?"

"아니, 괜찮아요. 이것도 아직 다 안 마셨어요."

또다른 침묵이 흘렀다.

"조지가 사실을 알고 얼마나 난리를 치든지." 나약한 남자 목소리가 말했다. "세상에, 몇 블록 바깥에서도 조지 목소리가 들렸다니까. 처음 있는 일이라도 되는 것처럼 말이야."

"게다가 말이야." 다른 남자가 말했다. "걔가 고객 전부랑 잔다는 거 다들 알고 있잖아."

코트니는 생각했다. 그럼 "망했다"는 말이 저기서 나온 거였구나(영어로 망치다[screw up]라는 말과 성교하다[screw]라는 말은 같은 단어이다/옮긴이). 로즌 선생님이 그 말을 못 쓰게 하는 것도 무리는 아니었네. 선생님도 참 보수적이라니까. 코트니가 미소를 지었다.

"무슨 생각해?" 배리가 물었다.

"별 거 아니에요." 코트니가 말했다.

"여긴 어때?" 마침내 배리가 말했다.

"아, 정말 좋아요!" 코트니의 초록색 눈동자가 짙어졌다. "정말 놀랍고 동화 같은 도시예요. 비현실적이기도 하고. 물론 그 비현실성이 좀 무섭긴 하지만요. 제가 가본 도시 중에서 아침에 일어나서 밤사이 사라지지 않았는지 확인하려고 창밖을 내다보는 곳은 여기밖에 없을 거예요."

"그래, 나도 그렇게 생각해. 기다림의 도시지. 앞으로 몇 달 정도 먹고 살 수 있을까 싶어서 전화기 옆에서 전화가 오나 안 오나 기다리고, 아침에 우편물이 오기를 기다리고. 그런 다음에는 현실도피를 하지. 독한 술을 마시거나 매춘부한테 — 아, 이런 말 써서 미안 — 전화를 하지, 전화도 편지도 안 오니까. 정말 지긋지긋한 도시야. 여기서 나갈 수 있으면 좋겠어. 정말 떠날 수만 있으면 얼마나 좋을까. 난 여기서 십일 년이나 살았거든."

"떠나지 그러세요? 예를 들면, 뉴욕 같은 데로 가면 되잖아요?"

"글쎄, 그래도 기회가 생길 가능성은 항상 있으니까. 그래서 못 떠나나봐."

"떠나기가 두려운 거죠." 코트니가 말했다. "다른 도시에서 가서 삶을 일구고 일을 하는 게 두려운 거예요."

"아니, 두려운 게 아니야." 배리가 화난 것처럼 말했다. "난 여기서 엄청나게 노력을 했으니까 반드시 보상을 받아야 해."

"가든에 앉아서 비현실적인 생각만 하는 배우들이 누리고 있는 보상 말이에요?"

"나한테 왜 그런 식으로 말하지?"

"정말 그렇다고 생각하니까요."

"넌 정말 재밌는 아이구나. 아무도 나한테 그런 말은 한 적 없는데. 넌 정말 솔직해. 맘에 들어. 신선하고."

"피트." 배리가 말했다. "마티니 한 잔 줘요. 너도 마실래, 코트니?"

"좋아요." 코트니가 말했다. "다이커리 주세요."

"이 아가씨는 다이커리로."

"이 여자 분이 술을 마실 수 있는 나이인가요, 캐벗 씨?"

"내가 보장하지, 피트."

"전 솔직히 말해도 잃을 게 없으니까요." 코트니가 말을 이었다. "일이 관련된 것도 아니고, 앞으로의 계약이 걸려 있는 것도 아니잖아요. 친구를 잃는 게 문제라면, 솔직히 그런 걱정은 이미 오래 전에 버렸어요."

"오래 전이라. 몇 살이지, 코트니?"

"열다섯 살이요. 곧 열여섯 살 돼요." 코트니가 얼른 덧붙였다. "6월 말이면 열여섯이에요."

"열여섯이라. 세상에. 있잖아, 난 스물여덟 살이야. 네가 보기엔 완전 늙은이겠네."

"아뇨." 코트니가 싱긋 웃었다. "전혀요."

"넌 눈이 정말 예뻐." 배리가 말했다. "무슨 색이지? 회색?"

"초록색에 가까워요."

바에 사람들이 들어차기 시작했다. 구석 테이블에 앉아 있던 사람들은 아직도 웃으면서 이야기를 나누고 있었지만 사람들에게 가려서 잘 들리지 않았다.

배리가 코트니의 어깨에 손을 얹고 몸을 숙였다. 코트니는 어제처럼 몸이 굳으면서 뭔가 통하고 있다는 감각을 다시 느꼈다. 요즘 코트니가 어떻게 된 것일까? 왜 갑자기 이렇게 남자를 받아들이면서 의식하게 됐을까? 기숙사에서 지내면서 남자들을 만나는 것에 익숙하지 않아서일까, 아니면 다른 뭔가가 있는 것일까?

"그래." 배리가 말했다. "초록색이군. 초록색에, 아주 크고 눈빛이 강렬해. 정말 근사한 눈이야, 여배우의 눈이야."

코트니는 약간 당황했다. 배리가 다시 몸을 기대고 잔을 들었다. 코트니도 다이커리 잔을 들어서 건배했다.

코트니가 생각했다. 아아, 정말 근사해. 배리 캐벗.

"기숙학교에서 나오니까 좋아?"

"물론이죠." 코트니가 말했다. "정말 좋아요. 기숙학교는 진짜 싫었어요. 항상 여자들이랑 지내야 하는 게 무엇보다도 싫었어요. 난 여자가 싫어요."

"그럼 남자가 좋아?" 배리가 말했다.

"당연하죠." 코트니가 말했다. "난 남자를 숭배해요."

"정말?"

"본질적으로, 무차별적으로요." 코트니가 싱긋 웃었다.

배리가 눈썹을 찡그렸다. "다 마셔." 그가 말했다. "사람들은 네가 아주 사랑스러운 소녀라고 했지. 그 말이 맞았어. 영화 찍고 싶다고 생각해본 적 있니?"

코트니가 싱긋 웃었다. "저한테 배역을 줄 수 있어요, 캐벗 씨?"

"아, 배리라고 불러요." 그가 미소를 지으면서 연극을 계속했다. "물론이죠, 아가씨, 내가 배역을 얻어줄 수 있죠."

"아, 정말 멋져요, 배리. 감독이나 제작자들을 잘 알아요?"

"알다뿐이겠습니까! 아가씨, 난 오랫동안 이 바닥에 있었어요. 우리 집에 가서 저녁 식사라도 하면서 당신 일에 대해서 이야기나 나눠볼까요?"

"배리, 뭐라 말해야 좋을지 모르겠어요! 할리우드에 온 뒤로 이런 기회를 만난 건 처음이에요!"

두 사람 모두 웃음을 터뜨렸고 배리가 코트니를 끌어안았다.

"코트니, 정말 잘 하는데. 피트, 우리 한 잔씩 더 줘요."

코트니는 배리와 이야기하는 동안 우울함과 외로움을 잊었고 무척 행복했다. 저녁이 되자 더 많아진 사람들이 바에 서로 딱 달라붙어 앉아서 대화에 빠진 코트니와 배리를 보았다.

"저기 캐벗이랑 같이 앉아 있는 아가씨는 못 보던 얼굴인데." 어떤 남자가 같이 온 사람에게 말했다. "어리지만 정말 예쁘군. 저 자식 참 솜씨도 좋아."

코트니와 배리는 바에 들어오는 사람들도 보지 못했고, 창밖이 어두워지고 불이 켜지는 것도 보지 못했다.

"배리." 덩치 크고 튼튼한 청년이 두 사람에게 다가왔다.

"어, 안녕, 조지." 배리는 당황했다.

"일곱 시에 전화한다고 했잖아." 조지가 새쭉하게 말했다. "아무리

기다려도 전화가 안 와서 데리러 왔어."

"아, 정말 미안해, 조지." 그러다가 배리가 갑자기 화를 냈다. "그런데 왜 여기까지 온 거야? 그러니까, 전화해도 되잖아. 네가 날 쫓아다닐 권리는 없어." 배리가 코트니를 향해서 고개를 돌렸다. "정말 미안하다, 코트니. 오늘 저녁은 같이 못 먹겠는데. 다른 약속이 있어서 말이야……. 조지." 배리가 말했다. "이쪽은 코트니야. 손드라 패럴의 딸."

"안녕하세요." 코트니가 손을 내밀었다.

조지는 그것을 무시하고 고개만 살짝 끄덕였다.

"이렇게 늦은 줄 몰랐어요. 엄마가 엄청 화내실 거예요!"

"저녁 식사에는 안 늦겠니?"

"벌써 가셨을지도 몰라요, 엄마 아시잖아요."

"집에 먹을 건 있고?"

코트니는 화가 나서 생각했다. 나약해 빠진 악당 같으니. 당신이 저녁을 사줘야 될 거 아냐, 햄버거라도 말이야. 엄마가 나한테 화를 낼 것도 다 아는 주제에. 전혀 신경을 안 쓰는군.

"아마 있을 거예요." 코트니가 말했다. 배리에게 책임감을 느끼게 하지는 않을 것이다.

"안 데려다줘도 되겠지? 어둡긴 하지만 한 블록밖에 안 되잖아."

"괜찮아요." 코트니가 지친 듯이 말했다. "혼자 갈게요, 이 시간에 자주 걸어다니거든요. 잘 가요, 배리."

"잘 가렴, 코트니."

"만나서 정말 반가웠어요." 코트니가 조지에게 말했다.

조지가 고개를 끄덕이더니 코트니가 앉았던 배리의 옆자리에 앉았다.

“정말 미안해, 조지.” 밖으로 나가는 코트니에게 배리의 목소리가 들렸다. “하지만 세상에, 잰 아직 어린애잖아—”

7

엄마는 크게 화를 냈다. 손드라는 코트니가 배리와 같이 저녁을 먹는 줄 알고 화가 나서 혼자 저녁을 먹으러 갔다. 엄마는 그날 저녁 코트니에게 거의 말을 걸지 않았고, 코트니는 치욕 속에서 잠자리에 들었다. 다음 날 아침 코트니는 엄마가 깨기 전에 일어나서 수영장으로 갔다. 앨 레온이 있었다. 코트니는 친구를 찾아서 기뻤다. 엄마에게 따돌림을 당하고 있는 지금 사흘 전의 사건은 중요하지 않았다.

"안녕하세요, 앨 아저씨." 코트니가 밝게 인사했다.

"안녕, 코트니."

이상했다. 앨의 말투에서 거리감이 느껴졌다.

"어젯밤에 집에 들어오긴 했니?"

"무슨 뜻이에요, 아저씨?"

"네가 바에서 배리 캐벗이랑 붙어 앉은 걸 봤거든. 배리를 조심하라고 경고했던 것 같은데. 청바지를 입고 캐벗 같은 남자랑 바에 앉아 있으면 사람들이 어떻게 보는지 알아? 그것도 술을 마시면서 말이다!"

“이 동네에서는 정말 아무것도 못 하겠네요.” 코트니가 화를 내며 말했다.

“너 정말 싸 보이더라.” 앨이 쌀쌀하게 말했다.

“싸 보였다고요! 전 한번도 싸 보인 적 없어요!”

“그럼 이번이 처음이겠네. 코트니, 너 도대체 무슨 소리를 듣고 싶은 거냐?”

“아, 어젯밤에 엄마도 그렇게 말했는데. 뭐, 엄마의 경우에는 ‘그런 일이 있으면 내가 다른 사람들 눈에 어떻게 보이겠니?’라고 말했지만요. 그래서 정말 화가 났어요.”

“네 엄마는 신경 안 써. 내가 신경 쓰는 건 너야.”

“아저씨, 그만하세요! 저한테 뭐라고 하지 마세요! 처음에는 새침데기처럼 군다고, 사회복지사처럼 말한다고 뭐라고 하시더니 이제는 싸구려 여자처럼 보인다고 그러시는 거예요? 제가 어떻게 살아야 돼요? 물속에 들어가 살다가 밖으로 나와서 ‘제가 숨 쉬러 나온 게 거슬리셨다면 죄송해요, 안 나오도록 노력할게요’ 뭐 그러기라도 해야 돼요?”

“바보 같이 굴지 마라. 난 심각하게 말하는 거야.”

“아, 꺼져버려요.” 코트니는 화를 내며 이렇게 말하고 수영장에서 나와버렸다.

코트니는 빌라로 걸어가면서 생각했다. 앨 아저씨한테 그런 식으로 말하는 게 아니었는데. 하지만 진심이었는걸.

“이런, 이런, 코트니.” 집안으로 들어가자 엄마가 코트니에게 말을 걸었다. “궁핍한 배우랑 아침 식사를 하는 대신 집으로 들어오다니

엄만 정말 기분이 좋구나."

"엄마, 제발요."

"바에서 배우랑 밤새도록 술 마시는 널 보면 사람들이 날 뭐라고 생각하겠니?"

"겨우 여덟 시였어요, 엄마."

"겨우 여덟 시였어요." 엄마가 코트니를 흉내냈다. "엄마 생각도 좀 해, 그게 어떻게 보일지 생각도 좀 하고!"

"엄마 생각, 엄마 생각! 엄마가 신경 쓰는 건 그거밖에 없죠, 다른 사람이 엄마를 어떻게 생각하는지! 정말 지겨워요, 엄마한테 혼나는 것도 이제 지겹다고요!"

"넌 네가 어른인 줄 알지, 코트니. 하지만 넌 아직 애야. 그리고 아직 애인 이상 엄마 말을 듣고 똑바로 처신해야지."

"난 애가 아니에요." 코트니는 앨의 아파트에 갔던 아침을 떠올리면서 분노에 차서 말했다. "어른이 다 됐다고요." 갑자기 코트니는 앨이 자신에게 접근했다는 사실이 기뻤다. 그것은 코트니가 여자이며 남자들이 그녀를 원한다는 증거였기 때문이다. 코트니는 엄마가 그 일을 알았으면 좋겠다고까지 생각했다. 그러면 입을 다물 텐데!

"어른이 다 됐다고." 엄마가 코웃음을 쳤다. "넌 스스로를 과대평가 하고 있어, 코트니."

"언젠간 엄마도 알게 될 거예요! 언젠간 깨달을 거라고요!"

코트니가 밖으로 달려나갔다. 집에 있을 수도 없었고, 앨이 또 뭐라고 할 테니 수영장으로 갈 수도 없었다. 할 수 있는 일은 스트립 거리를 걸어다니는 것뿐이었다.

코트니는 북쪽으로 걸어가면서 상점들, 가든 오브 앨러 바로 옆의 슈왑스와 구기스 밖에 서 있는 사람들과 멀어졌다. 계속 걷고 있으니 왠지 모르게 나무와 자동차와 보도가 자신과 상관없이 멀어진 느낌이었다. 학교에서 그랬던 것처럼 모든 것에서 떨어져나온 듯한 느낌이 들었고 피곤하지는 않았지만 그것과 무척 비슷한, 그 기이한 어지러움이 느껴졌다. 걷다 보니 분노는 상상으로 바뀌었다. 코트니는 로즌 선생님과 이야기하는 척하면서, 선생님에게 무슨 일이 있었는지 설명하면서 마음을 가라앉혔다.

"엄마를 이해해야 돼." 로즌 선생님이 부드럽게 말했다. "엄마는 다른 사람이 자기를 어떻게 생각할까 염려하시는 것뿐이지 너한테 정말 화난 게 아니야."

"하지만 앨 아저씨는요?" 코트니가 말했다.

"약간 질투하는 걸지도 몰라." 로즌 선생님이 미소를 지었다.

"어쩌면요." 코트니가 싱긋 웃었다. "어쩌면 그럴지도 몰라요. 그래서 저한테 싸 보인다고 했을지도 몰라요, 자기를 거절해놓고 배리 캐벗이랑 같이 있어서."

이런 생각을 하니 즐거웠고, 이제 로즌 선생님이 필요하지 않았기 때문에 더 이상 그런 상상을 하지 않았다. 코트니는 상처를 가라앉히고 적절한 설명을 붙인 다음 치워버렸다. 그러자 나무와 햇살과 수영장이 딸린 파스텔 톤의 집들이 눈에 들어왔다. 비벌리힐스까지 거의 다 와버렸다! 삼십 분 넘게 걸은 것이 분명했다. 비벌리힐스 호텔이 보이고 그 위로는 엄마가 나중에 살 동네라고 말했던 언덕들이 있었다. 하지만 코트니는 두 사람이 그 동네에 살 일이 없다는 것을, 그것은 현실에서 좌절될 또다른 약속에 지나지 않는다는 사실을 잘 알았다. 닉 러셀의 영화 주인공. 코트니는 엄마가 현실에 끼워넣는 허황된 약속들을 잘 알았다.

비벌리힐스는 스트립과 전혀 다르고 스튜디오들이 위치한 할리우드 시내와도 다른 사랑스러운 동네였다. 스트립 지역은 할리우드의 업무지구와 비벌리힐스의 주거지구를 섞어놓은 곳이었다. 주택이 아닌 아파트였지만 잔디도 있고 대부분 수영장이 딸려 있었다. 스트립은 조용했고 비벌리힐스에서는 찾을 수 없는 편안한 분위기가 있었다. 비벌리힐스는 사환으로 시작해서 성공을 거둔 월 스트리트의 증권 중개인처럼 남을 의식하면서 오만하고 부유한 분위기를 풍겼다.

코트니는 태양이 하늘 높이 떠서 파스텔 톤의 주택들에 가혹한 빛을 비출 때까지 야자수가 늘어선 널찍한 거리를 걸어다녔다. 그런 다음 비싼 상점들과 넓은 잔디밭을 지나서 다시 스트립으로, 코트니가 아는 할리우드로, 슈왑스와 구기스와 세스피언이 있는 할리우드로 돌아갔다.

주머니에는 딱 75센트가 들어 있었다. 코트니는 엄마에게 돈을 달라고 하기가 싫었기 때문에 아침을 먹으러 슈왑스에 갔다. 코트니가 카운터 끝 쪽으로 걸어갔다. 일 년 전에 오하이오에서 온 젊은 배우 딕이 카운터 뒤에 서 있었다. 코트니가 들어오자, 딕이 고개를 들었다.

"이야, 코트니. 방학이라서 온 거야?"

"아니요, 아예 돌아왔어요." 코트니가 미소를 지었다.

"평소 먹던 아침 식사로?"

"네, 부탁해요."

코트니가 자리에서 일어나 신문 가판대로 걸어갔다. 그녀는 선반을 둘러보다가 『할리우드 리포터』와 『뉴요커』를 집어들고 다시 자리에 앉았다. 단골 고객은 잡지를 더럽히지만 않으면 무료로 잡지를 읽은 다음 나갈 때 돌려놓으면 되었다.

딕이 달걀 두 개, 햄, 통밀 토스트, 오렌지 주스, 사이드 메뉴인 프렌치프라이, 블랙커피를 가져다준 다음 코트니 옆에 50센트라고 적힌 계산서를 놓았다.

코트니는 뜨거운 커피를 마시면서 『할리우드 리포터』의 캐스팅 기사에 아는 사람이 있는지 찾아보고, 가십 칼럼을 읽고, 노조와 박스오피스 매상에 대한 기사를 대충 넘겼다. 딕이 잔을 다시 채워주었다. 코트니가 식사를 하기 시작했다.

"딕." 코트니 옆에 앉은 젊은 남자가 말했다. "월터한테 이 쪽지를 좀 전해줘."

딕이 쪽지를 받아서 카운터 반대쪽 끝의 약간 젊은 남자에게 전해준 다음 돌아왔다.

"정신없이 웃던데. 근데 쪽지에 뭐라고 쓴 거야?" 딕이 남자에게 물었다.

젊은 남자가 낄낄 웃으면서 말했다. "야한 농담이었어."

코트니가 『뉴요커』를 집어들고 소설이 나오는 부분을 손가락으로 넘겼다.

"아, 찰리." 코트니와 몇 자리 떨어진 곳에 앉은 남자가 동행에게 말했다. "오디션은 어떻게 됐어?"

"잘된 것 같아. 너도 웨스트 알잖아, 그 사람은 원래 아무 반응이 없지. 내 생각에는 맘에 들어한 것 같아. 정말 좋은 역할이야. 컬러 영화로 찍을 건데 머리를 빨간색으로 염색할 수 있겠냐고 묻기에 당연히 할 수 있다고 대답했지. 그 역할을 나한테 주고 싶다는 뜻인 거 같아."

"음, 난 다음 주에 크래프트 극장(1947년부터 1958년까지 방영된 텔레비전 드라마 시리즈/옮긴이) 찍어."

"정말 잘됐네! 메릴린 패튼이랑?"

"안 됐지만 아마 그럴 거야. 진짜 골치 아픈 여자야."

"하지만 연기 하나는 진짜 끝내주지."

"그야 그렇지."

코트니가 멍하니 잡지에서 고개를 들었다. 카운터 뒤에 걸린 거울에 가게로 들어오는 배리 캐벗이 비쳤다. 코트니는 긴장했다. 그러더니 온몸이 떨리기 시작했다. 코트니는 포크를 떨어뜨리고 무척 당황해서 다시 집어들고 먹기 시작했다.

나한테 무슨 일이 일어나고 있는 거지? 코트니가 생각했다. 뭐가 잘못된 거야?

코트니는 몸의 떨림을, 근육 하나하나를 지배하는 내면의 긴장을 통제할 수 없었다. 그녀는 고개를 들지 않았다.

"이야, 코트니." 배리가 경쾌하게 인사하더니 카운터 반대편에 앉았다.

딕이 코트니의 잔을 다시 채워주었다. 코트니는 배리에게 이야기를 하고 싶었지만 그럴 권리가 없다는 것을 알았다. 배리를 이용하면 안 된다는 사실을 알았다. 남자들은 다들 자신을 쫓아다니는 독점욕이 강한 여자를 무서워했다. 엄마가 가르쳐주었다. 배리는 코트니에게 말을 걸지 않고 『할리우드 리포터』를 읽으면서 그녀를 무시했다. 코트니는 커피를 다 마시고 돈을 내고 잡지를 돌려놓은 다음 밖으로 나왔다. 그녀는 혼란스러웠다.

코트니는 거리로 나갔다. 하지만 수영장이나 빌라로 가고 싶지는 않았다. 그렇다고 감히 슈왑스로 돌아갈 수도 없었다. 코트니는 결정을 내리지 못한 채 슈왑스 밖에 잠깐 서 있었다. 이제 25센트밖에 남지 않았다. 코트니는 바로 옆 구기스로 들어갔다.

코트니가 걸어 들어가자 문을 등지고 앉아 있던 남자들 대부분이 자리에 앉은 채로 돌아보았다. 구기스에는 거울이 없었기 때문이다. 별로 중요한 사람이 아니라는 것을 알고 그들은 다시 돌아 앉아 아침 식사를 했다.

"커피 한 잔이요." 코트니가 점원에게 말했다. "블랙으로요."

이 사람들은 코트니를 잘 몰랐다.

코트니는 당혹스럽고 기분이 나빴다. 엄마와도 문제가 생기고 앨레온은 코트니에게 실망했지만, 코트니는 배리 캐벗과 친해졌기 때문에 그만큼의 가치가 있다고 생각했었다. 그런데 바로 그 배리가 코트니를 무시하고 심지어는 무례하게 굴었고, 코트니는 이제 그 어느 때보다 더 외로웠다. 알 수가 없었다. 코트니는 늘 깊이 생각하지 않았기 때문에 항상 잘못된 행동을 했다.

또다른 사람들이 가게로 들어오자 코트니 역시 어느새 뒤를 돌아보았다. 리바이스 청바지와 가죽 재킷을 입은 조지가 남자 두 명과 함께 들어왔다.

"안녕하세요." 조지가 지나갈 때 코트니가 자동적으로 말했다. 그는 코트니를 보았지만 알아보는 기색은 없었다.

더는 못 하겠어! 코트니가 생각했다. 내가 지금 어디 있는지도 모르겠어!

코트니는 커피를 마신 다음 수영장으로 다시 갔다. 잘 아는 사람이 하나도 없어서 다행이었다. 패트릭 캐버너가 코트니에게 인사를 하더니 다시 『뉴요커』를 읽기 시작했다. 지난번에 본 남자아이들 세 명은 수영장 안에서 경주를 하고 있었다. 아이들은 경주를 마친 다음 웃으면서 수영장에서 나와서 햇빛을 받으며 수영장 가장자리에 몸을 뻗고 누웠다. 코트니는 남자아이들이 부러웠다. 그녀는 저들 사이에 낄 수 있으면 좋겠다고, 이렇게 이상하고 감정적인 음모가 넘치는 어른들의 세계에서 나가고 싶다고 생각했다. 하지만 코트니는 그 아이들에게 다가가기가 두려웠다. 코트니는 또래 아이들에게 너무나 자주 거부를 당했다.

그 대신 코트니는 빌라 지붕으로 올라가서 등 뒤로 문을 잠갔다. 옥상에서는 선탠 오일 냄새가 났다. 근처에 건물이 없었기 때문에 옥상은 일광욕실로 쓰였다. 코트니가 옷을 벗고 누웠다. 그녀는 햇볕으로 몸을 덥히면서 몸을 쭉 폈다. 코트니는 손으로 갈비뼈부터 엉덩이를 따라 쓸어내렸다. 그녀는 자기 몸이 좋았다. 자기 몸은 믿을 수 있었다. 코트니의 몸은 강하고 아름다웠고 절대 그녀를 실망시키지 않았다. 코트니의 몸은 그녀가 원하는 만큼 수영장을 왕복할 것이고 몇 시간 동안이나 하키를 할 것이다. 코트니의 몸은 우아하게 움직였다. 잠들고 싶으면 몸이 긴장을 풀었다. 하지만 코트니의 마음은 그런 면에서는 확실히 믿을 수 없었다. 코트니의 몸이 뭔가를 하고 싶어할 때 코트니의 마음은 잠을 잤다. 코트니의 마음은 공상에 빠져서 몸이 피곤하지 않을 때에도 잠들게 했다. 가끔 코트니는 자기 마음이 싫었다.

"이 몸." 코트니가 혼잣말을 했다. "이 몸은 사랑받고 찬탄을 받아야 해. 이 몸은 나 혼자 독점하라고 만들어진 게 아니야, 축축하고 고독한 한 구석에 숨기라고 만들어진 게 아니야." 하지만 잘 생각해 보면 이것은 진심은 아니었다. 코트니는 사랑을 나누고 싶지 않았다. 그녀는 여자가 사랑을 나누는 것이 얼마나 멍청한 짓인지, 여자가 스스로에게 어떤 상처를 줄 수 있는지 알았다. 코트니는 삶의 거의 모든 것을 깨달은 방법으로, 즉 엄마가 해준 말과 자신이 본 것들에 비추어서 이런 사실들을 깨달았다. 게다가 관능적인 생각을 하는 것은 죄였다. 코트니는 내일 교회에 가서 이 일을, 그리고 사흘 전에 저지른 끔찍한 일을 고백해야 할 것이다. 코트니는 점점 더 많은 죄를 짓고 있었다. 배리 캐벗이 들어올 때 몸이 얼마나 떨렸던지. 그때 코트니는 두려웠다. 코트니는 왜 그런 일이 일어났는지 몰랐지만 섹스와 관련이 있다는 사실은 알았고, 자신의 몸이 스스로 통제할 수도 없이 그런 식으로 움직인다는 사실이 무서웠다. 코트니는 요즘 자기 자신이 조금 두려웠다. 일광욕실에 누워서 이런 생각을 하던 코트니는 언젠가 하키장에서 그랬던 것처럼 밖으로 다시 나가 사람들이 있는 곳으로 가야 한다는 사실을 알았다.

집으로 돌아갔지만 아무도 없었다. 어둑어둑했다. 코트니는 어두운 것이 싫었다. 엄마가 지금까지 살았던 집은 전부 어두웠다. 스케이스브룩이나 캠프에서 코트니는 항상, 새벽에 햇살이 그녀를 깨울 때조차도 고집스럽게 커튼을 걷어두었다.

무슨 이유에서인지 모르지만—짐작도 할 수 없었다—코트니는 부엌으로 가서 보드카 병을 꺼낸 다음 병째로 한 모금 마셨다. 등골이 오싹한 맛이 나서 수도꼭지 밑에 손을 모아 물을 받아 마셨다. 하지만 술을 마신다는 것 자체가 마음에 들어서 한 모금 더 마셨다. 그러나 더 이상 마시면 엄마가 술이 줄어든 줄 알 테고, 아무튼 마음에 드는 맛도 아니었기 때문에 더 마시지는 않았다. 코트니는 다시 기분이 좋아져서 거실로 갔다. 이제 스스로에게 모든 일을 설명하려고 애쓰지 않았다. 코트니는 보들레르 시집을 집어들었다.

코트니는 문득 생각했다. 청춘이란 정말 지독한 시절이야.

8

갑작스럽고 거센 8월의 비에 포위된 거실은 어두침침하고 외로웠다. 코트니는 침대에서 일어나 램프를 몇 개 켰다. 그런 다음 라디오를 틀었다. 뉴스가 나오고 있었다. 한국. 한국에 대한 뭔가 우울한 소식. 코트니는 엄마와 닉이 무슨 이야기를 하고 있을까 생각했다. 잔뜩 들뜬 엄마는 뉴욕에서 산 검은 정장을 입고 아빠가 버진아일랜드에서 사다준 프랑스제 향수를 뿌리고 나갔다. 엄마와 닉은 채슨스에서 닉이 새로 찍을 영화에 대해 이야기할 예정이었다. "갔다 와서 샴페인 마시자, 코트니. 이제 돈도 많이 벌 거야." 비는 정말 지독하게 우울했다.

코트니는 자리에서 일어나 토마토 주스에 보드카를 한 잔 타고 담배에 불을 붙였다. 코트니는 두 달 전에 열여섯 살이 되었기 때문에 엄마가 담배와 술을 허락했다. 어느새 뉴스가 끝나고 음악이 흘러나오고 있었다. 재즈 방송국이었다. "「앱스트랙션」 이네!" 라디오에서 스탠 켄턴의 「앱스트랙션」 이 나오고 있었다. 코트니는 재닛이 지금 뭘 하고 있을까 생각했다. 롱아일랜드에서 무슨 파티를 하고 있겠지.

물론 코트니는 재닛에게 편지를 써서 배리 캐벗의 이야기를 털어놓았지만 배리가 그녀를 점점 눈에 띄게 무시하다가 엄마가 연 파티에서 만나면 아무 일도 없었다는 것처럼 적당히 대하자— 무시당하는 것보다 훨씬 더 모욕적이었다— 한동안 재닛에게 편지를 쓰지 않았다. 믿을 수도 없고 존재하지도 않는 것을 혼자 마음속으로 만들었나 보라고 말해야 하는 것이 당황스러웠기 때문이다.

코트니는 딱 한 번 수영장에 늘 붙어 있던 남자아이 한 명이랑 영화를 보고 커피를 마셨다. 하지만 그것으로 끝이었다. 코트니는 이제 엄마가 여는 파티에만 참석하기로 했다. 거기서는 배리를 볼 수도 있었다. 담배를 피우고 술을 마실 수 있다는 것은 참 좋았다. 술을 마시거나 담배를 피울 때면 나이가 더 많아진 느낌이었고 좀더 파티의 일원이 된 것 같았다.

코트니는 결혼해서 잠도 같이 자던 엄마와 닉이 이제 와서 다시 만나면 어떤 기분일지 궁금했다. 가끔 엄마와 아빠에 대해서도 그런 생각을 했지만 두 사람은 이혼한 지 너무 오래되었기 때문에 부부로 지낸 시간보다 지금과 같은 관계로 지낸 시간이 더 길었다. 어쨌든, 코트니는 부모님의 관계에서는 같이 잔다는 것이 엄마와 닉의 관계에서만큼 중요하지 않다는 것을 깨달았다. 엄마와 닉은 다른 관계를 맺을 수 없었고 그러고 싶어하지도 않았기 때문이다. 무슨 상관이람. 코트니는 그런 문제에 대해서는 전혀 몰랐다. 그것은 코트니가 전혀 알 수 없는 삶의 영역, 짐작도 할 수 없는 유일한 영역이었다.

엄마가 곧 돌아올 것이다. 닉과 엄마가 저녁 식사를 하러 나간 것이 일곱 시였다. 좋은 생각이 떠올랐다. 코트니는 전화기가 있는 곳으로 가서 주류판매점에 전화를 걸었다.

"가든 오브 앨러의 패럴인데요."

코트니가 아니라 엄마라고 생각할 것이다.

"네, 패럴 씨."

"파이퍼하이직 47년산 한 병 주세요."

아빠가 항상 사는 술이었다.

"또 필요한 건 없습니까, 패럴 씨?"

"감자 칩도 갖다줘요."

"9번 빌라죠."

"네."

"바로 보내겠습니다."

참 좋은 생각 같아서 마음에 들었다. 엄마가 집으로 돌아와 코트니가 샴페인을 사둔 것을 알면 좋아할 것이다. 감자 칩도 먹을 수 있고 빗속에 밖으로 나갈 필요도 없다. 어디 바깥으로 나가서 마시는 것보다 엄마가 더 좋아할 것이다. 이것은 코트니의 아빠가 할 법한 행동이었다.

샴페인이 배달되었고, 코트니는 블러디메리를 한 잔 더 마시지 않기로 했다. 혼자 앉아서 술을 마시는 것이 약간 두려웠기 때문이다. 그래서 코트니는 커피를 한 잔 만든 다음 에벌린 워의 소설을 집어들었다.

엄마가 들어오는 소리가 들리자 코트니는 반가웠다. 그리고 신이 났다. 샴페인은 차갑게 식혀두었고 감자 칩은 그릇에 담아 테이블 위에 두었다. 모든 것이 준비되었다.

그러나 코트니는 문을 여는 엄마를 보는 순간 뭔가가 잘못되었음을 알았다. 손드라는 화가 났을 때 늘 그렇듯이 더 나이 들고 지쳐 보였다. 울다가 온 것이 틀림없었다. 코트니는 샴페인을 마시면 안 되겠다고 생각했다. 코트니가 다가가서 엄마의 외투를 받았다.

"마실 것 좀 드릴까요, 엄마?" 코트니는 이렇게만 말했다.

"그래, 부탁할게, 코트니."

코트니는 스카치를 가득 넣은 다음 술을 아주 약간 희석시킬 정도로 물을 조금만 넣었다. 그런 다음 색을 확인하고 스카치를 조금 더 넣는 것이 좋겠다고 생각했다. 코트니는 손가락으로 술을 저은 다음 색을 다시 확인하고 엄마에게 가져다주었다.

코트니는 부엌으로 돌아가서 자기가 마실 얼음 넣은 스카치를 만들었다. 엄마는 혼자 술 마시는 것을 좋아하지 않았다. 코트니는 거실로 돌아가서 앉았지만 아무 말도 하지 않았다.

"코트니." 마침내 손드라가 입을 열었다.

"배역 누구 줬대요?" 코트니가 물었다.

"영화사가 닉에게서 손을 떼려 하고 있어. 앞선 두 작품이, 내가 출연했던 두 작품이 실패해서 말이야. 그리고 어느 영화사나 그렇듯이 텔레비전에 밀려서 겁을 먹고 있거든. 그래서 마지막 시험 삼아서 아주 괜찮은 각본을 준 거야. 그러니까 닉도 다시 모험을 할 수 없을 거야."

"그 사람 변명은 그만해요."

"아니, 진짜야, 코트니. 닉에게 필요한 건 팬이 아주 많고 흥행이 보장된 스타야. 모험을 할 순 없어."

"요즘 같이 자던 그 여자한테 줬대요?"

"코트니! 그런 말 하지 마!"

"그래서요, 진짜 그 여자 줬대요?"

"그렇다고 해서 달라질 건 없어. 중요한 건 내가 그 역할을 따내지 못했다는 사실이야."

"거지 같은 놈."

"코트니." 엄마가 말했다. "할리우드는 거친 동네야. 내가 여기 처음 왔을 때 닉이 그렇게 말했지. 그의 말이 옳았어. 살기 위한 싸움이니까 다들 자기 앞가림은 자기가 해야 돼. 감상이 비집고 들어갈 자리가 없어. 자기 일도 위험해진 사람한테 본인 경력을 무너뜨리면서까지 내리막길에 들어선 여배우를 도와달라고 할 수는 없어."

"엄마는 내리막길이 아니에요!"

"더 이상 날 속일 순 없어." 엄마가 지친 듯이 말했다. "이 배역을 딸 수 있을 것 같아서, 다 잘될 것 같아서 너한테 말은 안 했지만, 밀린 집세가 천 달러가 넘어. 여기서 나가야 돼."

코트니는 엄마의 기분을 더 상하게 하고 싶지 않아서 아무 말도 하지 않았다. 가든 오브 앨러에서 나가야 한다니! 이제 코트니는 수영장에서 앨을 만나지도 못하고, 수영을 하거나 옥상에서 일광욕을 하지도 못하고……슈왑스나 거리에서 배리 캐벗을 만날 기회도 없을 것이다.

"그럼 이제 어디로 가요, 엄마?"

"비벌리힐스 외곽에 앨의 애인이 살던 아파트가 있어. 앨이 말해줬는데 아주 싸고 꽤 괜찮대. 거기에 원룸 아파트를 구할 수 있을 거야.

폭스 영화사 근처야."

폭스 영화사 근처. 주유소들만 늘어선 그 넓고 차갑고 큰 거리! 정말 끔찍하다.

"언제 갈 건데요?" 코트니가 조용히 말했다.

"가든 계약이 이번 수요일에 끝나."

"수요일이라고요." 수요일이라니! 겨우 이틀 뒤이다!

"그래도 비벌리힐스랑 가깝잖아." 엄마가 얼른 말했다. "비벌리힐스 고등학교에 다닐 수 있어. 거기서 오래 살 필요도 없어, 내가 텔레비전 일을 얻을 때까지만 살면 돼. 텔레비전 쪽에는 일자리가 아주 많아, 지금까지는 닉의 영화에 출연할 줄 알고 계약에 얽매이고 싶지 않아서 안 한 것뿐이야. 이제 텔레비전 쪽 일을 잘 찾아볼 거야, NBC에 아는 사람들도 좀 있고 그렇잖니—"

엄마는 빤히 바라보는 코트니의 시선을 깨닫고 말을 멈추었다.

"약속할게, 코트니. 최대한 빨리 비벌리힐스로 이사하자, 수영장도 있고 그런—"

"난 비벌리힐스에서 살기 싫어요." 코트니가 비참하게 말했다. "내가 살고 싶은 곳은 바로 여기라고요."

하지만 코트니는 곧 이 말을 후회했다.

"있잖아, 코트니, 여기에서 살 순 없어. 나라고 여기가 싫은 줄 아니? 너만 없으면 텔레비전 일을 조금만 해도 여기서 혼자 살 방은 하나 빌릴 수 있어. 하지만 네가 기숙학교로 돌아가기 싫다고 해서 여기로 데려온 거잖아. 일을 더 어렵게 만들지 마."

"미안해요, 엄마. 정말로요." 정말 어린애 같은 말이었다. 말을 내

뱉기 전에 먼저 생각을 했어야 했다. 당연히 엄마도 가든 오브 앨러에서 살고 싶을 것이다.

"한 잔 더 만들어드릴까요?" 코트니가 물었다.

"그래."

코트니는 엄마가 마실 술을 한 잔 더 만든 다음 그만 자겠다고 말하고 자리를 피했다.

엄마가 화났을 때 자기 혼자 자러 가면 안 된다는 것은 코트니도 알았다, 엄마 곁을 지켜야 한다는 사실을 알았다. 하지만 그러고 싶지 않았다. 코트니는 혼자 있고 싶었다, 침대에 눕고 싶었다. 다른 사람을 생각하는 것이 지겨웠다. 다른 사람의 불행을 나눠 지는 것이 너무나 지겨웠다. 낙담한 자신을 위로하고 싶었다. 그래서 코트니는 엄마를 거실에 홀로 남겨둔 채 들어가서 울다가 잠들었다.

아침에 일어나자 비참한 비가 아직도 내리고 있었다. 코트니는 부엌으로 가서 달걀 두 개를 요리했다. 달걀을 꺼내다가 샴페인 병을 보고 엄마 눈에 띄지 않도록 우유 뒤에 숨겼다. 어젯밤에는 새 것이었던 스카치 병이 거의 비어 있었다. 코트니는 엄마가 일어났을 때 집에 있고 싶지 않았다. 지금의 일에 숙취까지 더해진 엄마를 마주하면 너무 힘들 것이다. 벌써 열한 시였다. 가든 오브 앨러에 사는 남자 몇 명이 난로가 있는 방에서 진 러미 카드 게임을 하고 있었지만 코트니는 거기서 게임을 구경하면서 귀찮은 존재가 된 기분을 느끼고 싶지 않았다.

어디로 가야 할지 생각이 났다. 앨을 만나러 가자. 하지만 물론 전화를 먼저 해야 한다. 혼자가 아닐지도 모르니까. 아직은 좀 이른 시간이다.

"여보세요?"

"안녕하세요, 앨 아저씨. 저 코트니 패럴이에요." 코트니는 전화를 걸 때 항상 이름과 성을 전부 말했다. 그 소리가 마음에 들었다.

"아, 안녕 코트니."

"제가 깨운 게 아니면 좋겠는데—"

"아니야, 코트니. 십오 분쯤 전에 일어났어."

"아, 잘됐네요. 앨 아저씨……. 혹시 가서 얘기 좀 할 수 있을까 해서요."

"물론이지. 무슨 일 있니?"

"꼭 그런 건 아니에요. 그냥 누군가랑 얘기가 하고 싶어서요. 제가 쳐들어가거나 귀찮게 하는 게 아니었으면 좋겠는데."

"그러면 내가 그렇다고 말을 하지. 괜찮아, 와서 내가 아침 먹는 동안 커피라도 한 잔 하렴."

앨은 코트니가 하고 싶다는 얘기가 뭔지 짐작이 갔다. 어제 가든 오브 앨러의 관리인이 그에게 와서 손드라가 담보를 남기든지 적어도 집세의 반은 내고 나가야 한다고 말했다. 앨은 손드라가 내야 할 돈이 가든의 집세만이 아니라는 사실을 알았기 때문에 중재를 하려 했다. 그것이 어제였다. 하지만 손드라는 중재도 필요 없다며 기꺼이 담보를 남기고 나가겠다고 했다.

코트니가 커피 잔을 소파 옆 테이블에 내려놓은 다음 머리맡에 쿠션을 몇 개 놓고 소파에 누웠다.

"어제 늦게 잤니?" 앨이 아침 식사를 가져오면서 말했다.

"아니요." 코트니가 말했다. "그냥 좀 피곤한 일이 있었어요. 일찍 눕긴 했는데 아침에 일어나기가 정말 힘들었어요."

"흐음. 비오는 아침이니까. 토스트 좀 줄까?" 앨이 권했다.

"고맙지만 괜찮아요. 별로 배 안 고파요." 코트니가 갑자기 말했다. "앨 아저씨, 우리 가든 오브 앨러에서 나가게 됐어요."

"나도 알아, 코트니."

"닉이 그 배역을 다른 사람한테 줬대요."

"그 나쁜 놈. 그럴 줄 알았어. 원래 그런 놈이거든. 그게 네 엄마가 닉과 사랑에 빠진 이유 중 하나겠지. 네 엄마는 다정한 사람은 어떻게 대해야 하는지 모르거든."

"맞아요." 코트니가 앨을 보면서 말했다. "엄마는 항상 친절한 사람을, 아빠 같은 사람을 두려워하죠. 아저씨—우리가 이사 갈 집은 어때요?"

"나쁘진 않단다. 집세를 생각하면 전혀 나쁘지 않아. 침대 겸 소파가 두어 개 놓인 방 하나짜리 아파트인데, 그럴듯한 부엌도 있어. 물론 가든 오브 앨러 같지는 않겠지만, 넌 여기서 나가는 걸 다행으로 생각해야 돼. 네가 캐벗을 따라다닌 걸 내가 모를 줄 알았니? 고해성사를 할 때도 캐벗이 사는 아파트 앞을 지나치려고 헤이븐허스트까지 가잖아. 네가 거길 지나가는 걸 보고도 내가 모를 거라고 생각하진 않겠지. 게다가 이젠 슈왑스 두 번째 교대시간에 아침을 안 먹잖아. 배리가 항상 두 시에 먹는다는 걸 너도 아니까. 여긴 고작 세 블록밖에 안 돼, 다들 무슨 일이든 다 알아."

"일부러 찾아다니는 사람이라면 그렇겠죠."

"음, 넌 지치도록 머리를 굴리면서 자신을 웃음거리로 만들고 있어. 배리는 어린 여자애랑 엮이고 싶어하지 않아. 배리가 너랑 데이트를 한다면 이유는 단 하나밖에 없지. 그건 좋지 않아. 그래, 나도 딱 한 번 널 그런 식으로 봤다는 건 인정한다. 하지만 난 네가 아직 어린애라는 걸 금방 깨달았지. 그걸 지금 캐벗이 깨닫고 있는 거고. 그러니까 다행인 줄 알아야 돼."

"전 다행이라고 생각하지 않아요. 솔직히 말해서 전 가끔 외로워요. 그리고 이제 비벌리힐스로 이사 가면 엄마 말고 아무도 못 만날 거예요."

"곧 개학이니까 네 또래 친구나 남자친구가 생길 거야."

"아니, 그렇지 않을 거예요, 아저씨." 코트니가 차분하게 말했다. "학교가 어떤지 아저씨는 몰라요. 난 또래 애들이랑 공통점이 없어요. 지난번 학교에서는 친구가 룸메이트 딱 한 명밖에 없었어요. 스케이스브룩에 몇 년이나 다녔지만 친해진 친구는 딱 하나였다고요. 아저씨, 나한테 무슨 문제가 있는지, 왜 다른 애들이랑 어울리지를 못하는지 모르겠어요. 하지만 새 학교로 전학가면 친구들이 생길 거라고 스스로를 속여봐야 아무 소용없어요, 지금까지만 봐도 뻔하니까요."

앨이 고개를 저었다.

"넌 정말 이상하고 복잡한 애구나. 하지만 몇 년만 지나면 너한테 맞는 남자를 만날 거고, 더 이상 외롭지 않을 거야. 넌 가능성이 아주 많아, 누군가는 그걸 알아볼 거야."

"네, 몇 년 지나면 말이죠. 그때까지는 계속 이렇게 살아야 하는 거겠죠. 아저씨, 전 두려워요. 이해하실지 모르겠지만, 전 오늘 아침에 일어날 수가 없었어요. 잠을 많이 잤는데도요. 어젯밤에는 사실 졸리지도 않았는데 얼른 잠들고만 싶었죠. 여기까지 걸어오는 것도 굉장히 힘들었어요. 세 시간 정도밖에 못 잔 것처럼요. 스케이스브룩에서 나온 후에는 이런 적 없었는데, 뭔가 잘못됐다는 뜻이에요. 저한테 무슨 일이 일어나고 있는 거라고요. 그게 뭔지도 모르겠고 통제도 할 수 없어서 무서워요."

앨은 코트니의 말을 이해할 수 없었다. 하지만 코트니가 갑자기 어린아이처럼 달려들어서 가슴에 머리를 묻자 이해가 되었다.

"무서워요, 아저씨." 코트니가 눌린 목소리로 말했다. "혼자 이런 문제를 끌어안고 있으려니 너무 무서워요."

앨이 코트니의 머리를 부드럽게 쓰다듬으면서 어린애한테 하듯이 머리카락을 헝클었다.

"코트니, 너한테 필요한 건 부모님이야. 엄마든 아빠든 하나만 있어도 괜찮을 텐데."

"한 명 있잖아요, 아저씨. 하지만 엄마가 부모 노릇을 하게 놔두지 않을 거예요. 엄마는 그러고 싶어하지만요. 엄마한테는 아저씨한테처럼 내가 뭣 때문에 힘든지 말하지 않을 거예요. 아저씨랑 같이 있으면 보호받는 느낌이에요. 아저씨는 어른이니까요. 그런데 엄마한테는 너무 화가 나요. 엄마고 여자라서요. 이게 말이 되나요?"

"물론 말이 되지, 코트니. 하지만 네가 원하는 걸 배리 캐벗에게서 찾지는 못할 거다. 배리는 제대로 된 남자가 아니거든. 배리한테 기대를 걸지 마, 상처만 받을 테니까."

"하지만 아저씨, 전 그럴 생각이—"

"내 말 잘 들어 코트니, 난 널 잘 알잖아. 네 엄마가 처음 여기 와서 내가 맡았을 때부터 알았는데, 그게 벌써 5년 전 일이야. 바짝 마르고 겁에 질린 아이였던 네가 정말 매력적인 아가씨로 자라는 걸 지켜봤는데, 넌 아직도 겁에 질려 있구나. 네가 어떻게 될지는 너보다 내가 더 잘 알 거야. 그러니까 너한테 이런 말을 할 수밖에 없어. 지난봄에 배리 캐벗 근처에 가지 말라고, 잊으라고 말했던 것처럼 말이다. 여자가 어떤 남자를 원해서 쫓아다니다가 거절당하면 별별 일을 다 겪게 돼 있단다. 그럴 자격도 없는 남자가 아주 중요하게 느껴지거든."

앨은 코트니를, 자기 가슴에 파묻힌 그녀의 머리를 내려다보았다.

"하지만 엄마랑 전 여길 떠날 거예요. 그러면 배리도 못 만나겠죠."

앨이 미소를 지었다.

"널 잘 안다고 했잖니, 코트니. 넌 어떻게든 원하는 걸 얻어내고 말지. 내 말을 잘 기억해라." 앨이 코트니의 목을 사랑스럽다는 듯이 어루만졌다. "넌 내 말 따위 듣지 않겠지만."

9

비벌리힐스 고등학교는 총천연색 뮤지컬 코미디를 위해서 만들어진 세트 같았다. 학교 앞 운동장은 널찍한 계단식이었고 건물들은 깨끗하고 조심스럽게 조화를 이루었으며 체육관은 뒤쪽의 커다란 수영장으로 이어졌다. 코트니는 11월의 햇살 속에서 조심스럽게 깎은 잔디밭에 앉아 스케이스브룩을, 이탈리아인 관리인이 키우는 염소 떼가 50년 넘게 다듬어온 하키장을 조금은 그리워하며 떠올렸다. 하키 팀이 경기를 하는 동안 염소들이 하키장 뒤의 키 큰 풀을 조용히 뜯었다. 잔디 깎는 기계는 아주 가끔씩 보조도구로만 사용되었다. 코트니는 좋아하던 장소들에 대해서, 네모난 안뜰 풀이 우거진 구석에 숨겨진 토끼 굴, 회양목 숲속의 금이 간 대리석 벤치에 대해서 생각했다. 하지만 이 학교에는 특별하고 개인적인 장소가 존재할 수 없었다. 너무나 신중하게 계획되고, 너무 최근에 인공적으로 만들어진 곳이었기 때문이다.

코트니는 처음 이 주일 동안 학교 교내식당에서 점심을 먹었지만, 곧 상류층 아이들은 점심을 싸와서 잔디밭에서 먹는다는 사실을 파악했다. 코트니는 잔디밭에 모인 상류층 아이들, 축구선수나 영화계 유명인사의 아들과 딸들 사이에 앉아서 점심을 먹으면서 끔찍하게 외로웠다. 코트니가 이름과 얼굴을 아는 아이들은 몇 명 없었지만 누구의 아버지가 어떤 영화사의 사장이고 누가 최근에 악명 높은 여배우를 새엄마로 맞이했는지는 알았다. 하지만 아이들은 아무도 코트니를 몰랐다. 코트니는 어느 학교에 가든 처음에는 늘 그랬던 것처럼 전학을 오자마자 "머리 좋은 아이"라는 위치를 설정했다. 아이들 또한 코트니의 말투에서 그녀가 동부의 여러 사립학교에 다녔음을 파악했다. 이 두 가지 사실만으로도 아이들에게서 소외되기에 충분했다.

코트니는 학교가 끝나기를, 그래서 집에 갈 수 있기만을 빌었다. 집! 엄마가 절대 오지 않을 전화를 하루 종일 기다리는 그 끔찍하고 작은 방. 하지만 코트니는 어쨌든 하루가 끝나기를 바랐다. 죽을 만큼 피곤했기 때문에 낮잠이라도 자고 싶었다. 코트니는 지금처럼, 비벌리에 들어온 이후만큼 피곤한 적이 없었다. 코트니는 학교를 그 익숙한 이름으로 부르기가 망설여졌다.

코트니는 남은 두 시간을 어떻게 견뎌야 할지 몰랐다. 스케이스브룩은 최상의 공립학교 중에서도 최고 수준이었기 때문에 그에 비하면 이곳의 수업은 버겁지 않았다. 그냥 수업이 너무 싫고 너무 피곤할 뿐이었다. 적어도 다음은 자습시간이었기 때문에 잠을 잘 수 있었다. 괜찮을 것이다. 자고 나면 프랑스어 시간에 정신을 차리고 들을 수 있었다. 프랑스어 수업은 지루했다. 코트니는 2학년 때도 지금보다 더 어려운 책을 읽었다. 선생님도 그 사실을 알았지만 그렇다고 해서 코트니가 수업을 더 즐길 수 있었던 것은 아니었다. 코트니는 자기 발음이 선생님 발음보다 낫다고 남몰래 확신하고 있었기 때문이다. 미국인이 프랑스어를 가르치다니! 그런 이야기는 들어본 적도 없었다.

코트니는 집으로 가는 버스를 탔다. 1킬로미터 정도 거리였기 때문에 보통 때는 걸어갔지만 오늘은 너무 피곤할 것 같았다. 폭스 영화사를 지나서 테라스의 작은 화분들 때문에 꽃이 낳고 나지막한 아파트 건물에 도착한 코트니는 다른 집과 전혀 구별되지 않는 자기 집 현관문을 올려다보았다. 코트니는 저 문으로 들어가서 책을 내려놓고 엄마에게 인사한 다음— 에이전트에게 전화가 왔었냐는 질문을 조심스레 피하면서— 엄마가 저녁 식사를 준비할 때까지 누워 있을 것이다. 두 사람은 저녁으로 달걀이나 양상추 토마토 샐러드를 먹을 텐데, 코트니는 요즘 전혀 배가 고프지 않았기 때문에 그것만 먹어도 괜찮았다.

그러다가 코트니는 갑자기 오늘은 집에 들어가지 않으리라는 사실을 깨달았다. 코트니는 집으로 들어가서 잠을 자지 않을 것이다. 어쨌거나 잠을 너무 많이 잔다는 것은 뭔가 잘못되었다는 뜻이었다. 너무 많이 먹거나 너무 많이 마시는 것이 그렇듯이 너무 많이 자는 것은 부도덕했다. 오늘 코트니는 그것과 싸울 것이다. 주머니에 1달러가 들어 있었다. 코트니는 버스를 타고 할리우드로 갈 것이고, 어쩌면 슈왑스에서 커피를 한 잔 마실지도 모른다. 엄마는 코트니가 슈왑스에 가는 것을 분명히 싫어했고 심지어는 그 근처에 가는 것도 원하지 않았다. 사람들이 손드라에게 무슨 일이 있냐고, 어디에 살면서 무슨 일을 하냐고 코트니에게 물어볼 테니 말이다. 하지만 코트니는 둘러댈 말을 생각해낼 것이다. 코트니는 사람들을, 아는 사람들을 만나야 했다. 누군가와 이야기를 하지 않으면 또다시 잠을 자게 될 것이다. 코트니는 아파트 건물 구석에 책을 내려놓고 뒤로 돌아 도로를 향해 걸어갔다.

슈왑스로 들어가던 코트니는 갑자기 조금 두려워졌다. 배리 캐벗이 거기에 있었다. 코트니는 배리가 있으리라는 것을, 그것이 바로 자신이 여기 온 이유 중 하나임을 알았다. 코트니는 배리를 만나고 싶었다. 거의 두 달 동안, 끔찍한 고독 속에서 보낸 두 달 동안 그를 만나고 싶었다. 코트니는 침대에 누워서 배리를 만나는 상상을 하면서 따뜻하게 말을 걸거나 심지어는 그녀에게 키스를 하는 그의 모습을 그리며 수많은 밤을 보냈다. 코트니는 엄마 외에 아무도 만나지 않는 견딜 수 없이 금욕적인 생활을 하면서 배리와의 짧았던 만남을 환상을 키워나갔고, 그 환상이 코트니의 외로운 시간을 지배했다.

"코트니! 코트니 패럴이잖아!"

"안녕하세요, 배리." 코트니가 그에게 다가갔다. 달리 선택의 여지가 없었다.

"세상에, 두 달만에 처음 보네. 자, 커피 한 잔 마셔."

배리는 예측하기 힘든 남자였다. 그는 코트니를 보지 못한 두 달 사이에 이 소녀가 한때 제기했던 위협을 잊었다. 그 사이 너무나 많은 일이 일어났다. 배리는 무수히 많은 새로운 위협과 요구로부터 도망쳤기 때문에 이제 더 이상 코트니를 무시해야 한다고 생각하지 않았다. 배리는 소송도 싫었고 사람들에게 상처를 주는 것도 싫었다.

코트니가 없는 동안 독점욕과 진실한 관계라는 위협이 약해졌기 때문에 배리는 긴장을 풀 수 있어서 기뻤다.

“그동안 어떻게 지냈는지 말해봐. 비벌리힐스 고등학교는 어때?”

“아, 끔찍해요. 배리.” 손드라에 대해서 묻는 것이 자연스러운 질문이었겠지만 배리는 엄마에 대해서 묻지 않았다. 배리는 손드라가 보이지 않는 이유가 있을 것이라고 생각했고 아마도 파산이 그 이유임을 알았다. 그래서 배리는 코트니를 당황시키지 않았다. 다들 아는 사실이었다. 모두들 손드라가 닉의 영화에서 배역을 따내지 못했음을 알았고, 또 가든 오브 앨러가 코트니와 손드라의 의류를 압류했다는 사실을 알았다. 하지만 가든 오브 앨러의 지하실에는 압류한 물건들이 가득했다.

“네가 좋아할 것 같지는 않았어.” 배리가 말했다. “넌 비슷한 또래 애들보다 훨씬 성숙하고, 이 동네 애들은 너보다 인생을 훨씬 덜 겪었으니까. 기숙학교에서는 안 그랬겠지만.”

“맞아요, 누군가와 얘기를 나누니까 정말 좋네요. 여기 오고 싶었어요.”

코트니는 배리와 이야기를 나누면서 생각했다. 난 이 남자랑 계속 얘기할 거야. 아주 오랫동안 그 방으로 돌아가지 않겠어. 이 사람이 나랑 같이 있고 싶게 만들 거야. 그러던 코트니는 남자들을 매료시키는 것으로 유명한 여배우가 엄마에게 했던 말을 기억해냈다. “남자랑 있을 때 난 섹스, 섹스, 오로지 섹스만 생각해.” 코트니는 그 방법을 써보기로 했다.

“얘기 좀 해봐요, 배리. 어떻게 지냈어요? 「크래프트 극장」 두 편에 출연했다는 기사는 읽었는데.”

“그래, 두 편 찍었고 이 주일 뒤에 한 편 더 찍을 거야. 요즘은 텔레비전 쪽 일이 많이 들어오고 있어. 대단한 역할은 아니지만 그렇게 나쁘지는 않아. 택시 기사 역할이야. 있잖아, 드라마가 시작되면 택시에 탄 여자가 기사한테 말하는 거야. ‘어디로든 가주세요, 아무데든 좋아요. 시내를 좀 돌아주세요.’ 그러면 기사가 그 여자를 태우고 시내를 도는 거지 — 시간은 새벽 세 시쯤이야 — 그리고 말을 거는 거야, 그 여자가 왜…….”

배리가 이야기를 하는 동안 코트니는 그의 얼굴을 보면서 생각했다. 당신이 내게 키스했으면 좋겠어요, 그래요, 정말 그러면 좋겠어요. 당신 입술은 아주 두툼하지만 초조해 보이고, 몸은 아주 날씬하고, 손은 부드럽고 섬세하죠. 코트니는 이런 생각을 하면서 지금까지 늘 꾸어왔던 배리에 대한 백일몽에 빠졌다. 하지만 지금은 배리가 정말 여기 있었고 코트니가 옆에 앉아서 그를 보고 있었다. 앨과 함께 있을 때 처음으로 발견한 끌림이, 그날 포크를 떨어뜨리게 만든 끌림이 거기 있었다.

“……하지만 그 여자는 자기 오빠가 그 남자를 진짜로 죽인 건 아니라고 확신하거든, 그래서 아파트로 가서…….”

배리는 이야기를 하면서 이렇게 생각했다. 세상에, 여자가 다 됐잖아. 정말 사랑스러운 아가씨야, 이제 더 이상 어린애가 아니야.

배리는 대화라는 베일에 가려진 질문을, 탐색을 느꼈고 어느새 응답하고 있었다.

코트니는 갑자기 벽이 사라진 것 같은 느낌을 받았다. 그녀가 말없이 건네는 이야기를 듣고서 배리가 응답을 하고 있었다. 더 이상 코트니 혼자서 돌덩어리를 향해 감정을 내던지는 것이 아니었다. 배리가 응답하고 있었고, 두 사람은 멀리 떨어진 채 서로를 어루만지고 있었다.

"하지만 아마 이런 이야기는 지겹겠지." 배리가 말했다. "자, 우리 둘 다 커피는 마셨으니까 우리 집에 가서 술이나 한 잔 할래?"

세상에, 통했다. 코트니는 그럴 줄 알았다. 그때 그 여배우의 말이 아니었어도 통할 줄 알고 있었다. 코트니는 자신이 이 남자의 흥미를 끌 것임을 감지했다, 그것으로 충분했다. 코트니는 자신의 매력이 통한다는 사실을 깨달은 이날의 기억을 결코 잊지 않을 것이다.

"배리, 나도 한 잔 하고 싶어요. 그러고 보면 당신 집엔 한번도 못 가봤네요?"

"그렇지." 배리가 말했다. "못 가본 것 같네."

배리의 집은 가구가 잘 갖춰진 아파트로 어딘가 앨 레온의 아파트가 떠올랐다. 앨은 코트니가 여기에 온 사실을 알면 좋아하지 않을 것이다. 하지만 앨 아저씨가 무슨 상관이람.

"마티니 괜찮아?"

"전 스카치가 더 좋은데—"

"그냥 마티니 마셔, 그거밖에 없거든."

"좋아요." 코트니가 싱긋 웃었다.

배리의 집은 어둡지 않았다. 배리는 어두침침한 것을 싫어했다. 수영장의 세 면을 따라 난 발코니로 이어지는 문이 열어 있어서 늦은 오후 햇살이 들어왔다. 엄마는 코트니가 학교에 늦게까지 남아 있는 줄 알 것이다. 코트니는 가끔 학교에 남아서 크고 추한 축구장 옆에 어두워질 때까지 앉아 있었지만, 엄마는 코트니의 기분을 존중했기 때문에 걱정하지 않았다. 어쨌든 두 사람이 살고 있는 그런 집에 들어오기 싫어한다고 해서 코트니를 나무랄 수는 없었다.

배리가 코트니에게 잔을 건네고 두 사람은 건배를 했다. 코트니는 자신의 몸에 놓인 그의 시선을 의식했다. 그녀가 대담한 시선으로 배리를 보았다.

"널 만난 지 얼마 안 됐을 때 세스피언에서 콜라를 사주면서 눈이 무슨 색이냐고 물었었지." 배리가 말했다. "그때는 거의 회색으로 보였는데. 지금 보니 정말 초록색이네, 아주 짙은 초록색이야."

"초록색이에요." 코트니가 말했다. 코트니의 눈동자 색은 항상 이야깃거리였다.

"어디 보자." 배리가 이렇게 말한 다음 코트니의 술잔을 받아서 소파 옆 테이블 위에 놓인 자기 잔 옆에 내려놓았다. 그가 균형 잡히고 강인해 보이는 모양의 코트니의 턱을 잡고 자신을 향해서 얼굴을 돌리게 했다.

"그래." 배리가 말했다. "초록색이야." 그런 다음 코트니를 안고 끌어당겼다. 코트니는 재닛이 일러준 대로 배리의 목에 팔을 둘렀다. 재닛 말이 맞았다. 두 사람의 몸이 딱 들어맞아 같이 움직였다. 배리의 손이 코트니의 등을 쓸어내리며 그녀를 더욱 가까이 끌어당겼다. 강렬한 감정이었다. 몇 달간의 외로움과 결핍에서 해방되면서 당황스러울 정도로 강렬한 감정이 치솟았다.

"귀여운 코트니." 배리가 말했다. "코트니."

"그래요, 배리."

배리가 코트니의 분홍색 셔츠 단추를 풀자 어깨에서 셔츠가 미끄러져 떨어졌다. 배리가 그녀의 등 뒤로 팔을 돌려 브래지어를 풀었다. 코트니는 무슨 일이 일어나고 있는지 알았지만, 아주 잘 알았지만, 그것을 원했다. 코트니는 원했다. 코트니는 배리가 생각하는 것보다 훨씬 전부터 이것을 계획했다. 배리가 청하기 전에 코트니가 먼저 그에게 말없이 청했다. 너무나 원했기 때문에.

배리가 코트니의 손을 잡고 침실로 갔지만 커튼을 쳐서 햇빛을 가리지는 않았다. 코트니는 남은 옷을 마저 벗고서 젊은 육체라는 놀라운 호화로움 속에서 침대에 누워 배리를 기다렸다.

10

코트니의 품에서 잠든 배리는 어린 소년 같았다. 그의 얼굴은 어리고 편안해 보였다. 코트니는 자고 싶지 않았다. 그 끔찍하고 오래된 피곤함은 사라지고 몸과 마음이 맑고 평화로워지더니 놀라울 만큼 생기 넘치고 편안했다. 코트니는 배리의 목에 길게 드리워진 머리카락을 손으로 쓰다듬었다. 생각했던 것처럼 부드러웠고, 그는 잠에서 깨지 않았다. 배리의 몸은 창백하고 단단했다. 아이처럼 평화롭게 잠든 청년의 몸이었다. 코트니는 무척 행복했다. 그녀는 행복에 취했다. 코트니는 생각했다. 난 사랑받았어. 이 사람이 내 연인이야. 코트니는 이 단어를 음미하고, 또렷하게 발음하고, 그 말의 여운에 잠겼다. 낡고 귀에 익지 않은 단어, 역사 소설에나 나올 듯한 단어였지만 코트니는 그 말이 좋았다.

코트니는 배리가 일어나기를, 그래서 자신을 다시 사랑해주기를 바랐다. 사랑. 코트니는 사랑을 한다는 것이 어떤 것인지 몰랐었지만 이제 두 번 다시는 사랑 없이 살 수 없을 것 같았다. 코트니는 첫 경험에서 사랑에 대해서 이렇게 많이 알게 될 줄 몰랐다. 첫 경험.

이제 코트니는 예전의 코트니로 절대 돌아갈 수 없었다. 삶을 예전처럼, 모든 영역이 흐릿하게 보이는 것으로 보지 못할 것이다.

배리가 몸을 들썩이더니 잠에서 깼다. 창가에 이른 저녁이 다가왔다. 그는 아직 반쯤 잠에 취한 채 코트니의 어깨에 입을 맞추었다. 어쩌면 옆에 누워 있는 사람이 누구인지도 몰랐겠지만 코트니는 신경 쓰지 않았다. 그런 다음 배리가 눈을 뜨고 부드러운 침묵 속에서 코트니를 몇 분 동안 바라보았다.

배리가 코트니의 몸을 따라서, 갈비뼈와 엉덩이를 따라서 단호하지만 부드러운 손을 미끄러뜨렸고, 코트니의 몸은 편안하게 긴장을 풀고 있었다. 배리의 손이 코트니의 몸을 처음 어루만질 때, 그의 손이 닿는 곳마다 생생하게 살아나는 기분이었다.

"코트니." 배리가 말했다. 혼란스러운 표정이었다. "코트니, 솔직히 난 몰랐어. 만약에 알았다면 — 음, 절대 안 했을 거야. 내가 아주 도덕적인 남자는 아니지만, 절대로 안 했을 거야."

"난 당신이 나와 사랑을 나누기 바랐어요. 전에 물어봤을 때 그런 적 없다고 말했잖아요."

"안 믿었지. 넌 아주 많이 아는 것 같았고, 슈왑스에서 — 난 너 같은 여자애는 본 적이 없어." 배리가 말했다. "솔직히 말해서, 거짓말이 아니야. 넌 정말 조용하고, 따뜻하고, 그리고 — 음, 거의 시적이야. 이상한 말이지만, 너한테는 잘 어울려."

"배리, 부탁이 있어요. 절대로, 절대로 날 사랑한다고 말하지 말아요. 그건 사실이 아닐 거고, 난 당신이 그렇게 말해야 한다고 생각하는 게 싫어요."

"알았어." 배리가 미소를 지었다. "절대 그런 말은 하지 않을게. 난 널 사랑하지 않고, 너도 날 사랑하지 않고, 사랑하는 척하지도 않는 거야." 점점 더 짙어지는 어둠 속에서 배리가 코트니에게 머리를 기댔다.

"하지만 네가 안 가면 좋겠어, 코트니. 네가 날 떠나는 게 싫어."

"꼭 가야 할 때가 되면 갈 거예요, 배리. 그때까지는 당신과 여기 있을 거예요."

코트니가 그를 안았다.

"넌 훨씬 나이 많은 여자 같아." 배리가 말했다. "나를 소유하려고 하지도 않고 아무것도 요구하지 않으니까. 하지만 넌 젊지. 몸은 젊고, 피부는 젊고 싱싱하고, 어린 여자애처럼 사람을 믿어."

"어떤 남자도 그 믿음을 배신하지 않았으니까요." 코트니는 그의 얼굴에 떠오른 의문을 보았다. "아니, 당신도 믿음을 배신하지 않았어요. 물론 난 당신을 믿어요. 온전하게 믿어요. 어쨌든, 그래야 하니까." 코트니가 미소를 지었다. "난 아무것도 모르니까요. 당신은 첫 남자, 내가 처음으로 사랑을 나눈 남자일 뿐만 아니라 처음으로 키스한 남자니까요."

배리가 코트니를 보며 미소를 지었다. "그래." 배리가 말했다. "넌 꼭 어린 여자애가 잘 자라는 인사를 할 때처럼 키스를 해. 내가 키스하는 법을 가르쳐줘야겠어." 그가 갑자기 생각난 것처럼 말했다. "코트니, 엄마가 걱정 안 하시겠니? 왜 아직 안 오나 생각하지 않을까?"

"그래요, 돌아가는 게 좋겠어요. 일곱 시가 다 됐을 거예요."

"네가 안 가면 좋겠다." 배리가 다시 말했다. 진심이었다. "하지만 네가 문제에 휘말리는 것도 싫어. 내일 나랑 저녁 먹을래?"

"왜요, 배리? 당신은 누구도 식사에 초대하지 않기로 유명한 줄 알았는데."

"넌 특별하니까. 집까지 데려다줄까?"

"아니요." 코트니가 황급히 말했다. 배리에게 자신이 사는 집을 보여주기 싫었다. "안 그러는 게 좋겠어요."

"그럼 내일 내가 데리러 갈게."

"아니에요—"

배리도 눈치를 챘다. "그럼 학교로 데리러 갈게, 수영하고 저녁 먹자. 너 혼자 여기까지 오는 건 싫어, 꼭 — 음, 그냥 네가 그러는 게 싫어. 내가 데리러 갈게. 저녁도 사주고."

"그래요." 코트니가 말했다. "그게 좋겠어요."

코트니가 일어나서 옷을 줍기 시작했다. 배리도 일어나서 옷을 주워 코트니에게 건네주었다. 그는 지금까지 이렇게 해줘야겠다고 생각한 적이 없었다. 하지만 오늘은 첫 경험이었고, 배리는 코트니가 뭐든 혼자서 하지 않기를 바랐다. 코트니는 앞으로 여러 번, 여러 해 동안, 사랑하는 사람과의 관계에서 모든 일을 직접 해야 할 것이다. 배리는 코트니가 필요한 것을 스스로 챙기는 법을 벌써부터 알기를 바라지 않았다. 그는 오늘의 기억에, 코트니의 첫 경험에 지치고 익숙한 관계의 흔적을 남기고 싶지 않았다. 배리는 그녀를 아주 특별한 사람으로 대해주고 싶었고, 코트니는 정말로 특별했다.

코트니가 나가자 집 안이 무척 고요하고 텅 빈 것처럼 느껴졌다. 배리는 이제 미지근해진 마티니를 따랐다. 소파 밑에 떨어진 문고판

서부 소설이 보였다. 그는 역겹다는 듯이 그것을 집어들어 쓰레기통에 던졌다. 조지. 배리가 자신을 증오하게 만들었던, 그의 안에 숨어 있는 최악의 남자보다도 더 못난 남자 같은 느낌이 들게 만들었던 추한 삶의 기념품. 배리는 배우, 그것도 재능 있는 배우였고 자신도 그 사실을 알았다. 하지만 그 재능도 배리가 남자답지 않다는 사실에 대한 보상이 되지 못했다. 그의 재능은 그의 존재를 정당화하지 못했다. 배리가 마티니를 한 잔 새로 만들어서 거실에 자리를 잡았다. 그런 다음 이제 방이 어두웠기 때문에 불을 켰다.

아아, 코트니와 함께 있을 때 배리는 남자다웠다. 그녀의 첫 상대. 코트니가, 그 사랑스럽고 재능 넘치는 아가씨가 배리를 선택했다. 다른 사람과 함께 있을 때 배리는 남자가 아니라 기둥서방이었다. 기둥서방. 하지만 오늘, 오늘 오후에, 배리는 남자였다. 그는 코트니도 그 사실을 알까 궁금했다. 분명히 알 것이다, 코트니는 아주 많은 것을 알았으니까. 배리는 오늘 오후에 어떻게 용기를 내서 남자답게 굴 수 있었을까 생각했다. 코트니와 사랑을 나눌 용기가, 실패할 가능성을 감수할 용기가 어디서 나왔는지 궁금했다. 코트니는 너무 몰랐다. 배리는 자기가 괜찮았는지 궁금했다. 하지만 코트니는 아무것도 몰랐기 때문에 배리는 그녀에게 많은 것을 가르쳐줄 수 있었다. 코트니가 배리를 선택했다. 배리는 왜 마티니를 또 만들었을까. 마티니, 이 술, 서부 소설. 이 사랑스러운 아가씨.

"늦었네, 코트니." 코트니가 집으로 들어가자 엄마가 말했다.

"네." 코트니가 말했다.

"뭐 했니, 산책했어?"

"네." 코트니가 말했다. "산책했어요."

"어두워질 때까지 안 들어오면 걱정되잖아."

"이제 막 어두워지는 참인데요, 뭐." 코트니가 말했다. "방금, 아주 조금 전에야 어두워졌잖아요."

"사랑스러운 저녁이구나. 산책했다고 뭐라 하지도 못하겠다."

"네, 사랑스러운 저녁이에요." 코트니가 말했다.

"산책했으니까 배고프겠네?"

"아니요." 코트니가 말했다.

"저녁을 좀 먹어야 할 텐데."

"저 좀 피곤해요." 코트니가 말했다. "산책을 했더니 긴장이 풀리고 졸려요."

"그렇겠구나. 음, 억지로 먹으라고 하지는 않을게. 산책이 아주 좋았나봐. 더 자주 해야겠다. 보통 때는 학교 마치고 돌아오면 피곤하고 긴장돼 보이더니 오늘은 안 그러네."

"네." 코트니가 말했다. "좀더 자주 하려고요. 엄마, 내일 기분전환 삼아서 간이식당에서 저녁 먹어도 돼요?"

"왜 식당에서 먹으려는지 모르겠구나."

"글쎄요." 코트니가 말했다. "혼자 그냥 걸어다니니까 정말 좋았거든요. 저녁이 되면 거리가 정말 사랑스럽게 변해요. 내일은 저녁 먹고 영화라도 보러 갈까 봐요. 엄마가 허락하면요."

"네가 혼자 너무 많은 시간을 보내는 건 마음에 안 들어. 너한테 좋지 않아."

"음, 사실은 엄마, 라틴어 수업을 같이 듣는 남자애가 저녁 먹고 영화 보러 가자고 해서요."

"왜 진작 말 안 했니? 잘 됐다. 네가 데이트를 한다니 정말 좋네."

"음, 잘 모르겠지만, 저는—"

"바보 같이 네가 나랑 집에 있어야 한다고 생각할 줄 알았어?"

"그랬나 봐요." 코트니가 허둥지둥 말했다.

"아니야, 엄마는 네가 애들이랑 어울리는 게 좋아. 난 혼자 있어도 돼." 손드라가 미소를 지었다. "네가 태어나기 전까지 난 아주 오랫동안 혼자였거든."

"고마워요, 엄마."

"자정까지는 들어와. 다음날 학교도 가야 되니까."

코트니가 옷을 벗고 옆 침대로 들어가는 모습을 보면서 손드라는 혼자서 미소를 지었다. 얼마나 생각이 깊은 아이인지. 어깨에 세상 짐을 다 짊어지고 있지 뭐야. 나랑 같이 있어줘야 한다고 생각해서 데이트가 있다는 말도 못 하다니. 정말 착한 딸이야.

11

다음 날 코트니가 배리의 아파트로 찾아갔고, 두 사람은 수영장에서 수영을 한 다음 햇볕 속에 누웠다. 코트니는 배리를 흘끔흘끔 보면서 저 수영복 속에 숨어 있는 몸을 너무나 잘 안다는 생각에 기쁨과 따뜻함을 느꼈다. 두 사람은 로스앤젤레스 시내의 스테이크하우스로 저녁을 먹으러 갔는데, 참 멋진 식당이었다. 코트니와 배리는 같이 있는 모습을 아는 사람들에게 들키기 싫었기 때문에 할리우드에서 식사를 하지 않았다. 그런 다음 두 사람은 배리의 아파트로 돌아가서 술을 한 잔 마시고, 부드러운 저녁 안에서 사랑을 나누었다. 바깥에서는 조용히, 꾸준하게 비가 왔다.

두 사람이 새로운 사랑의 신선함을 만끽하는 동안 초겨울이 지나갔다. 코트니는 학교에서 친구를 한 명 사귀었다고, 종종 그 친구 집에서 잔다는 이야기를 꾸며냈고, 엄마는 코트니가 집이 부끄러워서 친구를 데려오지 않는다고 해도 이해했다.

코트니는 겨울방학이 오면 어떻게 할까, 수많은 날을 배리와 함께 보내고 싶지만 잦은 외출을 엄마에게 어떻게 설명해야 할까 궁리했다. 아무튼 일주일 뒤에 방학이 시작되었고, 코트니는 종종 집안에 앉아서 책을 읽었다. 엄마는 일자리를 얻으려고 노력한 덕분에 어떤 드라마에서 2주일 동안 휴가를 간 여배우의 대역으로 작은 역할을 맡았다. 손드라로서는 급격한 추락이었고 이미 약해진 자존심에 큰 타격을 입혔지만 이것으로 앨에게 빌린 돈을 조금 갚을 수 있었다. 엄마가 일을 하러 나간 낮 동안 배리를 만날 수 있었기 때문에 코트니에게는 더욱 의미가 깊었다.

손드라는 코트니에게 무슨 일이 벌어지고 있는지 궁금했다. 딸이 너무 멀게만 느껴졌다. 새로운 거리감이었다. 코트니가 마음속으로 키워온 세상이 정말 말도 안 될 만큼 커진 것 같았다. 코트니와 이야기를 나누는 것이, 심지어는 아주 간단한 대화조차도 힘들었다. 코트니는 평생 처음으로 엄마의 재정 상태에 별로 관심을 기울이지 않았고, 라디오 일이 생겼다고 했을 때도 축하를 하지도 않고 별다른 말도 없이 받아들였다. 손드라는 코트니와 이토록 멀어진 것이 스케이스브룩에서 드러나기 시작했던 감정적인 문제가 코트니에게는 너무나 낯선 상대적인 가난 때문에 악화되었다는 뜻이라고 생각했다. 손드라는 걱정이었다. 요즘의 코트니는 행복해 보였지만 그것은 딸의 마음속 세계에서 비롯된 행복이었을 뿐 엄마에게 확신을 주지는 못했다.

코트니는 배리의 가르침을 받았다. 그는 친절하고 좋은 교사였다. 코트니는 모든 것을, 그의 품에 안기는 단순한 행동조차도 배리에게서 배웠고, 이제 더 이상 작은 아이가 잘 자라는 인사를 하는 것처럼 키스하지 않았다. 코트니는 재닛에게 말했던 것처럼 연상의 남자에게서, 배우에게서 가르침을 받았다. 코트니는 기숙사 방에서 이렇게 말했었다. “난 근사해지고 싶어. 근사하게 살면서 사랑스럽게 사랑할 거야.”

방학이라서 배리가 학교로 데리러 올 수 없었기 때문에 코트니는 버스를 타고 배리의 집으로 가는 습관이 생겼다. 배리의 집이 자기 집처럼 익숙해졌고, 코트니는 종종 그를 도와 청소를 하고 그를 위해 요리를 했다. 코트니는 그것이 좋았다. 여자로서의 역할이 더 완벽해지는 것 같았다. 배리는 기뻐했다. 그는 여자에게 보살핌 받는 것을 항상 좋아했다.

코트니는 보통 정오 즈음에 왔는데, 벌써 12시 15분 전이었기 때문에 배리는 헤이븐허스트를 서둘러 걸어가고 있었다. 그는 코듀로이 재킷의 옷깃을 세웠다. 공기가 쌀쌀했다. 1월 4일이었다. 지난 두 달이 얼마나 빨리 흘러갔는지. 배리는 보도에 떨어진 죽은 나뭇잎을 하수구 쪽으로 찼다. 지난 두 달 동안 그의 삶은 얼마나 달라졌는지. 코트니라는 존재를 자기 집에 받아들인 것이, 자신의 삶에 받아들인 것이 참 이상했다. 물론 배리와 코트니가 사랑에 빠진 것은 아니었지만 두 사람 사이에는 남녀관계에서 사랑이 한 자리를 차지할 때는 절대로 유지할 수 없는 애정과 편안함이 있었다. 동지애와 사랑을 나누는 것, 그 두 가지뿐이었다. 게다가 정말이지 코트니는 아무것도 모르는 아이치고는 참 잘 했다. 사랑스러운 삶이었다.

수영장에도 죽은 나뭇잎이 떨어져 있었다. 배리가 계단을 올라 아파트 문을 열었다. 거실이 어둑어둑했다. 요즘은 해가 빨리 진다.

“이야, 배리.”

"조지! 세상에, 너 여기서 뭐 해?"

조지가 신체의 그 어떤 부분도 상상에 맡겨두지 않는 차림으로, 즉 리바이스 청바지를 엉덩이에 살짝 걸치게 입고 티셔츠 차림으로 침실에서 나왔다. 가죽 재킷은 소파 위 맥주 캔 옆에 있었다.

"소파에 놔뒀던 서부 소설을 못 찾겠어." 조지가 맥주를 들고 자리에 앉으며 말했다. "집이 아주 깨끗하네. 그 여자애가 치웠나봐."

"이것 봐, 조지—"

"그동안 식사는 집에서 했나보군." 조지가 말을 이었다. "슈왑스에 안 가고 말이야. 그 계집애, 요리 잘 해?"

"빌어먹을."

"네가 전화 안 했잖아." 조지가 마침내 화를 내며 말했다. "거의 석 달 동안 전화도 없었다고. 매일 자동응답 서비스를 확인했어. 캐벗 씨에게서 온 전화는 없더군. 당연히 전화가 없겠지, 캐벗 씨는 이 조그만 계집애랑 섹스를 하느라 바쁘니까. 건방진 계집애 같으니라고. 캐벗 씨는 날 부끄러워하지. 그래서 자기가 날 안다는 사실을, 아니면 날 그토록 잘 알았다는 사실을 잊으려고 애쓰고 있어."

"그동안 일을 하느라 미친 듯이 바빴어." 배리가 허둥대며 말했다.

"섹스를 하느라 바빴겠지, 이 개자식아. 나한테 내줄 시간은 이제 없잖아. 네가 돈 한푼 없을 때 내가 다 먹여 살렸는데, 그건 뭐야. 네가 시내에서 흥청망청 술 마시고 놀고 있을 때 내가 널 찾아내서 열이 39도가 넘는 걸 집으로 데려와서 돌봐주고 의사도 불러오고 먹을 것도 만들어준 건 또 뭐고. 넌 다 잊었지, 내가 여기 있었기 때문에 네가 무서워하지 않고 편하게 잠 잘 수 있었던 그 밤들도 다 잊었지. 이제 난 너한테 아무 의미도 없어."

"조지, 아니야. 갠 나한테 아무 의미도 없어. 갠 그냥— 편리한 상대일 뿐이야." 다 어디로 갔을까, 그의 용기는, 그의 남자다움은?

"그러면 왜 전화 안 했는데? 집에 혼자 앉아 있는데 전화도 안 오고, 아무것도 없잖아. 게다가 돈도 다 떨어져서 빌어먹을 스파게티만 먹으면서 살고 있어. 그런데 넌 전화도 없고."

"조지." 배리의 얼굴은 엄숙하고 다정했다. "조지, 너한테 상처 줄 생각은 없었어. 그랬다면 난 진짜 저주를 받을 거야."

"알잖아, 넌 전화도 안 하지, 네가 그 조그만 계집애 만나고 다니는 건 다들 알지, 난 웃음거리가 돼서—"

"다들 안다고!"

"글쎄, 다들 아는 건 아니지만 너한테 누군가가 생긴 건 다들 알아. 요즘 네가 안 보이니까."

"조지, 이것 봐, 조지, 내 말 들어봐." 아, 코트니가 곧 올 것이다, 금방이라도 걸어 들어올 것이다. 조지가 여기 있는 것을 보면 코트니가, 그 사랑스러운 소녀가 얼마나 끔찍한 경험을 하게 될까. 배리는 코트니가 그런 추한 경험을 하지 않기를 바랐다.

"조지, 오늘밤에 전화할 테니까 와서 한 잔 해. 그럼 다시 다 잘될 거야. 그동안 내가 나빴어, 맞아. 하지만 분명히 설명할게. 난 솔직히—날 믿어, 너한테 상처를 주려던 건 아니었어."

"날 쫓아내려고 이러는 거구나."

"아니야, 그런 게 아니야, 그런 게— 빌어먹을, 꼭 전화할게. 하지만 지금은 말할 수가 없어."

"걔가 오는 거지. 걔가 오기로 했는데 넌 내가 부끄러운 거야. 넌 항상 날 부끄러워했어."

"빌어먹을, 당장 나가." 배리가 조용히 말했다. 그 유명한 분노가 담긴 조용한 목소리, 통제되어 있지만 위험한 목소리였다. "말했지, 이 집에서 나가. 너한테 열쇠가 있든 없든 상관없어, 여긴 내 집이야. 나가."

분노에 찬 조지가 자리에서 일어섰다. 그의 튼튼한 몸이 뻣뻣하게 굳어 있었다. 배리는 겁이 났다.

"조지, 그런 뜻이 아니야. 그런 뜻이 아니었어, 조지." 코트니한테 전화하면 될지도 몰라— 아니, 아니지, 코트니는 이미 오는 중이야. 어쩌면 코트니가 아파트로 들어오기 전에 만날 수 있을지도 몰라, 조지에게 잠깐 산책을 다녀오겠다고 하자. 아니, 그것은 미친 짓이었다. 배리가 할 수 있는 일은 아무것도 없었다.

조지가 배리의 얼굴에 떠오른 두려움을 보고 미소를 지었다.

"갈게, 배리."

배리는 아, 다행이다라고 생각했다.

"갈래." 조지가 말을 이었다. "전화를 하거나 다시 찾아오지도 않을 거야. 그 여자애 앞에서 널 당황하게 만들지 않을게. 너한테는 걔가 그토록, 빌어먹을 만큼 특별하니까. 하지만 넌 뼈저리게 후회하게 될 거야. 신에게 빌게 될 거야."

코트니는 배리의 아파트를 향해 걸어가다가 조지와 마주쳤다. 그는 가죽 재킷 차림으로 땀을 흘리고 있었다. 조지는 코트니를 못 본 척했다. 코트니는 힘껏 달려 조지의 옆을 지나친 다음 죽은 나뭇잎이 떠 있는 수영장을 지나고 파스텔 톤의 계단을 올라 배리의 아파트로 들어갔다.

배리는 자리에 앉아서 잔에 가득 따른 진을 급하게 마시고 있었다.

"배리, 자기."

코트니는 배리를 단 한번도 자기라고 부르지 않았다. 간단한 말이었지만 코트니는 애정 어린 호칭을 한번도 써본 적이 없었는데 그 말이 튀어나왔다. 코트니가 배리에게 다가가서 그를 안으려고 손에서 잔을 빼앗았다.

"내버려둬. 나 혼자 놔두라고, 제기랄."

배리가 코트니의 손목을 아플 정도로 세게 잡고서 그녀의 손을 뿌리쳤다.

"배리, 그렇게 마시지 마요. 그러면 또 금세 취해서 정신을 잃을 거야. 그런 건 이제 그만둔 줄 알았는데. 그렇게 마시지 말아요, 나랑 같이 한 잔 마셔요. 그런 다음 사랑을 나눠요—"

"내버려두라고 했잖아."

코트니가 자리에서 일어나 부엌으로 가서 진을 꺼내 쏟아버리기 시작했다.

그러자 배리가 따라 들어와 코트니에게서 병을 빼앗은 다음 분노와 혼란 속에서 그녀를 세 대나 때렸다. 지금 이 순간이라면 배리는 술을 마시기 위해서 코트니와 싸울 것이다.

코트니는 침실로 달려가서 문을 닫고 침대에 누운 다음 통제할 수 없을 만큼 펑펑 울었다. 잠시 후 그녀는 마음을 가라앉혔다. 울음이 완전히 멈추면 나가자. 배리가 말을 걸지 못하도록 그가 앉아 있는 거실을 달려서 지나갈 것이다. 여기에는 코트니의 자리가 없으니 배리를 혼자 내버려둘 것이다. 울음을 멈출 수만 있다면 얼마나 좋을까. 이 방은 너무나 어둡고 너무나 추했다. 코트니는 배리의 베개에 얼굴을 묻었다. 이 방, 이 침대, 두 사람이 사랑을 나누었던 이 곳. 이 방이 너무나 추해서, 코트니는 돌아가고 싶었다. 울음을 멈출 수만 있다면.

그녀의 어깨에 손이 닿았다. 강하고 부드러운 손이었다.

"코트니."

"필요 없어요, 배리."

배리가 화난 사람처럼 코트니의 어깨에 양손을 올리더니 엎드려 있던 코트니를 돌려 눕혔다.

"전부 너무 추해요, 배리."

그가 손길을 거두고 침대 모서리에 앉았다.

"너한테 이런 모습을 보여주고 싶지 않았어." 배리가 부드럽게 말했다.

"그 사람 때문만이 아니에요, 배리. 그 사람 일은 당신을 만나기 전부터 알고 있었으니까. 나 때문이기도 해요. 버스를 타고 와서 혹시 다른 사람 눈에 띄지는 않을까 주변을 두리번거리면서 내린 다음 이 아파트로 와야 하고, 엄마한테 거짓말을 해야 하니까."

"조지만 오지 않았으면 괜찮았을 거야. 하지만 내가 쫓아냈잖아. 이제 예전과 똑같을 거야."

코트니가 자리에 일어나 앉아서 배리의 셔츠 주머니에서 담배를 꺼내 불을 붙였다. 이제 울음이 멎었다.

"회색이에요. 회색이고 어두침침해. 무슨 말인지 알겠어요? 수영장에 떠 있는 죽은 이파리나 침실에 드리워진 담배 연기 같아요. 하지만 당신은 무슨 말인지 모르겠죠."

"아니, 코트니. 나도 무슨 말인지 알아. 하지만 삶이란 게 항상 명확하고 밝은 색인 건 아니야. 추한 건 어디에나 있어, 우린 그냥 못 본 척하면 돼."

"꼭 이래야만 하는 건 아니에요. 난 이런 것으로 만족하지 않을 거예요. 이런 추한 핑계 속에서 살지 않을 거예요, 그냥 좋다는 이유만으로 사랑을 나누고 임신하지 않도록 조심하면서 모든 것을 그르치며 살진 않을 거예요."

"우린 무엇도 그르치지 않아. 절대 그렇지 않아."

"오, 배리, 아무 말도 하지 말아요."

"어떻게 하고 싶니, 코트니? 그만두고 싶어?"

"아니. 아니에요. 하지만 이렇게 살긴 싫어요. 그래요, 그만두고 싶어요. 우리 관계는 이제 더 이상 젊지 않으니까요. 이제 중년이 되어서 회색으로 물들고 혼란스러워졌어요. 하지만 여기 오는 걸 그만두고 싶진 않아요. 와서 얘기나 나누면서—"

코트니는 침대 모서리에 앉아 있는 배리를 보았다. 그리고 절대 그렇게 될 수 없음을 알았다. 배리는 코트니를 보고 있지 않았다. 그는 창밖 겨울나무의 헐벗은 가지를 물끄러미 바라보고 있었다. 방은 어둡고 조용했다.

"네가 필요해." 배리가 말했다. "날 도와줘."

"도와달라고요. 당신이 더 이상 젊은 남자를 사랑하지 않도록 도와

달라는 거군요. 고작 그런 일에 날 희생하라고요? 전 그것보다는 더 가치 있는 사람이에요."

코트니는 자신이 왜 이렇게 화를 내면서 말하는지, 왜 배리에게 상처를 주고 싶어하는지 몰랐다. 말없이 앉아 있던 배리가 그녀를 향해 고개를 돌렸다. 아까 코트니를 때릴 때와 같은 표정이었다. 그가 코트니를 향해 몸을 기울이고 양 손목을 아플 정도로 꽉 쥐었다.

"이 나쁜 년." 배리가 말했다. "넌 창녀야."

12

날이 무척 추웠기 때문에 코트니는 스케이스브룩에서 입던 폴로 외투를 입고 있었다. 학교가 끝나서 정말 기뻤다. 이 갑갑한 교실을 벗어나서 밖으로 나가면 이토록 졸리지 않을지도 모른다. 무서운 졸음이 다시 더 심해졌다. 코트니는 정류장으로 걸어가서 버스를 타고 배리의 집으로 갈 것이다. 그러고 싶어서가 아니었다. 그것은 이제 습관이, 공허한 습관이 되었다. 코트니와 배리는 두 사람이 시작할 때 발견했던 것을 두 번 다시 되찾지 못했다. 이제 더 이상 좋지 않았다. 사랑을 나누는 것이 나쁘지는 않았다, 그것은 항상 좋았다. 하지만 코트니가 그의 집으로 가면 두 사람은 대화를 나누는 척할 뿐이었다. 코트니는 학교 친구들과 헤어진 다음 이런 생각을 하면서 계단을 걸어 내려가다가 앨을 발견했다.

앨은 계단 밑에 차를 세우고 그 옆에 서서 코트니를 기다리고 있었던 것이 분명했다. 코트니가 내려오자 차문을 열었기 때문이다.

"앨 아저씨! 정말 반가워요!"

"타라."

"그게—"

앨이 문을 닫은 다음 반대편으로 가서 차에 올라 시동을 걸었다. 그는 선셋 대로 쪽으로 꺾는 대신 곧장 시내로 향했다.

"저녁 사줄게. 한동안 괜찮은 저녁 식사도 못 했겠지."

"초대는 감사하지만 다른 약속이 있어서요."

"오늘밤은 안 돼."

"무슨 일이에요?"

"너한테 할 얘기가 아주 많아."

"저한테요? 무슨 일 있어요?"

"같이 한 잔 마시고 차분히 앉아서 얘기하자. 지금은 안 돼."

코트니는 생각했다. 뭐, 무슨 상관이람. 배리가 아무리 기다려도 코트니가 가지 않으면 기분전환 삼아서 괜찮을지도 모른다. 앨은 분명히 무슨 꿍꿍이가 있었다. 코트니가 몇 주일 동안이나 괜찮은 식사를 하지 못했을 거라는 말도 사실이었다.

식당은 크고 당당했고 묵직한 목재들로 꾸며져 있었다. 요리를 시작하기 전에 고기가 괜찮은지 확인하라는 뜻으로 로스트비프가 한 조각 나왔다. 어쨌든 나쁠 것은 없었다. 코트니는 앨이 설교를 늘어놓으리라고 확신했지만 최소한 근사한 저녁은 먹을 수 있었다.

"좋아요, 아저씨. 우리 둘 다 술도 마시고 기운도 차렸으니까 시작해요. 할 말이 뭐예요?"

"설교를 하려는 게 아니야. 몇 가지 바로 잡으려는 것뿐이지. 네가 정신 좀 차리게 말이다."

"뭐 때문에요? 학교 공부를 열심히 하는 건 아니지만 평균 B는 돼요. 엄마랑 싸우지도 않았고, 정해진 용돈으로 살고 있고—"
"배리 캐벗 말이야."
"그 사람이 뭐요?" 코트니가 드라이 마티니를 한 모금 더 마셨다.
"너 조지라고 알지, 캐벗이 사귀는 남자."
"한 번 만난 적 있어요, 왜요?"
"어젯밤에 구기스에서 저녁을 먹고 있는데 조지가 내 옆에 앉더군. 조지는 내가 절대 대화를 나누고 싶지 않은 상대야, 피할 수만 있으면 절대 엮이지 않는 그런 놈이지. 게다가 대부분의 경우에는 피할 수 있거든."
"으음." 코트니는 걱정이 되어서 일부러 지루한 척했다.
"조지가 나한테 말을 하기 시작했는데, 난 이 동네에서 누군가한테 무례하게 굴어서 좋을 게 없다는 걸 배웠기 때문에 그냥 잠자코 있었지. 누가 언제 도움이 될지는 절대 모르는 일이니까."
"네, 무슨 말인지 알겠어요."
"그런데 조지가 네 엄마 얘기를 시작하는 거야, 요즘 통 안 보인다고, 파산한 것 같다고. 내가 네 엄마의 매니저인 줄 알면서 이러는 걸 보니 가십을 캐려는 거로구나, 생각했지. 그래서 내가 말했어. '맞아요, 가든 오브 앨러에서 나갔지. 애가 비벌리힐스 학교에 다녀서 거기로 이사한 거요.' 난 그런 놈들을 싫어하니까 절대로 만족감을 주고 싶지 않았어."
"그래서요?"
"그래서, 조지는 네 엄마가 정말 대단하다는 말을 하기 시작했고, 난 굉장히 우습다고 생각했지. 조지는 네 엄마를 잘 모를 뿐만 아니라, 난 항상 조지가 손드라를 싫어한다고 생각했거든. 조지는 캐벗이 좋아하는 여자라면 다 싫어하니까. 하지만 무슨 얘기를 하려나 싶어서 '그래요, 그 여자는 참 대단하지'라고 말했어."

"정말 끔찍하게도 시간을 끄시네요."

"그랬더니 조지가 그러더군. '그분 딸이 그렇게 된 건 참 유감이에요.' 그제야 조지가 무슨 말을 하려는 건지 알았지. 내가 네 엄마를 아주 잘 알고, 또 너희 두 사람에게 개인적으로 신경을 쓰고 있다는 걸 조지도 알고 있으니까. 그래서 내가 무슨 뜻이냐고 물었어. 그랬더니 아주 거만한 태도로 이렇게 말하는 거야. '그 애, 웬 배우랑 살고 있잖아요.' 난 즉시 조지의 입을 막았어. '그거 정말 말도 안 되는 소문이군요'라고 말했지. 그랬더니 조지는 내가 가십을 쑥덕거리기에 좋은 상대가 아니라는 걸 알고서 남은 커피를 다 마시고 어깨를 으쓱하더니 금방 가버렸어."

"아저씨, 동성애자들이 어떤지 잘 아시잖아요. 그 남자는 엄마를 싫어하고 나도 싫어했어요, 지난여름 세스피언에서 내가 캐벗 씨랑 술을 마시는 장면을 목격한 그날 밤부터요. 아, 동성애자들은 정말 재수 없어요."

"코트니, 난 바보가 아니야. 손드라 패럴이 아니라고. 조지가 말하는 배우가 캐벗이라는 것쯤은 나도 알아, 조지는 질투심 때문에 네가 캐벗과 어울려 지낸다는 사실을 인정 못 하는 것뿐이야. 잊지 마라, 몇 달 전에 내가 이렇게 될 거라고 말했잖니. 조지는 내가 네 엄마한테 달려가서 말할 거라고 생각했겠지. 하지만 난 그런 남자가 아니야. 자, 그러니까 이제 솔직히 말해봐."

코트니는 술을 마저 마셨다.

"저 한 잔 더 마실래요, 아저씨."

"넌 아직 어린데 술을 너무 많이 마시는구나. 한 잔이면 충분하다."

"지금 술 마신다고 저한테 뭐라 하시는 거예요?"

"누군가는 뭐라고 해야지."

"한 잔 더 마시고 싶다고요."

"알았다." 앨이 한숨을 쉬고 웨이터를 불렀다.

"한 잔씩 더 줘요."

"네, 손님."

침묵이 흘렀다. 앨이 코트니를 보았다. 그는 5년, 아니 거의 6년 동안 코트니를 알았다. 코트니가 어른이 다 되었다는 사실에는 이제 의문의 여지가 없었다. 코트니는 고작 열여섯 살이었지만 여자 같았다. 어떤 웨이터도 코트니가 스물한 살이 넘었느냐고 묻지 않았다. 코트니는 어른의 몸을, 어른의 표정을 가지고 있었고 아이 같은 긴장감이나 불안은 없었다.

"그래요, 앨 아저씨. 제가 배리 캐벗이랑 어울린 건 사실이에요. 하지만 같이 살진 않았어요." 코트니가 얼른 덧붙였다. "그냥 좀 사귄 거예요."

"코트니, 네가 바라는 걸 캐벗 같은 남자한테서 찾지 말라고 말했잖니. 내가 분명히 말한 것 같은데."

"네, 그랬어요. 우리가 가든에서 이사 나오던 날에요. 하지만 아저씨 말이 틀렸어요. 난 내가 바라는 걸 배리에게서 찾았고 그는 그걸 채워줬어요."

"나쁜 놈. 너 같은 어린애를."

"그렇지 않아요. 아저씨가 그렇게 말씀하실 줄 알았어요. 사람들은 항상 여자의 첫 연인이 그 여자를 이용한다고 생각하죠. 하지만 제가 원한 거예요, 아무도 날 이용하지 않았어요. 오히려 제가 부추겼다고 할 수 있죠. 남자가 순진하고 어린 여자애들을 유혹한다는 통념이 왜 생겼는지 모르겠어요. 전혀 그렇지 않아요."

"코트니, 이 일을 명확하게 볼 수 있는 사람은 네가 아니라 나야. 난 똑같은 일들을, 똑같은 아가씨들을 봤으니까. 너한테 키스했을 때 난 네가 아직 어린애라는 걸 알았지. 도덕적이고 순진한 어린애, 작은 나무 인형이라는 걸 말이다. 난 널 무척 아끼기 때문에 그걸 바꿔버릴 수 없었어. 캐벗도 그 사실을 알고 있어. 네가 팜므 파탈이라도 된다고 생각한다면 그건 네 자신을 속이는 거야. 넌 정말 섹시한 어린아이로 보일 뿐이니까. 그래서 캐벗이 너와 사랑을 나눈 거야. 그 놈의 호모 자식. 캐벗이 아무리 못해도 넌 그 사실을 모를 테니까."

"아저씨, 그런 식으로 말하지 마세요. 배리는 절대 그런 사람이 아니에요. 아저씨도 남자라서 배리를 싫어하는 거죠? 남자들은 배리가 동성애자라서 싫어해요. 하지만 사실 배리는 그렇지 않아요. 전 동성애자에 대해서 잘 안다고 생각했었는데, 사실은 전혀 달랐어요. 내가 왜 그랬는지는 모르겠어요—그러니까, 내가 배리를 필요로 했다는 말이에요. 그냥 아무나가 아니라 그 사람이 필요했어요. 아저씨, 배리는 남자고, 제 연인이에요. 배리는 동성애자지만 전 그게 아무 의미도 없다는 걸 깨달았어요. 그건 그저 배리가 더 섬세하다는 뜻이고, 그에게는— 음, 배리에게는 내가 필요해요. 저한테 중요한 건 그

거예요. 배리는 날 필요로 해요."

웨이터가 술을 가지고 왔다.

"코트니, 네가 캐벗의 좋은 점을 아무리 떠들어도 난 관심 없다. 이유는 모르겠지만 너 정말로 캐벗과 사랑에 빠졌구나. 그게 무슨 뜻인지 네가 알면 얼마나 좋을까."

"전 더 이상 어린애가 아니에요, 아저씨."

"아니, 넌 아직 어린애야. 남자와 사랑을 나눴다 해도 넌 아직 어린애야. 그건 아무 의미도 없어. 너도 알잖아. 음, 그래, 의미가 있긴 하지만 어른이 됐다는 표시도 아니고 세상 물정을 잘 안다는 표시도 아니야. 네 또래 여자애들은 또래 남자애들이랑 어울리지만 넌 어쩌다 보니 성인 남자랑 자게 된 것뿐이야."

"그건 아주 큰 차이잖아요. 특히 엄마와는 아주 다르죠. 난 엄마의 딸이 아니라 동등한 여자가 되고 싶어요."

"아니, 아니야, 그래봤자 아직은 아무 차이도 없어. 하지만 계속하면 그렇게 되겠지. 코트니, 이렇게 살아서 너한테 좋을 건 하나도 없어. 넌 이런 일을 겪고 그냥 넘어갈 수 있는 애가 아니야. 잘못된 행동을 하기엔 넌 너무 이상주의적이야."

"잘못이 아니에요, 아저씨."

앨이 맨해튼 잔을 입으로 가져가다가 소녀를 빤히 보았다.

"네, 맞아요. 잘못된 일이에요. 아저씬 날 너무 잘 알아요. 하지만 이제 그만두려던 참이었어요, 정말이에요."

앨이 술을 한 모금 더 마셨다.

"좋지 않아요. 애초에 외로워서 시작한 일인데, 이젠 더 외로워지기만 해요. 게다가 혹시 임신이라도 할까봐 걱정하면서 날짜를 계산하는 건 너무 지저분하고, 초라하고, 외로워요. 배리한테는 그런 얘기 안 했어요. 할 수 있을 것 같지가 않아요. 그래요, 걱정과 죄책감은 내 문제예요. 그걸 배리에게 떠넘길 권리는 없어요."

"넌 용감해 코트니, 항상 그랬지. 그러니 이제 그만 정신을 좀 차리렴, 응?"

"정신을 차리라고요? 정신을 좀 차리라는 거죠. 그건 정말 비열한 말이에요, 아무 뜻도 없죠."

"내 말은, 스스로에게 상처를 주는 짓은 그만두라는 얘기야. 네가 지금 그러고 있잖아. 결국엔 다른 사람들이 이 일을 알게 될 거야. 만약 끝까지 모른다 해도 넌 사람들에게 숨겨야 하는 것이, 세상이 알아내서는 안 될 부분이 생기는 거잖아. 관습을 따르는 게 더 쉬워."

웨이터가 식사를 가져오자 코트니는 며칠 만에 처음으로 식사하는 사람처럼 먹었다.

앨이 미소를 지었다. "배고팠니, 코트니?……그래, 그렇겠지. 돈이 떨어지는 것에 익숙하지 않을 테니까." 코트니는 계속 먹었다. "코트니, 할리우드에는 네 엄마가 할 만한 일이 하나도 없어. 이 동네에서는 한 번 내리막길로 접어들면 떠날 수밖에 없지. 다른 데서 다시 자리를 잡은 다음 연락이 오기를 기다리는 수밖에. 이제 3월이 다 돼가는데 네 엄마는 형편없는 일 하나밖에 없어. 손드라는 뉴욕으로 돌아가서 텔레비전 일을 해야 돼. 뉴욕 사람들은 손드라를 잘 알고, 할리우드 사람들처럼 걱정하지도 않으니까. 할리우드는 내리막길에 들어선 배우에 대해서 아주 조심스럽거든. 여긴 재기하기 좋은 동네가 아니야. 사람들이 너무 자신감이 없어."

코트니는 자기 이야기에서 다른 이야기로 넘어가서 기뻤다.

"음, 그게 할리우드의 웃긴 점이죠." 코트니가 말했다. "여기서 좀 지내다 보면 다른 데로 가기가 힘들어요. 오래 될수록 점점 더 힘들어지죠. 여길 떠나려면 상당한 추진력이 필요해요."

"생활방식을 바꾸는 건 어렵지만 가끔은 바꿔야 할 때가 있어— 네 경우처럼 말이지."

"아저씨, 제발요. 설교 좀 그만하세요. 이미 하룻밤어치는 충분히 들었잖아요. 제가 타락한 여자라도 되는 것처럼 가르치려고 하시는 거 지겨워요."

"코트니, 네 자신을 불쌍하게 여기는 건 이제 그만둬라."

코트니는 아무 대답도 하지 않았다.

"용기를 보여줘. 여기서 이제 그만 벗어나."

코트니는 자신에게 너무나 화가 났다. 울음을 터뜨렸기 때문이다. 진짜가 아니라 소리 없이 속으로 울었지만.

"미안하다, 코트니. 네 엄마는 항상 내가 섬세하지 못하다고 하는데, 그 말이 맞는 것 같구나. 그래도 네가 스스로를 망치는 건 보고 싶지 않아. 난 널 정말 좋아한단다, 코트니. 그래서 네가 스스로를 불행과 죄책감에 빠뜨리는 모습은 보고 싶지 않아. 그럴 필요 없어. 네가 중년쯤 되면 다르겠지만, 지금은 네 앞에 모든 가능성이 펼쳐져 있잖니. 그러니까 네 인생을 망치지 마."

"아저씨, 제발 그만하세요, 그만요. 이 일은 저한테 맡겨주세요, 네? 제 문제예요. 좋을 거 없다는 거 저도 알아요, 두 달쯤 전부터요.

하지만 다시 혼자가 될 순 없어요."

"네 자신을 좋아하는 게 더 낫지 않니? 어떤 남자가 너랑 잔다는 이유만으로 그놈이랑 사귀는 것보단 그게 더 중요하지 않아?"

코트니는 서둘러 저녁 식사를 마쳤다. 어쨌거나 저녁 식사는 설교를 감수할 만큼의 가치가 없었다. 코트니는 자신의 의사를 존중해주는 앨의 믿음을 잃기 싫었다. 앨이 자신을 비난하면서 도와줘야 한다고 느끼게 만들고 싶지 않았다. 어디든 좋으니 다른 곳으로 가고 싶었다. 하지만 배리의 집에 가고 싶지는 않았다, 오늘은 아니었다. 아마도 집으로 돌아가는 것이 가장 좋을 것이다.

집에 도착하니 엄마는 이미 자고 있었다. 코트니는 욕실로 가서 얼굴에 차가운 물을 뿌렸다. 차에서 계속 울었기 때문이다. 앨에게 기대어 울었다. 코트니는 앨과 배리 외에 다른 남자 앞에서 운 적이 없었다.

얼굴을 닦은 다음 수건을 제자리에 놓고 나자 면도칼 한 상자가 눈에 띄었다. 스케이스브룩 기숙사 창가에 서서 운동장을 내려다볼 때와 같은 느낌이 들었다. 무서웠다. 코트니는 자기 마음을 믿을 수가 없었다. 자신의 마음을 믿을 수 있었던 적은 단 한번도 없었다. 코트니가 다시 문 쪽을 보았다. 문은 닫혀 있었고 아까 코트니가 욕실로 들어올 때에도 엄마는 깨지 않았다. 코트니는 불빛 밑에서 양손을 뻗었다. 그런 다음 왼손을 세면대에 놓았다.

코트니는 상자에서 면도칼 하나를 꺼내서 손 위에 놓았다. 무섭기도 했고 참 이상하지만 당황스럽기도 했다. 어리석은 기분이었다. 코트니는 자해를 할 정도로 멍청하지 않았다. 아니, 그게 아니었다. 코트니는 스스로에게 자기 처벌이라는 사치를 결코 허락하지 않을 것이다. 그냥 항복할 것이다.

코트니가 면도칼을 집어들고 손가락 첫 번째 관절을 그었다. 이제 이 손가락을 움직일 때마다 아플 테고, 그러면 그 통증이 코트니의 가책을, 그녀의 육욕과 죄를 상기시켜주겠지. 무척 아팠고 손가락이 아주 예민해졌기 때문에 코트니는 고통을 빨리 끝내고 싶어서 왼손의 다른 손가락들을 재빨리 그었다. 피가 많이 났다. 코트니는 세면대에 떨어지는 피를 보자 기뻤다. 예수님께서 인간의 죄를, 용기 없는 인간의 죄를 사하기 위해서 피를 흘려야 했다는 것은 얼마나 아름다운 상징인지. 착하게 사는 데에도 용기가 많이 필요했지만 죄를 짓는 데에는 더 많은 용기가 필요했다. 코트니는 어떤 용기도 없었다. 앨 아저씨의 말이 옳았다, 코트니는 죄를 견딜 수 없었다. 죄를 안고 사는 것, 죄를 지은 자신과 함께 사는 것이 코트니에게는 너무 힘든 일이었다. 그래서 코트니는 자신에게 벌을 주어야 했다. 코트니는 스스로를 망가뜨릴 용기조차 없었다.

코트니가 피를 멈추게 하려고 휴지를 뜯어서 손에 감았다. 손가락에 이렇게나 피가 많았구나. 코트니는 피를 멈추려고 주먹을 꼭 쥐었다. 아, 정말 아팠다. 코트니는 자신에게 무슨 짓을 했는지 누군가에게 보여주고 싶었다. 엄마를 깨워서 보여주고 싶다는 말도 안 되는 욕망이 솟구쳤다. 하지만 그것은 코트니가 절대 굴복하지 않을 욕망이었다. 적어도 그 정도의 존엄성은 지킬 것이다. 코트니는 엄마를 깨우지 않으려고 아주 조용조용 침대로 들어갔다. 세면대를 깨끗하게 치웠으니까 엄마는 아무것도 모를 것이다.

다음 날 느지막이 잠에서 깬 코트니에게 가장 먼저 떠오른 것은 손이었다. 코트니는 자기 손을 보았다. 밤사이 출혈이 멈추었다. 다행이었지만 자신이 너무 연약하고 유치해서 당황스러웠다. 엄마는 점심 식사를 하러 나가고 없었다. 코트니는 자리에서 일어나 손에 감고 있던 휴지를 풀고 크리넥스로 손가락을 조심스럽게 닦았다. 상처는 깨끗했고 관절 쪽이라서 잘 보이지 않았다. 곧 나을 것이다. 하지만 그때까지는 이 아픔이 코트니에게 계속 상기시켜줄 것이다.

13

캘리포니아의 초저녁은 꼭 봄 같았다. 코트니는 아빠와 함께 요양원을 나서며 사람들 틈으로 돌아가게 되어서 정말 기뻤다. 정신과 의사가 이제 요양원에서 나가도 된다고 해서 무척 기뻤다. 두 달 전 코트니는 삶을 버리고 싶다는 생각밖에 없었다. 다른 사람의 보살핌을 받으면서 어떤 결정도 요구받고 싶지 않은 마음뿐이었다. 하지만 이제 코트니는 어서 다시 사람이 되고 싶었고 아주 조금 두려울 뿐이었다. 코트니는 택시 옆자리에 앉은 아빠를 보았다. 아빠 로비가 퇴원 수속을 위해 캘리포니아까지 와줘서 기뻤다. 코트니는 요양원에 들어간 다음부터 부모님이 자기와 함께 지내려고, 자신을 위해서 여러 가지를 하려고 애쓰는 것이 좋았다.

로비는 코트니를 로스앤젤레스 시내의 식당으로 데려갔다. 사업차 로스앤젤레스에 올 때마다 가는 아주 근사한 레스토랑이었다. 할리우드 사람들이 자주 가는 곳은 아니었기 때문에 코트니는 처음이었다. 뉴욕 레스토랑과 비슷한 분위기여서 마음에 들었다. 코트니가 할리우드나 할리우드와 관련된 것들을 멀리하고 싶어한다는 사실을 아빠가 아는 것이 틀림없다. 하지만 코트니는 창밖을 내다보면서 생각을 고쳤다. 아빠가 코트니를 그 정도로 잘 알 리는 없다. 아빠는 엄마가 사는 할리우드라는 세상이 불편한 것뿐일지도 모른다.

"마음에 들면 좋겠구나." 아빠가 택시에서 내리면서 말했다. "오늘은 널 위한 저녁이니까." 그가 미소를 지었다.

두 사람은 택시에서 거의 아무런 대화도 나누지 않았고, 식탁 앞에 앉은 다음에도 불편할 정도로 침묵을 지켰다. 두 사람의 마음을 차지한 것은 요양원 입구에 내려놓고 온 금지된 주제들이었다. 코트니가 요양원에 잠시 들어가게 된 이유는 아무도 몰랐다. 로비는 그 이유에 대해서 이야기를 나누면서 딸을 도와주고 싶었지만 코트니의 사생활을 침해해서는 안 된다는 사실도 알았다. 모르는 편이 나을 수도 있다. 두 사람은 같이 시간을 보낸 적이 거의 없었다. 벌써 몇 년 동안 가끔 오후나 저녁 시간을 함께 보낼 뿐이었다. 그래서 로비는 이야깃거리를 찾아 머릿속을 뒤지고 있었다.

"뭐부터 먹을래?" 로비가 물었다.

"우선 한 잔 마시고 싶어요."

아, 코트니도 이제 술을 마시는구나. 기억해두어야 한다.

"마티니요." 코트니가 말했다. "아주 드라이하게, 레몬 껍질 같은 건 다 빼고요."

로비가 마티니를 두 잔 주문했다. 그는 코트니가 마티니 마시는 법을 누구한테 배웠을까 생각했다. 당연히 제 엄마한테 배웠겠지.

"같이 오니까 좋구나, 코트니." 로비가 말했다. "같이 저녁 먹는 거 정말 오랜만이지?"

"맞아요." 코트니가 말했다. "아빠가 캘리포니아로 오는 저를 배웅해주셨을 때가 마지막이었던 것 같아요. 일 년쯤 됐죠."

"일 년 사이에 많이 컸구나."

"네." 코트니가 말했다. "많이 컸어요."

웨이터가 마티니를 가져왔다.

"널 데리고 저녁 식사를 하러 나가면 사람들이 날 보면서 도대체 얼마나 능력이 좋기에 이렇게 사랑스러운 아가씨와 데이트를 하는 걸까 생각할 거야." 로비가 말했다.

"글쎄요, 아빠는 매력적이잖아요."

"고맙구나." 로비가 말했다. "마티니 어떠니? 원하던 맛이야?"

"네, 고마워요. 있잖아요, 아빠." 코트니가 술잔을 손가락으로 만지작거리면서 말했다. "술을 마시면 마음이 놓인다는 게 참 웃겨요. 연상작용 때문인가 봐요. 집에는 항상 술이 있었으니까요."

"음, 그건 잘 모르겠구나. 엄마한테는 항상 술이 있었지. 하지만 술에서 안정을 찾기에는 네가 아직 좀 어리지 않니?"

"아빠, 제발요. 뉴잉글랜드의 도덕적 잣대는 버리자고요."

"아니야, 코트니. 넌 술을 마시기엔 아직 어려."

"알아요." 코트니가 싱긋 웃었다. "내가 술을 마실 수 있는 나이가 되면 이미 칠 년 동안 불법으로 술을 마신 셈이라는 생각, 해본 적 있어요?"

"생각하고 싶지 않다." 아빠가 건조하게 말했다.

코트니가 당당하게 술을 홀짝였다.

"넌 확실히 엄마 딸이구나."

"네." 코트니가 몸을 숙이면서 말했다. "난 엄마 딸이에요, 고작 열여섯 살인데 퇴폐적이고 알코올 중독에다가 인생에 질려서……."

"그만해라, 코트니."

"덧붙이고 싶은 거 있으세요?"

"코트니, 난 그런 뜻이 아니었……."

코트니가 몸을 뒤로 기댔다. 그녀가 담배를 꺼내자 아빠가 불을 붙여주었다.

"절 왜 그렇게 걱정하세요? 기억나요, 어렸을 때 아빠가 저녁을 사주겠다고 해서 제가 트웬티원이나 플라자처럼 좋은 레스토랑에 데려가달라고 하면 아빠는 항상 내가 엄마를 닮아서 사치스럽다고 험악하게 말했죠. 그게 그렇게 나쁜 건 아니잖아요. 좋은 것을 고집하고, 술을 잘 마시는 거 말이에요. 아빠 딸이 롱샴을 가장 우아한 브랜드라고 생각하거나 화장실에서 몰래 맥주를 마시고 담배를 피우는 게 대단한 모험이라도 된다고 생각하지는 않는다는 거, 아빠도 아시잖아요."

"이 얘기는 그만하자."

"전 괜찮은데요. 아빠가 먼저 꺼냈잖아요."

두 사람은 다시 침묵했다. 로비는 술을 마시면서 딸을 관찰했다. 그는 코트니가 세상 물정에 닳고 닳았다는 사실에 화가 났다. 더 이상 어린 딸이 아니어서 화가 났다. 코트니의 엄마가 항상 그랬던 것처럼 코트니도 로비와 언쟁을 벌였다. 두 사람은 심지어 같은 표현을 쓰고 같은 이미지를 예로 들면서 자기들이 사는 방식 외에는 전부 촌스럽고 판에 박힌 삶이라고 생각했다. 손드라는 항상 통통한 무릎에 뜨개질감을 놓고 있는 머리가 희끗희끗한 어머니의 그림을 예로 들었다. 로비는 코트니가 손드라 같은 여자가 되었다는 것에, 그리고 너무나 빨리 그렇게 되었다는 사실에 화가 났다. 다른 아빠들은 앞으로도 몇 년 동안 컨트리클럽 댄스 파티에서 딸들과 춤을 추고 딸을 보호하면서 질투 어린 눈으로 데이트 상대를 살피는 것을 당연하게 여길 텐데, 로비는 그 몇 년을 빼앗긴 것에 화가 났다.

"있잖아요." 코트니가 주변을 둘러보며 말했다. "기숙학교에 있다가 뉴욕에 갔을 때랑 비슷한 기분이 들어요. 그땐 다채로운 거리와 사람들을 보고 깜짝 놀랐었죠. 하지만 가장 놀라웠던 건 사람들이 파란색 스케이스브룩 교복을 입지 않았다는 거였어요. 방금 제대한 남자 같죠?"

"슈레프트에서 디저트를 두 개나 주문해서 웨이트리스가 깜짝 놀랐던 거 기억나니?"

"네." 코트니가 말했다. 하지만 과거의 회상에는 관심이 없었다.

로비는 생각했다. 코트니는 학교에서 나올 때마다 정말 좋아했었지. 그때 코트니는 그 무엇도 당연하게 여기지 않았는데. 로비는 코트니와 함께 연극을 보러 가곤 했다. 한번은 코트니를 데리고 뮤지컬 「팰 조이」(존 오하라의 소설을 바탕으로 만든 뮤지컬로, 나이트클럽에서 공연을 하는 한량인 조이가 부유한 중년 유부녀와 순수한 아가씨 사이에서 방황하는 내용/옮긴이)를 보러 갔는데, 코트니가 너무 마음에 들어해서 심기가 불편했다. 하지만 코트니가 가장 좋아한 것은 도일리 카트 오페라단(빅토리아 시대의 작가 길버트와 작곡가 설리번이 합작으로 만든 사보이 오페라를 공연한 영국의 경가극단/옮긴이)이었다. 로비는 코트니가 학교로 돌아가기 전까지 토요일마다 마티니 공연에 데려갔다. 아마도 길버트와 설리번의 레퍼토리를 다 보았을 것이다. 로비가 지친 듯이 생각했다. 코트니에게 아빠를 만나는 것은 항상 특별한 행사였다. 어떤 면에서는 그것이 문제였다.

"아빠." 코트니가 갑자기 말했다. "라이트 박사님이 뭐래요? 뭐라고 말했어요?"

"별 말 안 했어." 로비가 말했다. "네가 지쳤다고, 너한테 너무 많은 책임감을 떠맡겼다고 하더구나. 엄마 때문에 힘들었던 거 아빠도 안다."

"아뇨, 전혀 아니에요. 아주 어렸을 때 내가 이해할 수 없는 이유로 엄마가 마구 혼내면서 화를 내실 때는 힘들었지만요."

"알아." 로비가 말했다. "넌 항상 엄마가 기분이 상한 게 너와는 상관없다는 걸 이해하지 못했지. 아직도 그 일이 기억난다. 어느 날 네가 엄마 방에 가서 친구랑 뉴욕에 로데오를 보러 가도 되냐고 물었는데 네 엄마는 화를 내면서 안 보내줬지. 네가 엄마를 깨웠다는 이유로 말이야. 그때 엄마가 연극에 출연 중이었잖아."

"네." 코트니가 말했다. "저도 또렷하게 기억나요. 아빠한테 전화를 걸어서 아빠랑 같이 가면 엄마도 괜찮다고 하실 테니까 우리를 데려가주시면 안 되냐고 물었던 것도요. 아빠는 안 된다고 하셨죠."

"네 엄마가 틀렸다고 해도 엄마의 교육방식에 내가 끼어들 수는 없었다."

"전 엄마한테만큼 아빠한테도 화가 났었어요. 난 항상 두 분 중에서는 아빠가 분별이 있다고, 중재를 해줄 수 있다고 생각했거든요."

"네가 엄마한테 반항하는 걸 내가 책임질 수는 없었어."

"아뇨, 당연히 책임질 수 있었어요. 하지만 벌써 몇 년 전 일이에요, 이제 와서 그걸로 싸우지는 말아요." 코트니가 마티니를 홀짝였다. 두 사람은 왜 항상 말싸움을 해야 할까? 아빠는 항상 자신을 변호한다.

"넌 지금도 똑같은 행동을 하고 있어." 로비가 말했다. "아직도 엄마랑 나를 싸움에 붙이고 있잖아."

"제가 두 사람 싸움을 붙인다고요! 반대로 알고 계시네요. 항상 저를 인질처럼 엄마와 아빠 사이에 끼워넣는 건 두 분이잖아요. 그러다가 제가 두 사람 마음에 안 드는 일을 하거나 치과에 데려가야 하는 것처럼 뭔가 귀찮은 일이 생기면 두 분 다 절 모른 척하고, 그럼 전 갑자기 부모도 없이 저절로 생겨난 애가 되는 거죠."

"저녁은 뭐 먹을래?"

"모르겠어요." 코트니가 샐쭉하게 말했다. "마티니 한 잔 더 마실래요."

"한 잔이면 충분해."

"뭐 하시는 거예요? 갑자기 이제 와서 절 가르치시겠다는 거예요? 그럴 권리는 이미 오래 전에 포기했잖아요. 로데오에 데려가지 않았을 때 말이죠."

"그래, 더 마셔라. 마음대로 취해, 난 상관 안 할 테니까. 내 책임은 아니지. 넌 내 말은 뭐든 다 거부하니까."

"취한 적 없어요. 평생 한번도요."

"열여섯 살이나 됐는데 그거 참 대단한 기록이구나. 그렇게 티 없는 기록을 어떻게 이렇게 오래 지켰니? 뱃속에 있을 때부터 칵테일 파티에 다녔는데 말이다."

"영화 「타바코 로드」에서처럼 엄마가 날 가진 채로 술을 마시고 돌아다녔던 거 말이에요? 엄마도 절대 술에 취하지 않는 거 아시잖아요. 아빠는 우리가 술이나 마시고 돈이나 쓰는 주제에 아빠를 제대로 대접해주지 않아서 화가 난 것뿐이잖아요."

"네 엄마처럼 아일랜드인 같이 말하는 건 그만둬라."

"아빠는 왜 항상 엄마를 나쁘게 말해요? 그래봤자 제가 아빠 말은 절대로 안 믿는 거 아시잖아요."

"안다. 하지만 엄마 말은 복음이나 마찬가지지. 네 요양원 비용이랑 정신과 비용을 내는 사람이 바로 나라는 건 아무 의미도 없고. 물론 엄마가 그 얘기는 너한테 하지도 않았겠지."

"그래서 뭐요? 아빠는 늘 돈 얘기만 하세요, 돈에 중요한 의미라도 있다는 듯이 말이에요."

"하지만 의미가 있잖아, 너한테는. 넌 꼭 네 엄마 같구나. 네가 신경 쓰는 건 나한테서 뭘 얻어낼 수 있을까 하는 것밖에 없으니까."

"한 잔 더 마실래요, 아빠? 아니면 엉엉 울기라도 하실래요? 아무도 날 사랑하지 않아, 너희가 나한테 원하는 건 창백해질 때까지 피를 쪽쪽 빨아 먹은 다음에 못 쓰게 되면 길가에 버리는 것뿐이야, 뭐 그러면서요?"

"날 모욕하지 마라, 코트니."

코트니가 싱긋 웃었다. "최소한 유머 감각 정도는 가지고 계셔야죠."

"뭐가 재밌는지 난 모르겠구나."

"모르시겠죠."

"코트니—"

"좋아요. 그만할게요. 전 한 잔 더 마실래요."

로비가 한숨을 쉬었다. 그는 코트니와 함께 보낼 오늘밤을 정말 기대하고 있었다. 코트니를 본 지 너무 오래되기도 했고, 이제 손드라의 세계가 산산조각 났으니 코트니가 아빠를 조금이라도 믿으려 하기를 바랐다. 로비의 마음속에는 또다른 딸이, 사람을 필요로 하고 부모님에게 의지하며 그들에게 도움을 청하는 전형적인 딸이 있었다. 하지만 코트니는 자기 엄마랑 똑같았다. 물에 빠져서 죽을 지경에 처해도 최후의 반항적인 몸짓으로 구하러 오는 사람을 마다할 것이다. 구조하러 오는 사람들은 노 젓는 배를 탄 어부들일 테지만 요트를 탄 사람에게 구조되고 싶을 테니 말이다. 로비는 마티니를 두 잔 더 주문했다.

"아빠." 코트니가 다시 진지하게 말했다. "라이트 박사님이 정말 그런 말밖에 안 했어요?"

"그래." 로비가 대답했다. "네가 박사님한테 무슨 말을 했는지 모르지만 믿어도 돼. 우리가 뭘 알게 될까봐 네가 그렇게 걱정하는지 모르겠지만, 박사님은 절대 말 안 하실 거야."

로비가 담배에 불을 붙였다. 도대체 무엇이 코트니의 마음을 저토록 괴롭히는 걸까? 코트니는 세상 물정을 다 아는 것처럼 굴지만 너무 어렸다. 이제 겨우 열여섯 살인 코트니가 무엇 때문에 저렇게 걱정을 하는 걸까? 정신과 의사에게 부모님에 대한 이야기를, 부모님이 알면 안 되는 감정을 이야기했기 때문일 것이다. 정말이지, 코트니는 할 말이 진짜 많았을 것이다. 어딘가에서 무엇인가가 잘못되는 바람에 코트니는 다른 딸들과 너무나 달라졌다. 하지만 그러고 보면, 코트니가 어떻게 다른 여자애들과 비슷할 수 있겠는가? 손드라 같은 엄마는 별로 많지 않았다. 인류의 미래를 위해서는 다행이었다.

"엄마랑 네 앞날에 대해서 얘길 했단다, 코트니." 술이 오자 로비가 말했다. "우리는 너한테 맡기기로 결정했다. 네가 뭘 원하는지 우리보다는 네가 더 잘 아니까. 하지만 우리가 결정한 것도 하나 있어. 너도 알겠지만 엄마가 할리우드에서 일자리를 못 찾아서 뉴욕으로 이사하기로 했다. 거긴 텔레비전 일이 많거든."

로비가 마티니를 한 모금 마셨다.

"기분 나쁘게 듣지는 말아라, 하지만 당분간은 네 엄마의 앞날이 불안정해. 우리는 네가 지금보다도 더 불안해지는 건 원하지 않아. 네가 원한다면 가을 학기에 스케이스브룩으로 돌아가도 되고—"

"기숙학교로 돌아가고 싶지는 않아요."

"그럴 거라고 생각은 했다. 뉴욕에는 스케이스브룩만큼 좋은 학교가 많으니까 그건 문제없어. 문제는— 네가 생각을 좀 해보면 좋겠는데— 네 엄마가 불안정하다는 건 우리 둘 다 알고 있잖니. 그리고 일이 없으면 기분이 더 나빠지고. 엄마도 그걸 알아. 지금 우리가 걱정하는 건 네 건강이야. 엄마도 나도 네가 나랑 사는 편이 좋다고 생각한단다. 당분간, 엄마가 괜찮은 배역을 찾을 때까지만. 물론 네가 그러고 싶다면 말이다."

코트니는 술잔의 가느다란 대를 손가락으로 어루만졌다. 로비는 코트니의 대답을 알았다. 그는 왜 친딸에게 간청하는 입장에 놓였을까? 왜 코트니 엄마의 입을 빌려 간청해야 했을까? 로비는 엄마에 대한 코트니의 믿음을 절대 이해하지 못할 것이다. 손드라는 코트니에게 너무나 많은 상처를 주었다. 하지만 코트니를 물끄러미 보던 로비는 아이가 이미 마음을 정했지만 자신이 부탁을 했기 때문에 고민하는 척하고 있을 뿐임을 알았다.

"으음." 코트니가 말했다. "난 엄마랑 살고 싶어요." 코트니는 아빠를 보면서 더 상냥하게 말할 방법을 생각해내려고 애썼다. "있잖아요, 엄마는 나한테 의지하거든요. 그리고— 음, 엄마가 불안정하고 우울하고 뭐 그렇긴 하지만 전 엄마한테 익숙하고, 아무래도 상관없어요. 항상 이런 식으로 자랐는걸요, 뭐. 전 이런 삶에 익숙해요. 아시잖아요." 코트니가 체념한 듯이 말했다.

그랬다, 로비도 알았다. 아무리 당분간이라 해도 어떻게 코트니가 자신과 살 거라고 생각했을까? 코트니는 로비를 잘 몰랐다. 코트니는 엄마의 딸로 길러졌다. 애초에 로비가 손드라에게 코트니의 양육권을 주면서 이 일을 자초했고, 이제 그의 입장을 바꾸기에는 너무 늦었다. 어쩌면 더 잘된 일인지도 모른다. 로비는 딸을 어떻게 다루어야 하는지 전혀 알지 못했다.

로비는 언제 딸을 잃었을까, 명확한 날짜가 있을까 생각해보았다. 언젠가 로비가 뭔가를 할 수 있었을지도 모른다. 아마도 손드라가 닉과 결혼하기 직전에 혼란스러워하면서 닉과 코트니 사이에서 갈팡질팡할 때. 그때 로비는 코트니를 따로 만나서 엄마가 코트니에게 화를 내는 것은 딸을 사랑하지 않아서가 아니라 엄마가 불행하기 때문임을 설명하려고 애썼다. 어쩌면 그때 뭔가를 할 수 있었을지도 모른다. 손드라의 입장을 설명하는 대신 코트니를 데려가서 같이 살 수 있었을지도 모른다. 하지만 그랬다면 로비는 코트니를 위해서 생활을 바꿔야 했을 것이다. 코트니에게 가정을 만들어주기 위해서 재혼을 하고 웨스트체스터로 이사해야 했을 것이다. 로비는 손드라와의 사랑에서 헤어나오지 못했고, 재혼도 하고 싶지 않았다. 이것이 그의 종신형이었다. 로비는 코트니를 빼앗을 만큼 손드라에게 질리거나 화가 난 적이 없었다. 그래서 이제 코트니까지 잃었다. 이제 코트니는 로비를 손드라처럼, 필요한 것이 생길 때마다 얻어낼 수 있는 사람이라고 생각할 것이다.

"글쎄다." 로비가 말했다. "저녁은 뭐 먹을래?" 그는 자기 딸에게 상처받았다는 사실을 결코 코트니에게 알리지 않을 것이다. 코트니가 더 이상 아빠를 사랑하지 않는 것은 아이의 잘못이 아니었다.

"로스트비프, 아주 살짝 익힌 걸로요. 그리고 시저 샐러드 먼저 주세요."

"할리우드식이구나." 로비가 미소를 지었다. "이제 다시 뉴욕 사람으로 만들어야겠는데."

"뉴욕으로 돌아가면 참 좋을 거예요." 코트니가 말했다. "우선 재닛을 다시 만날 수 있으니까요."

"걔는 아직도 스케이스브룩에 다니니?"

"아니요." 코트니가 말했다. "지난봄에 쫓겨났어요. 올해부터 뉴욕에 있는 학교에 다녀요."

"자주 쫓겨나는 것 같구나."

"네." 코트니가 말했다. "들어가는 학교마다 쫓겨났어요 — 딱 한 군데, 초등학교만 빼고요."

"재닛을 다시 만나는 게 좋은 생각일까? 사감 선생님은 재닛이 너한테 안 좋은 영향을 끼친다고 말씀하셨는데."

"아빠야 그렇게 걱정하시겠죠. 하지만 포리스트 선생님은 한번도 재닛을 좋아한 적이 없어서 그래요, 그뿐이에요. 재닛은 괜찮은 앤데 제도에 불만이 있는 것뿐이에요. 뉴욕에 돌아가면 어떨까요? 우선 계절이 달라서 좋을 것 같아요. 항상 파랗기만 한 하늘을 보면 미칠 것 같아요." 코트니가 싱긋 웃었다. "아침에 잠에서 깨면서 비가 오기를, 침울한 이슬비가 이 단조로움을 깨뜨려주기를 기도했다니까요. 우기마저도 단조로워요."

"제 정신 박힌 도시로 돌아간다는 점에서도 너한테 좋을 거야." 로비가 말했다. "할리우드는 아침에 잠에서 깨면 밤사이 도시가 어딘가로 사라진 건 아닐까 싶어서 바깥을 내다보게 되는 곳이니까. 난 영화 만든다는 놈들이 어느 날 밤 텐트를 싹 걷어서 요정 나라로 돌아가는 게 아닐까 싶다니까."

"엄마가 항상 하는 말이에요."

"그래. 내 거라고 부를 만한 건 하나도 없지."

로비는 나중에 코트니와의 저녁 식사를 떠올리면서 하려던 말을 하지 못한 자신을 탓했지만, 저녁 식사가 무척 길게 느껴졌는데도 무슨 이야기를 나누었는지 생각나지 않았다. 하지만 로비가 할 수 있는 말은 정말 하나도 없었다. 지난 일을 되돌리거나 하지 않은 일을 하기에는 이미 너무 늦었다. 로비는 자기가 딸에게 주지 않은 것을 딸에게 요구할 수 없었다.

그날 밤 뉴욕으로 돌아간 로비는 머리힐에 여름 동안 빌릴 집세가 적당한 집을 찾았다. 로비는 코트니에게 빚이 너무 많았기 때문에 적어도 좋은 집이라도 마련해주어야겠다고 결심했다.

코트니와 손드라는 코트니의 열일곱 번째 생일을 몇 주일 앞둔 어느 날 새 옷으로 가득한 흰색 새 여행 가방을 들고 뉴욕으로 출발했다. 전부 외상으로 산 것들이었다. 두 사람은 미지의 삶을 향해 나아가는 유쾌한 도망자들이었다. 검은 캘리포니아 산맥 뒤로 할리우드의 불빛이 사라지자 손드라가 파이퍼하이직을 땄고 두 사람은 종이컵으로 뉴욕과 서로를 위해서 건배를 했다.

“멋진 인생을 위해서.” 손드라가 이렇게 말한 다음 잠시 딸을 바라보았다. “코트니, 나 사랑하지?”

“네, 엄마.” 코트니가 미소를 짓고 샴페인을 마셨다.

14

임대한 아파트는 엄마의 취향대로 단색 카펫이 바닥 전체에 깔려 있지는 않았지만 쾌적하고 골동품이 많았다. 단단하고 안정적인 느낌이었고 파크 애비뉴에서 별로 멀지 않았다. 코트니는 이곳에 살게 되어서 기뻤고, 흰색 여행 가방을 가지고 들어가면서 앞으로 이 아파트를 떠올리면 무엇을 떠올리게 될까 생각했다.

그날 밤 코트니는 약간 들뜨고 외로운 기분으로, 몇 년간의 기숙학교 생활에서 건진 유일한 친구 재닛 파커에게 전화를 했다. 재닛은 코트니의 소식을 듣고 깜짝 놀랐지만 기뻐했고, 아무튼 그날 저녁에는 데이트가 없으니 자기 집으로 오라고 했다.

코트니는 택시를 타고 파크 애비뉴로 가면서 정겨운 회색의 효율적인 뉴욕의 건물들을 보면서 마음이 편안해졌다. 파스텔 톤의 건물과 연꽃 모양 수영장을 가진 할리우드는 이제 저 멀리에 있었고, 코트니가 새로운 자각을 가지게 되었다는 점만 빼면 할리우드는 존재하지도 않았던 것 같았다.

창백하고 뻣뻣하고 어딘가 지쳐 보이는 제복 차림의 가정부가 나왔다. 코트니가 재닛이 있느냐고 물어보려는데 재닛이 목욕 가운 차림으로 침실에서 나왔다. 봄 내내 하우스 파티에 다니느라 살갗이 약간 타기도 했지만 나이에 비해 너무 짙은 화장 때문에 피부색이 더욱 어두워 보였다. 재닛은 가정부를 무시하고 서둘러 지나치더니 코트니를 덥석 끌어안았다.

"코트니! 코트니! 만나서 정말 기뻐!"

가정부가 코트니의 외투를 받아주겠다든가 뭐 그런 말을 했지만 아무도 귀를 기울이지 않자 그냥 부엌으로 돌아갔다.

"내 방으로 가자." 재닛이 말했다. 그녀가 목소리를 낮췄다. "방이 완전 엉망인데 멍청한 가정부는 치우려고 하질 않아. 하지만 거실에 앉아 있긴 싫어서. 아빠가 좀 취했는데, 나한테 화가 났거든. 뭐 때문인지 확실히 모르겠지만. 하지만 아빠한테 인사해야 할 것 같으면 가서 해도 돼. 그래, 인사는 해야겠다. 넌 내 친구들 중에서 유일하게 우리 아빠가 좋아하는 애니까. 그런데 아빠가 정말 취해서 지금 좀 제정신이 아니야."

"괜찮아." 코트니가 씩 웃었다. "인사드리는 시늉이라도 하지 뭐. 아, 다시 만나서 정말 좋다, 재닛! 넌 정말 그대로네."

"나한테 할 얘기가 당연히 잔뜩 있겠지?" 재닛이 코트니를 거실로 데려가면서 말했다. 거실로 들어간 재닛이 걸음을 멈추었다. 불은 딱 하나만 켜져 있었고 파커 씨는 버번 잔을 들고 창가에 앉아서 11층 아래 파크 애비뉴를 내려다보고 있었다. 재닛의 아버지는 건장한 남자로 머리가 희끗희끗하고 눈빛은 알코올 중독자답게 흐릿했다. 무력한 눈빛과 달리 각이 진 얼굴은 단호해 보였다. 술잔을 들고 창가에 앉은 모습에서 어딘가 거리감이 느껴졌다. 파커 씨는 동떨어져 보이는 남자, 어딘가 위험해 보이는 남자, 멋진 우정도 버번에 얼음을 넣는 것도 더 이상 좋아하지 않는 남자였다. 코트니와 재닛이 거실로 들어갔지만 그는 돌아보지도 않았고 표정도 변하지 않았다.

"아빠, 코트니 왔어요. 방금 캘리포니아에서 돌아왔대요."

그가 마지못해 고개를 돌렸다.

"안녕, 코트니. 돌아왔다니 잘됐구나. 네가 재닛을 사람으로 만들어줄지도 모르지. 여름 동안 여기서 지내는 건가?" 그의 목소리는 거칠고 강했다. 마치 부하한테 명령을 내리는 듯한 말투였다.

"안녕하세요, 파커 씨. 다시 만나뵈어 반가워요." 코트니가 그의 질문에 대답했다. "아뇨, 여름 동안만이 아니라 뉴욕으로 아예 이사를 왔어요."

파커 씨가 고개를 끄덕이고는 다시 창밖의 세계로 멀어졌다.

"가자, 코트니." 재닛이 말했다. "뭐 마실래? 아, 너 술 안 마시지."

"아니, 나 술 좋아해, 재닛. 스카치로 줘."

"코트니, 너도 슬슬 길들어가고 있구나."

재닛이 식료품실로 가서 술을 준비했다. 지친 가정부는 들릴 듯 말 듯 콧노래를 하면서 저녁 식사 후의 설거지를 하고 있었다. 재닛이 코트니를 자기 방으로 데려갔다.

재닛의 방은 아파트 전체가 그렇듯이 주로 양단으로 꾸며져 있었는데, 파커 부인은 이것을 우아함으로 착각하고 있는 것 같았다. 벽은 연한 파란색이었고 가구는 분홍색과 금색이 섞여 있었다. 화장대 위 커다란 거울이 레코드판과 옷으로 어지럽게 뒤덮인 침대를 비추었다. 화장실로 이어지는 문 앞의 더 밝은 공간은 원래 벽 전체가 거울이었던 것 같았다. 방은 단순히 정돈이 안 된 것이 아니라 혼돈 그 자체였다. 속치마, 드레스, 침대보, 편지, 사진이 바닥에 흩어져 있었다. 옷장에 놓인 향수병과 사진들 사이에 은색 구두 한 짝이 혼자 반짝이며 서 있었다. 재닛이 뭔가를 찾느라 바닥을 치우다가 올려 둔 것이 분명했다.

"배 안 고파? 가정부한테 먹을 것 좀 달라고 하면 되는데. 그러면 내 방이 더럽다고 또 설교를 하겠지만. 내 방에 들어올 때마다 뭐라고 하거든. 엄마가 가정부를 잘랐어야 하는 건데, 가정부들을 좀 무서워하셔서. 아빠는 신경을 안 쓰고."

"아니야, 재닛, 괜찮아. 얘기 좀 해봐, 일 년 동안 뭐 하고 지냈어?"

재닛은 화장대 앞에 앉아서 콜드크림으로 화장을 지우고 있었다. 그녀는 거울 속에 비친 코트니를 보면서 극적으로 말을 멈추었다.

"코트니, 네가 알면 놀라서 뒤로 넘어갈 거야. 뭐, 안 그럴지도 모르지만. 마침내 그 일이 일어났어."

"정말?" 코트니는 사립학교 아이들이 쓰던 빠르고 딱딱 끊어지는 말투를 더 이상 쓰지 않았지만 재닛과 이야기하다 보니 다시 그 말투로 돌아가 있었다.

"응, 버뮤다에 갔을 때. 어느 날 밤에 술에 완전 취했을 때 어떤 나쁜 놈이 해버린 거야. 나중에야 그 사실을 알고 미칠 듯이 화가 났지만 일은 이미 벌어진 후였지. 그런 다음에 하버드에 다니는 드러머를 만났고 에라 모르겠다 싶어서 걔랑 잤어. 그랬더니 그건 또 달랐어, 그 일이 정말로 일어났던 거야. 걔랑 두 달 정도 사귀었어. 걘 몸이 정말 아름다웠어, 목에서 어깨로 이어지는 선이 얼마나 자연스러운지, 정말 아름다워."

코트니는 재닛에게 사랑에 빠졌냐고 물어볼 생각도 들지 않았다.

"아직도 만나? 그러니까, 그 하버드 드러머 말이야."

"아니, 하버드에 돌아간 뒤로는 못 봤어. 한 번 학교로 찾아갔었는데 주말에 데이트가 있다고 하더라고. 나를 무시한 거야. 나쁜 놈."

코트니가 재닛의 베개에 기대어 누웠다. 이제 룸메이트끼리 모든 비밀을 털어놓을 시간이었다. 재닛은 분명히 이해할 것이다.

"음, 내가 편지에 썼던 배우 있지?"

재닛이 거울 속에서 고개를 끄덕였다.

"음, 난― 우린― 나 그 사람이랑 잠깐 사귀었어."

재닛이 벌떡 일어나더니 침대로 와서 앉았다.

"아, 정말 잘됐다! 음, 그럼 너도 더 이상 애가 아니구나."

코트니가 고개를 끄덕였다.

"하지만 그 사람, 동성애자라고 하지 않았어?"

"맞아……."

"음, 그럼 그게―그러니까 내 말은―"

"아니야, 그렇다고 다를 건 없어." 코트니는 세상을 무척 잘 아는 여인이 된 기분이었다.

재닛이 씩 웃더니 고개를 흔들었다.

"음, 네가 그렇게 될 줄은 정말 몰랐어. 그러니까 우리 둘 다―하, 진짜 웃긴다. 너 학교 다닐 땐 그렇게 순진했었는데, 이제 우리 둘 다 경험을 한 거네. 이렇게 되다니 정말 웃겨."

"하지만 난 한 사람밖에 없었어." 코트니는 왠지 도덕적 우월감을 회복해야 할 것 같았다.

"그래, 난 둘이야." 재닛의 목소리에서 자부심이 느껴졌다.

코트니는 이런 이야기를 할 생각이 전혀 없었다. 재닛에게 이야기를 하니 배리와 함께 했던 경험이 싸구려로 전락하는 느낌이었다. 하지만 재닛에게 이야기를 하고 나니 더 이상 혼자 끌어안고 있을 필요가 없어서 기뻤다. 재닛과 코트니는 각자 상대방도 같은 경험을 했다는 사실을 핑계로 삼았다. 재닛의 이야기를 듣자 코트니는 재닛이 뭔가를 놓쳤다는 느낌이 들었다. 코트니는 자기 상대가 어느 술 취한 대학생이 아니라 배리였다는 사실이 기뻤다. 그러자 갑자기 더 이상 이야기를 하고 싶지 않았다.

"있잖아, 재닛, 음악이라도 틀까?"

재닛이 침대를 둘러보더니 원하던 레코드판을 찾았다. 「앱스트랙션」의 익숙한 멜로디가 방 안을 채우자 그녀가 싱긋 웃었다.

"코트니. 바나나 먹을래?" 재닛이 말했다. 그러자 기숙학교로, 두 사람이 이 모든 것을 알기 전으로 돌아간 것 같았다.

"재닛, 넌 정말 바보야."

코트니와 재닛이 웃음을 터뜨렸다. 재닛이 코트니에게 담배를 하나 건넨 다음 자기도 하나 불을 붙였다. 코트니가 담배를 피우자 재닛이 만족스럽다는 듯이 고개를 끄덕였다. 두 사람은 침대에 누운 채 익숙한 침묵에 잠겼다. 코트니는 자신을 너무나 잘 알기에 굳이 설명할 필요가 없는 재닛과 함께여서 좋았다. 두 사람이 같이 있을 때면 행복한 세상, 비난이나 비판이 없는 세상이 되었다. 떨어져 지내는 동안 두 사람의 삶이 비슷하게 흘러간 점도 좋았다. 그러면 곁에 있으면서 서로 긴장하거나 이해 못 할 일이 없었기 때문이다. 코트니와 재닛은 헤어진 지점에서 다시 시작한 것이나 마찬가지였고, 두 사람 모두 새로 알게 된 것 때문에 우정은 더욱 깊어졌다. 재닛과 코트니 모두 지난 일 년 동안 혼자였지만 이제 더 이상 혼자가 아니어서 좋았다.

침묵을 깨뜨린 사람은 코트니였다.

"어머니는 어디 계셔?"

"아, 내가 말 안 했나? 아니, 맞다—너한테 마지막으로 보낸 편지가 반송됐더라." 재닛은 편지가 왜 반송되었는지, 코트니가 왜 편지를 전달받을 주소도 남기지 않고 비벌리힐스를 떠났는지 묻지 않았다. 코트니가 말하고 싶으면 할 것이다.

"요양원에 다시 들어가셨어." 재닛이 말했다. "엄만 그냥 아빠가 술 마시는 걸 더 이상 못 견디는 것뿐이야. 내가 파티에 가서 다음 날 늦게나 들어오는 것도 도움은 안 됐겠지. 지금 육 개월째 요양원에 계셔. 매일 울면서 온갖 애매한 병을 앓고 있어."

"언제 나오실지는 알아?"

"모르겠어. 7월에 돌아오실지도 몰라. 음, 엄만 원래 한 번씩 떠나야 되는 사람이거든."

"그래, 스케이스브룩에 있을 때도 몇 달 동안 요양원에 들어가셨던 거 기억난다."

"음, 가끔씩 쉬지도 않고 아빠랑 지낼 수 있는 사람은 아무도 없어. 물론 난 가능한 한 집에 붙어 있지 않으려고 해. 저 문 보이지, 내

방이랑 부모님 방 사이에 욕실로 통하는 문."

코트니가 고개를 끄덕였다.

"처음 이사 왔을 때 원래 저기 전신 거울이 있었어. 여기가 아기방이어서 내 요람이랑 뭐 그런 것들이 있었지. 아빠가 정말 심하게 취하면 엄마는 가끔 한밤중에 여기로 달려 들어와서 문을 잠갔어. 그때도 엄마는 늘 아빠를 무서워했지." 재닛이 생각에 잠겨 말했다. "아빠가 이 문을 부수려다가 거울에 부딪혀서 깨뜨릴 때가 너무 많아서 엄마는 거울을 거기 놔둬봤자 아무 소용없다는 결론을 내렸지."

"좀 폭력적이시구나."

"음, 아빠랑 나 사이에는 일종의 합의가 있어. 난 엄마만큼 아빠가 무섭진 않아. 아빠가 날 해치려고 하면 내가 아빠를 죽여버릴 거야, 아빠도 그걸 알아. 우린 좀 이상한 방식으로 서로를 존중해. 아빠랑 난 좀 비슷한 편이거든. 한번은 아빠가 날 때리는 거야. 그래서 난 아빠한테 신발을 던지며 욕을 퍼부은 다음 내 방으로 들어와서 아빠가 못 들어오게 문을 잠갔어. 아빠는 내가 파티에 갔다가 이틀이나 안 들어와서 — 왜 다들 바닥에 쓰러져 자다가 일어나면 다시 시작하는 파티 있잖아, 그런 거였어 — 화가 머리끝까지 난 데다가 내가 남자랑 잤다고 확신하고 있었거든. 사실 아무랑도 안 잤는데 말이야." 재닛이 설명을 덧붙였다.

이것이 바로 재닛의 삶에, 넉넉한 부와 끝없는 데이트와 사교계 데뷔 전 파티나 데뷔 파티들, 피상적인 매력과 즐거움으로 넘치는 그녀의 삶에 자리잡은 추함이었다. 코트니는 스케이스브룩에 다닐 때 이 추한 진실을 알게 되었지만 지금 재닛이 그 이야기를 꺼내자 배리의 삶에서 추한 진실을 보았을 때처럼 반응했다. 코트니는 그것에 대해서 알고 싶지도, 이야기하고 싶지도 않았다. 추한 진실을 무시하면 사라지기라도 하는 것처럼. 이 수영장에도 죽은 나뭇잎들이 있었지만 얼른 지나가면 보이지 않을지도 모른다.

"있잖아." 코트니가 말했다. "난 뉴욕에 와서 정말 좋아. 그런데 문제는 아는 사람이 하나도 없다는 거야."

"코트니, 그건 내가 알아서 해줄게. 아, 전화번호 알려줘. 아니, 그보다 우리 집에서 하루 자고 가. 내일 밤에 칵테일 파티 갈 건데, 너랑 데이트할 남자애도 구해줄게."

"아, 재닛, 그럼 정말 좋겠다. 나 칵테일 파티 좋아해."

"이제 너도 술을 마시니까 파티를 잔뜩 알아볼게. 예전에는 네가 파티를 별로 안 좋아해서 안 데려간 거야. 이번 파티는 너도 정말 마음에 들 거야. 진짜 끝내줄 거야. 게다가 내 친구들도 다 올 거고. 그중 몇 명이랑 데이트를 할 수도 있겠지. 일단 애들이 널 알고 나면 다 된 거야."

그렇게 해서 코트니는 얼떨결에 재닛의 삶을 받아들이기 시작했다. 코트니가 엄마에게 전화를 걸어서 재닛의 집에서 잔다고 말하자 엄마는 코트니가 혼자가 아니라서 다행이라며 기뻐했다. 코트니는 칵테일 파티에 가게 되어서 기뻤고 재닛처럼 좋은 친구가 있어서 기뻤다. 어른들과 어울리는 날들은 끝났다. 코트니는 재닛처럼 이제 곧 자신과 비슷한 삶을 사는 비슷한 나이의 아이들을 알게 될 것이다. 배리 캐벗과 함께였을 때 느꼈던 죄책감과 고독은 이제 멀어졌다. 코트니는 재닛과 함께 침대 위에 누워서 이런 일들을 확신했다. 재닛은 이미 잠들었다. 코트니는 재닛과 함께라면, 재닛의 친구들과 함께라면 자신을 찾을 수 있을 것이라고 굳게 믿었다.

재닛과 코트니가 일어나서 아침을 먹으려고 할 때 파커 씨는 벌써 일어나서 월 스트리트의 사무실로 도망치듯 가고 없었다. 정오가 거의 다 된 시각이었다. 가정부는 재닛 양이 파커 씨와 같이 식사를 하면 자기 일이 좀 쉬워질 텐데 항상 한창 청소를 하고 있을 때 뒤늦게 아침을 달라고 한다며 투덜거렸다.

"페기, 내가 일어나는 시간이 마음에 안 들면 언제든지 그만두세요." 재닛이 쌀쌀맞게 말했다. 가정부는 아무 대답 없이 부엌으로 가서 아침을 차렸다.

"내가 늦게 일어난다고 엄마가 항상 페기한테 불평했더니 자기한테 날 혼낼 권리가 있는 줄 아나 봐. 엄마는 늘 가정부한테 너무 무르지만 아빠 성질이나 내 방이나 뭐 그런 것 때문에 가정부가 항상 나가버려. 그러니 우리는 이류 가정부로 만족할 수밖에 없어." 재닛이 설명했다.

재닛은 코트니의 데이트 상대로 예일대 3학년생인 조지 키스를 소개해주었다. 재닛은 조지가 무척 매력적이고 술버릇도 좋다고, 절대 취하지 않는다며 코트니를 안심시켰다. 간단히 말하자면 칵테일 파티에 같이 가기에는 이상적인 데이트 상대였다.

코트니가 집에 옷을 갈아입으러 갈 때 재닛도 같이 갔다. 패럴 부인은 재닛을 만나서 기뻤다. 스케이스브룩 선생님들은 재닛이 코트니에게 나쁜 영향을 끼친다고 했지만 손드라는 항상 재닛이 마음에 들었다. 방향이 잘못되기는 했지만 재닛이 학교 학생들과 교사들에게 반항하는 용기를 손드라는 존경했고, 재닛은 늘 쾌활하기 때문에 자주 우울해하는 코트니에게 좋을 것이라고 생각했다.

두 사람이 옷을 갈아입은 다음 재닛의 아파트로 돌아가자 데이트 상대들이 그들을 데리러 왔다. 조지는 재닛이 장담한 대로 매력적이었다. 그는 요트를 좋아해서 주말이면 롱아일랜드에서 요트를 타며 시간을 보냈기 때문에 햇볕에 그을린 피부를 가지고 있었다. 코트니는 점차 저녁을 즐기기 시작했다. 네 사람은 재닛의 아파트에서 술을 두 잔씩 마셨다. 코트니는 진보다 스카치가 더 잘 맞는 것 같아서 스카치를 마시고 싶었지만 조지가 이렇게 말했다. "진심이야, 코트니? 여름에 스카치라고? 겁쟁이같이!"

코트니가 움찔했다. 그녀는 예일대 학생들 사이에서 "겁쟁이"라는 말이 경멸의 뜻으로 쓰인다는 것을 알았기 때문에 — 예일대 학생 같지 않은 사람을 가리키는 말이었다 — 그것으로 충분했다. 코트니는 자신의 더 나은 판단이 아니라 조지가 이끄는 대로 진토닉을 마셨다.

칵테일 파티는 부모님이 일 때문에 집을 비운 재닛의 친구네 집에서 열렸다. 네 사람은 네 시에 도착했는데 집이 벌써 거의 가득 차 있었다. 코트니는 넋을 잃었다. 남자애들은 전부 하버드나 버지니아 대학, 예일대 학생으로 어느 정도 매력적이었고, 회색 플란넬 바지와 코듀로이 재킷 차림에 자신감 넘치는 표정이었다. 여자애들도 마치 제복을 입은 것 같았다. 똑같은 옷을 입었다는 뜻이 아니라 다들 똑같은 표정에 닉 러셀이 "기숙학교의 언어 장애"라고 불렀던 빠르고 끊어지는 말투로 말했다는 뜻이었다.

매력적이고 새로운 인물인 데다가 선글라스를 끼고 할리우드 분위기를 풍기던 코트니는 곧 똑같은 옷을 입은 청년들에게 둘러싸였다. 코트니는 술을 몇 잔 더 마셨고, 집 안은 사람과 담배 연기로 가득 찼다. 창밖이 어두워지고 불이 켜지면서 코트니는 더 자연스럽게 이야기하기 시작했다. 누군가가 피아노를 치기 시작하고 몇몇 커플이 멍하니 춤을 추었다. 남자들이 피아노 주변으로 모여들어서 노래를 불렀다. 파티가 더욱 즐거워졌다. 여자들은 자기 데이트 상대의 무릎에, 혹은 다른 여자의 데이트 상대의 무릎에 앉아 있었다. 코트니는 화장실로 가는 길에 침대 위 널브러진 외투와 재킷 더미에 정신을 잃고 쓰러진 남자 두 명을 보았다.

화장실에서 돌아오자 누군가가 술잔을 건네주었고, 코트니가 재미있는 이야기를 하기 시작했다.

"당연하지." 코트니가 말했다. "좀 지나면 할리우드는 아주 따분해. 자기가 최근에 찍은 영화 얘기밖에 할 줄 모르는 스타 영화배우들이 지겨워지는 거지……." 느낌이 약간 이상했다. 하지만 아니다, 코트니는 토하지 않을 것이다, 그럴 수가 없었다. 코트니는 그 감각을 무시했다.

코트니의 허리에 팔로 감싸안고 있던 조지가 창가에 앉아 있던 남자애들에게 불려가더니 어떤 여자아이와 열띤 대화에 빠졌다. 곧게 뻗은 금발머리에 빨간 드레스를 입고 약간 취한 듯 보이는 여자였다.

"어이, 피트, 진짜 덥다. 창문 좀 열어봐."

피트가 창문을 열었고, 누군가가 술을 더 가져왔다.

"……그러면 괜찮은 대화랑 지적인 사람이 너무너무 그리워져서 뉴욕으로 돌아올 수밖에 없는 거야." 코트니가 계속해서 말했다.

조지는 계속 코트니를 보고 있었다. 그의 시선이 코트니의 몸을 훑었다. 코트니의 검은 칵테일 드레스는 몸에 딱 붙도록 깔끔하게 재단되어 있었고 코트니도 그 사실을 잘 알았다.

"음, 있잖아." 다른 남자애가 말했다. "나도 가끔 뉴욕을 떠나면 비슷한 느낌을 받아. 할리우드에는 가본 적 없지만 지난여름에 유럽에 갔을 때……."

"넌 정말 매력적이야." 조지가 코트니를 끌어안으며 부드럽게 말했다. 코트니는 다른 남자아이의 말에 집중하면서 자기 이마에, 그런 다음 목에 입을 맞추는 조지를 무시했다.

"뉴욕이 얼마나 그리운지 깨닫는 건 다른 곳에 가서……." 코트니가 그 남자애를 향해서 말을 이었지만 다른 여자애가 그에게 말을 걸어서 그는 이제 그 여자의 말을 듣고 있었다. 이상하게도 이제 조지밖에 없었다. 남자애들 몇 명이 아직 근처에 있었지만 몇몇 무리로 나뉘었다. 코트니는 다시 잠들 것만 같은 이상한 느낌이 들어서 조지의 말에 집중했다. 코트니는 단호하게 조지의 얼굴을 마주 보고 있었고 조지는 코트니를 안고 있던 팔을 풀고 예일대 동아리 파티에 대해서 이야기를 하고 있었다.

"정말 재밌을 거야." 조지가 말했다. "네가 언제 한 번 오면 정말 좋을 텐데……."

불편한 느낌이 엄습했기 때문에 코트니는 조지의 말에 정말 열심히 집중했다.

"있잖아, 재닛이 널 소개해줘서 정말 기뻐, 넌 대단한 여자애야." 이렇게 말하던 조지는 옆에 서서 그의 말을 듣고 있는 줄 알았던 코트니가 갑자기 구역질을 해서 정말 깜짝 놀란 것 같았다.

"정말 미안해." 코트니는 자기가 정말로 토했다는 사실을 믿지 못하면서 이렇게 말했다. "정말 미안해, 정말이지—"

조지가 서둘러 코트니를 화장실로 데려갔다. 화장실로 가는 길에 보이는 침대에는 아까 뻗어 있던 남자 두 명에 여자까지 한 명 더 쓰러져 있었다. 화장실 앞에 서 있던 남자가 안에 사람이 있다고 말했다.

"애 지금 토할 것 같아." 조지가 말했다.

"이런 적 정말 한번도 없었어." 코트니가 몽롱하게 말했다. "정말이지 평생 한번도—"

어떤 여자애가 화장실에서 나오자 코트니가 안으로 떠밀려 들어갔다. 갑자기 또 구역질이 나더니 다시 괜찮아졌다. 코트니는 얼굴에 차가운 물을 뿌렸다. 검은 칵테일 드레스는 정말이지 끔찍했다.

화장실에서 나가니 조지가 밖에 서 있고 파티를 연 여자애도 거기 있었다.

"괜찮아?" 여자애가 물었다.

"응, 괜찮아. 정말 미안해—그런데 내 드레스가—"

"내 거 빌려줄게." 그녀가 말했다. 코트니는 화장실로 다시 들어가서 옷을 갈아입었다. 드레스는 아주 예뻤고 코트니에게 딱 맞았다. 적어도 그 정도 운은 있었다.

"정말 잘 어울린다, 코트니." 코트니가 밖으로 나오자 조지가 상냥하게 말했다. "앞으로는 꼭 목이 깊게 파인 드레스 입어야겠다."

"끔찍할 정도로 당황스러워." 코트니가 말했다. "나 토하는 거 누가 봤어?"

"아니, 다들 취해서 아무것도 몰라."

"한번도 이런 적 없는데." 코트니가 이상하다는 듯이 말했다.

"음, 날씨가 덥고 방도 좀 갑갑하니까. 다들 그래." 조지가 싱긋 웃었다. "나는 앤도버에서 막 나왔을 때를 절대 잊지 못할 거야. 플로리다 해변에 갔었거든. 그때 열여덟 살이었는데, 난 정말 세상을 다 아는 기분이었어. 어머니 친구 분이신 애스터 부인과 이야기를 나누면서 아주 매력적으로 보이려고 애쓰고 있었지. 정말 더운 날씨에 진을 마시고 있었는데, 갑자기 토할 것 같은 거야. 그래서 애스터 부인한테 겨우 '실례할게요'라고 말하자마자 뒤로 돌아서 토했어. 그런 다음 계속 얘기를 했지. 애스터 부인은 전혀 모르는 척했지만 정말 굴욕적이었어."

코트니가 웃었다. 이제 기분이 나아졌다.

"얼음물이나 한 잔 마시고 술을 더 마시면 돼." 조지가 말했다.

코트니는 바보가 된 기분이었고, 너무나 어린애처럼 굴었기 때문에 이제 조지에게 무시당할 것이라고 확신했다. 하지만 조지는 그러는 대신 이렇게 말했다. "있잖아, 넌 정말 멋진 애야. 수영장이 있는 다른 아파트로 파티를 옮길 거 같은데. 나랑 같이 갈래?"

"물론이지, 조지." 코트니가 싱긋 웃었다. 재닛의 친구들이 좋아질 것 같았다.

15

파티가 새벽 네 시에 끝났기 때문에 코트니는 그날도 재닛의 집에서 잤다. 두 사람은 이른 오후가 되어서야 일어났고 가정부는 투덜거리면서 아침 식사를 차려주었다. 재닛과 코트니는 식사를 마친 다음 재닛의 방으로 물러갔다. 코트니는 침대에 누워서 재닛이 버뮤다에서 찍은 사진들을 보았고 재닛은 화장대에 앉아서 손톱을 다듬었다.

"파티 재밌었어?" 재닛이 말했다.

"응, 토한 것만 빼고. 정말 당황스럽더라."

"아무도 몰랐어."

"난 조지가 좋아. 정말 친절했어."

"그래, 두 사람 잘 어울리더라."

"그렇지, 뭐."

재닛이 자리에서 일어나 매니큐어가 번지지 않게 주의하면서 조심스럽게 옷장 문을 열었다.

"그럴 줄 알았어." 재닛이 싱긋 웃었다. "어젯밤에 드레스를 걸면서 바닥에 내버려두지 않을 만큼 취하지 않았다는 게 정말 자랑스러웠거든." 재닛이 덧붙였다. "하지만 문제는 뒤집어서 걸었다는 거야."

코트니가 침대 발치로 가서 보았다. 그런 다음 옷장 꼭대기를 올려다보았다.

"가방 정말 많다." 코트니가 말했다.

"그래." 재닛이 코트니를 보았다. "난—그냥 어떻게 손에 넣었어."

"무슨 뜻이야?"

재닛이 화장대에 앉아서 거울에 비친 자신을 보면서 눈 아래로 번진 마스카라를 닦았다.

"음, 훔쳤다고 할 수도 있겠지. 하지만 난 손에 넣었다고 말해."

"훔쳤다고?"

"그래." 재닛이 별일 아니라는 듯이 말했다. "정말 말도 안 되게 쉽더라. 내가 어젯밤에 입은 드레스처럼. 상점에서 손에 넣었어. 그냥 입고 나왔지."

"잡힐까봐 무섭지 않아?"

"아, 잡힌 적도 한 번 있어. 어떤 상점에서. 형사가 와서 내 팔을 잡고 매니저 사무실로 끌고 갔어. 내가 아직 어리니까 고소하고 싶지는 않다나. 웃겼어, 제임스 딘이라도 된 기분이더라. 그래도 잘 넘겼어. 정신과 의사에게 진료를 받는 중이라고 말하고 의사한테 전화하라고 했지. 그랬더니 옷 돌려주고 가라고 하는 거야. 아빠한테는 아예 연락도 안 했어."

"운이 좋았네." 코트니가 말했다.

재닛은 앞에 놓인 은색 향수병들과 화장대에 올려둔 기다란 흰색 장갑을 보았다.

"그런 거겠지." 재닛이 말했다.

"너 한 달 용돈이 200달러 넘잖아. 그 돈으로 살 수 있을 거 아냐."

"상점은 나보다 돈이 더 많겠지." 재닛이 말했다.

재닛이 향수병을 이리저리 밀더니 체스 말처럼 다시 배열했다. 코트니는 담배에 불을 붙이고 천장을 올려다보았다. 재닛은 작은 소르틸레주 향수병을 들었다. 스토크 클럽에 갈 때마다 클럽 주인 빌링슬리가 보내주는 기념품 중 하나였다. 재닛은 그 병을 다시 내려놓은 다음 은색 병을 들어 흔들어보았다. 거의 비어 있었다. 재닛은 별로 유명하지 않은 비싼 프랑스제 향수와 소르틸레주 병을 들어서 둘 다 은색 병에 부었다.

"뭐 하는 거야?" 그 과정을 무심하게 지켜보던 코트니가 말했다.

"똑같은 향수가 지겨워서." 재닛이 일어나서 코트니에게 병을 건넸다.

"마음에 들어?" 재닛이 물었다.

"끔찍한 향이다." 코트니가 대답했다.

재닛이 은색 병을 화장대 가운데 놓았다가 거의 화를 내듯이 거울이 달린 크리넥스 통 뒤에 처박았다.

"아, 다들 망해버리면 좋겠어." 재닛이 말했다.

"누구 말이야?" 코트니가 말했다.

"나도 몰라." 재닛이 코트니를 돌아보면서 선언했다. "지루해."

"그래서, 어떻게 할 건데?"

"모르겠어." 재닛이 잠시 생각하더니 이렇게 말했다. "술이나 한 잔 마실까. 너도 마실래?"

"그러든지."

두 사람이 일어나서 부엌으로 갔다.

"가정부 외출했나봐." 재닛이 말했다. "항상 별 것도 아닌 볼일이 있다면서 나가거든. 애인이라도 만나나."

"엘리베이터맨일까?" 코트니가 물었다.

"어느 집 집사겠지. 말이 되잖아. 알코올 중독 부부 밑에서 일하는 가난한 집사일 거야. 그 집 아들은 백혈병으로 죽어가는데 부모는 항상 술에 취해서 침실에서 안 나오는 거야. 그러면 집사는 죽어가는 아들을 내버려두고 몰래 나와서 고가 철도 밑에서 페기랑 미친 듯이 사랑을 나누는 거지."

"고가 철도 밑이라." 코트니가 잠깐 생각했다. "기차의 규칙적인 리듬이 최음제처럼 두 사람을 미치게 만드는 거야. 조지 벨로스 그림 같아."

"누구?"

"벨로스."

"아, 그 다음에 그 집 아들이 죽는 거야." 재닛이 말을 이었다. "하지만 몇 주가 지나도록 아무도 그 사실을 모르는 거지. 부모는 항상 제정신이 아니고 집사는 열정에 휩싸여서 페기를 코니 아일랜드로 데려갔거든."

"결국 유리창 닦는 사람이 시체를 발견하고, 「데일리 뉴스」에 기사가 실리겠지." 코트니가 말했다.

"얼음 넣을 거지?" 재닛이 물었다.

"응. 난 스카치 마실래." 코트니가 캐비닛을 열고 말했다. "여기는 진이랑 스카치밖에 없네. 너희 아버지 버번은 어디다 두시니?"

"침실 벽장에 넣고서 잠가놔." 재닛이 이렇게 말한 다음 얼음통을 보았다. "얼음은 여섯 통 가득 있다. 어제 먹고 남은 로스트비프도 있어. 힘없는 오이도 있고. 양파 절임. 시든 샐러드. 완숙 달걀." 재닛이 재미있다는 듯이 말했다. 그런 다음 그릇에서 달걀을 하나 꺼내서 껍데기를 벗겼다. "하나 먹을래?"

"아니, 됐어."

"여기 얼음." 재닛이 입에 음식을 가득 넣은 채 말했다. 코트니가 술을 만들어서 재닛에게 한 잔 건넸다. 전화가 울려서 재닛이 받으러 갔다. 코트니도 따라갔다.

"아, 자기구나!" 재닛이 외쳤다. "피트, 소식 들어서 정말 반갑다." 그런 다음 잠깐 귀를 기울이더니 이렇게 말했다. "그래, 좋아. 캘리포니아에서 친구가 와서 같이 지내고 있어. 정말 유쾌한 앤데, 얘 데이트 상대도 구할 수 있을까?"

재닛이 코트니를 보며 고개를 끄덕였다.

"아, 한 시간 안에. 고마워, 데이트 상대 구해준 것도 고마워. 그럼 끊을게."

"피트 기억나? 어젯밤에 파티에 왔었는데. 다들 피트네 집에서 맥주 마시는 중이라고 우리도 오래."

"나 집에 가서 옷도 갈아입고—"

"아, 그럼 늦잖아. 내 옷 입어."

"엄마한테 전화할게."

"넌 항상 엄마한테 전화하더라."

"음, 밖에 나가서 연락도 없으면 걱정하시거든."

"우리 부모님은 안 그래서 정말 다행이다." 재닛이 말했다. "알코올 중독인 아빠랑 정신 나간 엄마 밑에서 자라는 것도 나름 장점이 있다니까."

코트니는 재닛에게서 데이트 상대를 여러 번 소개받았고, 집에 늦게 들어가면 엄마가 용서하지 않을 테니 재닛의 집에서 자주 잤다. 여름이 되면서 칵테일 파티가 많아졌다. 더운 여름 동안 뉴욕에 남아서 일을 하는 "친구들"은 저녁마다 모여서 습한 날씨에 대해서, 그리고 대학에서 쫓겨나 일찌감치 직장으로 내몰린 불공평함에 대해서 이야기하며 서로 동정했다. 코트니는 재닛 패거리에 속한 남자아이들 대부분이 대학을 마치지 못했고 아직 대학에 남아 있는 아이들은 근신 중임을 알게 되었다. 주로 음주 때문이었다. 코트니는 재닛 패거리의 친밀함을 즐겼다. 이 아이들은 뭔가에 대한 반항심으로—그것이 무엇인지 코트니는 아직 확실히 몰랐다—똘똘 뭉친 것 같았고, 코트니는 즉흥적인 파티의 편안한 분위기와 과음을 즐겼다. 코트니는 이 아이들에게서 인정에 가까운 따스함을 발견했다. 격의 없는 애정을 나누고 서로 수작을 걸기도 하고 술을 마시며 우정을 느끼는 것—당장은 이런 것들이 코트니의 욕구를 채워주었고 망각에 빠져들고 싶게 만들던 외로움을 달래주었다. 밤에 침대에 누우면 가끔 예전에 알았던 배리와의 사랑이 그리웠다. 그때 배리에게는 코트니가 무척 중요했다. 하지만 이제 코트니는 데이트 상대가 많았고 혼자 지내는 일이 드물었다. 이게 나아, 훨씬. 코트니는 스스로를 타이르고는 했다. 다시 연애를 하고 싶지 않았고, 다시 스스로에게 상처를 주고 싶지도 않았다. 이런 생활이 좋았다. 이런 생활을 계속하면 자학과 현실도피에서 벗어날 수 있을 것이다. 코트니는 이렇게 사는 편이 더 행복했다. 진과 자몽 주스가 주는 몽롱함 속에서 6월이 금방 지나갔고, 재닛은 코트니의 열일곱 번째 생일 파티를 열어주었다.

성대하고 요란한 파티였다. 재닛이 "말썽꾼들을 위한 파티"를 연다는 소문이 뉴욕 전체에 퍼져서 뉴욕의 "말썽꾼들"이 전부 참석했고, 과도한 음주와 느슨한 도덕관념으로 쌓은 명성을 지키려고 다들 안달이었다. 어쨌든 파티 다음날 아침, 재닛과 코트니는 술을 가장 잘 마시는 두 남자의 아파트에 있었다. 두 남자는 재닛과 코트니 곁을 용감하게 지켰지만 두 여자 중 누구도 그들과 침대로 가지 않을 것이고 그들보다 술을 더 많이 마셨음이 곧 분명해졌다. 두 남자는 한 시간 안에 돌아오겠다고, 잠깐 낮잠을 잔 다음 술 마시기 내기를 다시 하자고 약속한 다음 침실로 물러갔다.

재닛과 코트니는 거실에 앉아서 찾을 수 있는 담배는 모조리 찾아서 다 피웠다. 담배가 다 떨어진 위기의 순간에 코트니는 시계를 보았다.

"일곱 시 십오 분이다." 코트니가 말했다.

"담배도 없어." 재닛이 침울하게 말했다.

"됐어." 코트니가 고개를 저었다. "담배는 더 안 피울래."

"남자애들은 아직 자고 있어." 재닛이 말했다.

"응." 코트니가 말했다. "아직도 자. 벌써 한 시간 넘었는데."

"한참 더 잘 거야."

"응. 뻗었어."

"뻗었지." 재닛이 동의했다.

"술은 더 있어." 코트니가 제안했다.

"안 돼." 재닛이 말했다. "더 마시면 안 돼. 취하고 싶지 않아."

"그래." 코트니가 엄숙하게 말했다. "취하고 싶지 않아."

"재들이 테이블 밑에 뻗을 정도로 마셨는데도 우린 덜 취했어." 재닛이 자랑스럽게 말했다.

"응, 침대 밑에 뻗을 만큼. 아니 침대 위인가." 코트니가 이상하다는 듯 말했다.

"아무튼 재들은 뻗었고 우린 아직 멀쩡해."

"판사들만큼 멀쩡하지." 코트니가 잠깐 생각에 잠겼다. "왜 판사들은 항상 멀쩡하고, 교회의 쥐들은 항상 가난하고, 영주는 항상 취할까(영어 관용구 표현 '무척 멀쩡하다[sober as a judge]', '무척 가난하다[poor as a church mouse]', '무척 취하다[drunk as a lord]'의 뜻에 대해서 생각하고 있다/옮긴이)?"

"배고파."

"그리고 말들은 항상 배가 고프고."

"뭐 좀 먹자." 재닛이 말했다.

"일요일이야." 코트니가 말했다.

"그래도 배고파. 일요일이 무슨 상관인데?"

"교회에 가는 날이잖아." 코트니가 엄숙하게 말했다. "간호사랑 가정부랑 뭐 그런 사람들은 지금 일어나서 아침 예배를 보러 갈 거야. 술 마시기 좋은 날이지, 일요일은."

"사랑을 나누기 좋은 날이야."

"왜?"

"나도 몰라." 재닛이 말했다. "일요일에는 모든 게 너무 멀쩡해. 사람들은 교회에 가지. 브롱스에서 거나한 저녁 식사를 하고."

"무슨 뜻인지 알겠다." 코트니가 생각에 잠겨 말했다. "그러니까 생각났어." 코트니가 갑자기 말했다. "나 배고파. 어제 두 시에 아침 먹은 다음 아무것도 안 먹었어. 으음, 엄청나게 배고프다."

"뭘 좀 먹어야 돼." 재닛이 말했다. 그런 다음 코트니와 재닛은 일어나서 밖으로 나갔다.

두 사람은 아일랜드계 경찰들로 가득 찬 듯한 간이식당에 들러서 담배를 샀다.

"담배 맛 좋다." 코트니가 말했다.

"오렌지 주스 엄청나게 큰 컵으로 주세요." 재닛이 카운터 뒤의 남자에게 말했다. "그리고 우유 한 잔이랑. 블랙커피. 달걀, 토스트, 베이컨. 물도 한 잔 줘요."

"나도 같은 걸로요." 코트니가 말했다.

한 경찰이 옆자리에 앉은 경찰에게 뭐라고 말했다. 두 사람이 코트니와 재닛을 보더니 킥킥 웃었다. 주스와 커피를 사던 남자가 미소를 지었다.

코트니가 재닛에게 은밀하게 속삭였다. "우리가 밤새도록 파티를 벌였다는 걸 저 사람들이 알까?"

"아니." 재닛이 말했다. "우린 너무 멀쩡해. 난 저 사람들이 알았으면 좋겠어." 그녀가 간절히 바라듯이 말했다. "사람들을 놀라게 하고 싶어."

"나도 그래." 코트니가 말했다.

간이식당을 나설 때 두 사람은 기분이 훨씬 더 좋아졌다. 사랑스러운 6월 말의 아침이었고, 길 건너편의 교회는 엄숙하게 종을 울리고 있었다.

"이제 뭐 하지?" 코트니가 말했다.

"집에 갈 순 없어. 일곱 시 사십 분밖에 안 됐으니까 엘리베이터맨이 우리가 밤새 집에 안 들어왔다는 사실을 알아차릴 거고, 아빠가 불같이 화를 낼 거야. 용돈을 깎거나 뭐 그러시겠지. 아홉 시 삼십 분쯤 들어가서 다른 여자애 집에서 자고 왔다고 말하는 게 나아."

"어디서 시간을 때우지?"

"공원에 가자." 재닛이 말했다. "가정교사가 일요일마다 데려가던 멋진 호수가 근처에 있어. 거기 가서 앉아 있자."

"좋아." 코트니가 이렇게 말한 다음 재닛을 툭툭 쳤다. "저 앞에 작은 흰색 모자 쓴 여자 좀 봐. 분명히 교회에 가는 길일걸."

"저 여자를 놀래주자." 재닛이 말했다.

코트니가 씩 웃었다.

"난 항상 남자애들이랑 자는 게 아무 문제도 없다고 생각했어." 재닛이 큰소리로 말했다.

"당연히 없지." 코트니가 말했다. "그러면 저녁도 사주고, 선물도 사주잖아."

"그래, 게다가 무슨 대가를 치러야 하는 것도 아니고, 정말 재밌으니까."

"사실 남자애들 외모를 볼 필요도 없어, 상대가 어떻게 생겼든 차이도—"

여자가 재빨리 고개를 돌려 재닛과 코트니를 흘끗 보고서 단호하게 걸어갔다. 코트니와 재닛이 마주 보며 씩 웃었다. 일요일 아침에 딱 어울리는 놀이였다.

"—없으니까." 코트니가 말을 맺었다.

"맞아, 정말 재밌는 인생이야." 재닛이 말했다.

여자가 눈에 띄게 휙 돌아보더니 대각선으로 길을 건너 교회로 들어갔다. 코트니와 재닛은 승리감에 도취되어 공원 정문에 도착할 때까지 깔깔 웃었다.

일요일 아침이여서 호수는 무척 조용하고 한적하고 근사했다. 한 남자가 휘파람을 불면서 개를 산책시키고 있었다. 코트니가 복슬복슬한 봉오리를 하나 꺾어서 뺨에 문질렀다.

"갯버들 생각난다." 코트니가 생각에 잠겨 말했다. "어렸을 때 갯버들을 참 좋아했거든."

지금 그 생각이 떠오르다니. 그날 아침이 오늘 아침 일처럼 기억난다는 사실이 우스웠다. 코트니는 어느새 기숙학교에 처음 들어갔을 때로 돌아가서 그녀를 캘리포니아로 데려가 새아버지가 될 낯선 사람을 만나게 해줄 비행기를 기다리는 열 살의 작은 소녀가 되었다. 그때 이후 코트니는 너무나 많은 것들을 알게 되었다. 이제 코트니는 사랑을, 두려움을, 달아나고 싶다는 욕망을 알게 되었다. 그러나 센트럴파크에서 보내는 오늘 아침은 꼭 칠 년 전 그날 아침 같았다.

그날 아침에 코트니는 두려웠다. 새아버지가 어떤 사람일지, 마음에 들지 궁금했다. 코트니는 새아버지와 엄마가 서로를 사랑하는지, 만약 그렇다면 엄마의 사랑을 낯선 사람과 나누는 것이 어떨지 궁금했다. 코트니는 두렵고 아주 외로웠기 때문에 공항으로 떠나기 전에 학교 운동장을 오랫동안 걸었다. 아주 이른 아침이어서 겨울 풀 그루터기에 안개가 묵직하게 걸려 있었다. 그날 아침 코트니는 이렇게까지 일찍 일어나서 고자질을 할 사람은 없으리라는 생각에 심지어는 출입이 금지된 구역까지 들어가 산책했다. 코트니는 길을 건너 언덕을 내려간 다음 시든 들판까지 갔다가 갯버들을 보았다. 갯버들이 무척 부드러웠기 때문에 코트니는 하나 따서 뺨에 문질러보았다. 야윈 겨울 태양이 떠오르고 안개가 사라지기 시작하자 코트니는 학교로 다시 걸어가서 미리 싸놓은 가방을 가지고 택시를 탔다.

할리우드에 도착해 비행기에서 내리자 따뜻한 날이 그녀를 맞아주었다. 시든 들판과 야윈 겨울 태양을 떠나온 지 얼마 되지도 않았는데 야자수가 서 있고 하늘이 맑고 푸르렀기 때문에 공항이 비현실적으로 느껴졌다. 코트니는 비행장을 가로지를 때에도 갯버들을 현실세계에서 가져온 유물처럼 손에 꼭 쥐고 있었다. 엄마와 새아버지와 함께 차에 탈 때에도 코트니는 그것을 놓지 않았다. 결국 공항에서 할리우드까지 먼 거리를 달리는 동안 코트니는 엄마의 어깨에 기대어 잠이 들었고 갯버들은 바닥에 떨어졌다.

코트니는 부드러운 아침 햇살 속에서 조용히 생각에 잠겨 봉오리를 만지작거리며 과거를 떠올렸다. 마침내 정적을 깨뜨린 사람은 재닛이었다.

"있잖아." 재닛이 말했다. "예전에 여기, 이 호수에 왔던 때를 생각하면 참 웃겨." 재닛도 과거를 회상하고 있었다. "어렸을 때 가정교사가 여기 데려와서 다른 애들이랑 놀았거든. 초등학교 때는 선생님이 아이들을 데리고 오벨리스크를 지나서 여기까지 산책을 하면서 오벨리스크가 이집트에서 가져온 것이라고 가르쳐주셨어. 또 작년에는 친구랑 학교 점심시간에 스카치 병을 들고 왔다가 약간 취한 채로 역사 수업을 들으러 가곤 했지. 수업이 너무 지루했거든." 재닛이 호수에 나뭇가지를 던진 다음 물살에 떠내려가는 모습을 지켜보았다. "내가 자라는 모습을 지켜본 이 호수가 날 어떻게 생각할까 궁금해. 호수가 말을 할 수 있다면 오늘 아침 이런 나한테 뭐라고 말할까?"

"정말 멋지겠다." 코트니가 생각에 잠겨 말했다. "인생의 대부분을 같은 장소에서 보내서 호수나 건물 같은 것을 보면 옛날이 떠오른다는 게 말이야. 같이 자란 남자애들, 그러니까 센트럴파크에서 같이 놀던 애들이랑 데이트 하는 것도 그렇고."

"그래." 재닛이 말했다. "멋져. 데이트 상대 대부분이 어렸을 때부터 알던 애들이야. 네가 뉴욕에서 자라지 않은 것이 아쉽다, 그럼 너한테도 그런 친구들이 있을 텐데."

"남자애들을 많이 소개해줘서 정말 고마워." 코트니가 말했다. "네가 없었으면 이번 여름에 아마 머리가 돌아버렸을 거야."

"음, 코트니." 재닛이 말했다. "넌 내 하나뿐인 친구니까 외로운 널 가만두고 볼 순 없었어. 스케이스브룩에서도 내가 늘 말했잖아. 넌 좀더 자주 놀러 다녀야 한다고." 재닛이 칵테일 드레스에 묻은 엉겅퀴를 떼고서 말을 이었다. "생각났다. 아는 남자가 하나 있는데 우리 패거리는 아니고, 아주 특이한 사람이야. 정말 매력적이고 아주 지적인 데다가 부자야. 굳이 일을 할 필요도 없을 만큼. 그 사람한테 네 얘기를 했더니 계속 널 만나보고 싶다고 했어."

"네가 전에 말한 남자야? 플로리다 쪽에 섬도 하나 있고 리비에라에 빌라도 있다는?"

"응, 그 사람. 음, 생각해봤는데, 아까 걔들은 오늘밤 데뷔 파티에 가려고 우리를 데리러 올 때까지 안 일어날 것 같아. 파티는 열 시쯤이니까 그 전에 피에르 호텔에 가서 그 남자를 만나보는 건 어때? 같이 술 한 잔 마신 다음 아래층 바에서 아까 걔들을 만나면 되잖아."

"음, 괜찮을 것 같아, 재닛."

"나한테는 슬픈 일이지만, 너희 두 사람 정말 잘 어울릴 거야. 그 사람이 계속 널 만나겠다잖아." 재닛이 싱긋 웃었다. "그러니 내가 독차지할 방법이 없더라. 하지만 마음 단단히 먹어." 재닛이 덧붙였다. 그녀는 호수에 자갈을 던진 다음 퍼져나가는 물결을 바라보았다. "그 사람은 정말 제정신이 아니니까 단단히 대비해야 돼." 재닛이 혼자 미소를 지었다. "정말이지, 어떤 사람이라고 설명을 못 하겠어."

16

다행히도 앤서니 네빌은 그날 그의 거처인 피에르 호텔 스위트룸에 있었다. 그가 문을 열자마자 코트니는 재닛이 미소를 지으면서 "어떤 사람이라고 설명을 못 하겠어"라고 말한 이유를 이해했다. 문 앞에 선 남자는 20대 초반의 창백한 청년으로 섬세한 이목구비와 숱 많은 까만 머리카락, 도전적이고 골똘히 생각에 잠긴 듯한 검은 눈을 가지고 있었다. 그는 테리 직물로 만든 흰색 가운을 입고 왼손에 줄기가 기다란 장미꽃 한 송이를 들고 있었다. 앤서니는 연극을 하는 것처럼 코트니와 재닛에게 깊이 고개를 숙이며 인사했다.

"앤서니. 이건 또 새로운 포즈네?" 재닛이 미소를 지었다. "그리고 오스카 와일드가 들고 있던 건 해바라기 아니었나?"

앤서니는 표정 변화 하나 없이 그녀를 무시했다.

"이쪽은 물론, 코트니겠군. 널 나한테 데려오다니 재닛은 정말 멋진 친구야." 앤서니가 재닛에게 말했다. "코트니는 참 매혹적이구나." 재닛은 그를 지나쳐 방으로 들어가서 외투를 벗었다.

재닛의 친구들이 쓰는 아이비리그의 딱딱 끊어지는 말투에 익숙해진 코트니는 청년의 조용하고 나른한 말투에 깜짝 놀랐다. 앤서니의 말투는 그가 들고 있는 빨간 장미처럼 분류를 거부하도록 만들어진 것 같았다. 앤서니가 재닛의 외투를 받았다.

"앤서니." 재닛이 갑자기 말했다. "오래는 못 있어. 다른 애들이랑 아래층에서 만나서 데뷔 파티에 가기로 했거든."

사실적인 이야기를 하는 재닛의 목소리는 앤서니가 호텔 방에 드리운 특이한 분위기를 잠시 흩뜨렸다.

"자." 앤서니가 지나치게 큰 침대로 걸어가면서 말했다. "여기 누워봐."

그는 포도주 잔이 두 개 놓인 은쟁반을 침대에서 치우고 창가에 앉았다.

"끔찍한 더위야." 앤서니가 창문을 열면서 말했다. "난 롱아일랜드에 있는 척하면서 끔찍하게 바이런 같은 기분으로 누워 있었어." 그가 접시에 장미꽃을 놓았다. 앤서니는 포도주 잔이 왜 두 개인지 굳이 설명하지 않았다. "그거 알아?" 앤서니가 갑자기 말했다. "이탈리아 비아레조 해변에서 셸리를 화장하는 동안 바이런은 마차에서 보고 있었대. 정통적이지. 마음에 들어. 마차에 앉아서 지켜보다가 화장하는 냄새와 슬픔에 압도되자 떠났어. 그 부분이 마음에 들어. 그런 죽음이라면 단순히 매장하는 건 끔찍할 정도로 지루하니까."

"앤서니." 재닛이 말했다. "술 기다리다가 목 빠지겠어." 재닛은 침대에 앉은 채 밑에 깔린 이브닝드레스를 폈다. "숙취 때문에 죽을 지경이거든."

앤서니가 한숨을 쉬고 전화기 쪽으로 걸어갔다.

"얼음을 넣은 시바스리갈 두 잔 가져다줘요." 앤서니가 룸서비스를 주문한 다음 코트니 쪽을 보면서 물었다. "스카치 마실래?" 코트니는 고개를 끄덕였다. "아니, 네 잔. 포마르 포도주 반 병 하고. 내가 뭘 원하는지 앙드레가 알아요. 네빌입니다." 앤서니가 전화를 끊고 침대 위 재닛 옆에 앉았다.

"재닛." 앤서니가 말했다. "네가 바로 천국이야. 우린 좀더 자주 만나야 돼. 넌 왜 자꾸 끔찍한 데뷔 파티에 가려는 거지?"

앤서니가 재닛의 허리에 손을 얹었다. 코트니는 불편한 기분으로 맞은편 벽지 무늬를 응시했다.

"내가 지난주에 파티에 오라고 했잖아." 앤서니가 말을 이었다. "하지만 넌 안 왔지." 그가 향수에 잠긴 사람처럼 포도주 잔이 담긴 쟁반을 보았다. "정말 멋진 파티였는데 말이야." 앤서니가 아쉽다는 듯이 말했다. "허리 위로는 전부 벗은 여자들이 잔뜩 와서 집단 간음을 했거든."

코트니가 앤서니를 매섭게 노려보았지만 그는 모른 척했다.

"내가 여는 파티에 꼭 한 번 오라니까." 앤서니가 코트니의 시선을 알아차렸다는 유일한 표시로 살짝 미소를 지으면서 말했다. "코트니 너도 와." 그가 코트니 쪽을 보았다. "아일랜드 여자들은 피부가 정말 근사하지." 앤서니가 코트니에게 말했다. "넌 정말 아일랜드계처럼 생겼다. 초록색 눈이 정말 매력적이야." 앤서니가 재닛을 향해 몸을 돌렸다. "코트니를 데려오다니 정말 대단해. 우리는 분명 사이좋게 지낼 수 있을 거야. 그런데 코트니는 말도 없이 앉아만 있네." 앤서니가 은밀한 분위기를 풍기며 재닛을 향해 몸을 숙이고 말했다. "네 친구가 나 때문에 충격을 받은 것 같은데?"

코트니가 불안한 미소를 지었다.

"아니, 전혀. 그렇지 않아." 코트니가 말했다.

앤서니가 한숨을 쉬었다. "아, 아쉽다. 난 사람들을 놀래주는 걸 정말 좋아하는데."

앤서니가 침대에서 일어나 창가에 앉은 다음 시무룩하게 창 구석에 몸을 기댔다.

"짧은 이야기를 쓰고 있어." 앤서니가 선언했다. "동성애자 사제의 주례로 결혼식을 올리는 두 레즈비언의 이야기인데—" 그가 말을 멈추고 코트니를 보았다. "물론 넌 가톨릭 신자겠지?" 코트니가 고개를 끄덕였다. "—두 사람은 동성애자 사제의 주례로 스위스에서 아주 아름다운 예식을 올려. 지금까지 두 사람은 죄 속에서 아주 행복하게 살았지만 목가적인 생활이 파괴되기 시작하지. 레즈비언 하나가 사제를 병적으로 질투해서……."

코트니가 앤서니의 말을 들으면서 생각했다. 내가 지금 여기서 뭘 하는 거지. 저 사람은 왜 나한테 이런 말을 해도 된다고 생각하는 걸까. 하지만 충격 받은 것처럼 보이면 안 돼. 그건 너무 어린애 같잖아. 내가 어리다는 걸, 너무나 아는 게 없다는 걸 저 사람한테 들키면 안 돼.

"당연히 사제는 성직을 박탈당하고 비참해지는데—"

코트니는 주의 깊게 자세를 가다듬고 창가에 나른하게 기댄 앤서니를 관찰했다. 시선을 끄는 얼굴이었다. 배우를 해도 될 정도였다. 배우만이 아니라 아주 많은 것이 될 수 있었다. 코트니는 앤서니가 어떤 사람인지 궁금했다. 여기 오는 길에 재닛이 그에 대해서 이야기해주었다. 앤서니는 재닛의 무리 중에서도 전설적인 인물이었다. 재닛의 친구들도 방탕하게 놀았지만 애들 장난에 불과했다. 하지만 앤서니는 그렇지 않았다. 재닛을 슬쩍 훔쳐보니 앤서니의 이야기를 즐기고 있었다. 재닛의 친구들 중에서도 퇴폐의 상징과 같은 이 청년, 누구나 알지만 아무도 모르는 앤서니는 아마도 재닛의 연인일 것이다. 하지만 앤서니는 코트니를 만나고 싶다고 했다, 재닛에게 그녀를 데려오라고 했다.

"그리고 레즈비언들은 계속 살아가지." 앤서니가 생각에 잠긴 듯한 미소를 지으며 말했다. "덴마크에서 말이야." 그가 자세를 풀고 스스로에게 대단히 만족한 듯한 표정으로 두 사람 앞에 섰다. 앤서니가 의기양양하게 코트니를 보았다. "마음에 들어?"

"우스꽝스러운데." 코트니가 도전적으로 말했다. "유치한 도착에 빠져서 허우적대는 것 같아."

"아." 기분이 상한 앤서니가 말했다. "넌 도착이 유치하다고 생각하는구나."

"아니." 코트니가 신경 써서 태연한 척하면서 말했다. "하지만 도착에 대한 네 생각은 유치해."

"귀여운 코트니." 앤서니가 참을성 있게 말했다. "난 몇 년 동안이나 동성애자 아니냐는 말을 들었어." 앤서니가 가운을 가다듬으면서 회상에 잠겨 말했다. "사실 나한테 동성애는 지루하지. 하지만 도착에 대해서라면 난 절대 어린애가 아니야."

마침 문을 두드리는 소리가 나서 코트니는 더 이상 말할 필요가 없었다. 앤서니가 나가서 쟁반을 받아왔다. 코트니는 그를 지켜보았다. 두 사람은 지금 게임을, 누가 더 세상 물정을 잘 아느냐는 게임을 하고 있었고, 코트니는 질 수 없었다. 그녀는 조금 두려웠지만 그 사실을 절대 들킬 수 없었다. 코트니는 앤서니에 비하면 어린애나 마찬가지라는 것을 보여주고 물러날 수도 있었다. 하지만 그것은 너무 위험했다. 이유는 몰랐지만 그냥 느껴졌다. 코트니는 모르는 것이 너무 많았고 앤서니의 퇴폐적인 세상은 위험했다. 그래도 물러나지 않는 것은 체면 때문이었다. 코트니는 두려워하는 자신을 나무랐다. 결국 이것을 해내지 못하면 코트니는 아직 어린애인 셈이었다. 아니다. 아니, 코트니는 인정할 수 없었다. 이것이 바로 코트니의 세상, 이유는 모르지만 그녀가 원하는 세상이었다. 앤서니가 쟁반을 내려놓자 재닛이 잠시 실례하겠다고 말하고 욕실로 갔다. 욕실 문이 닫힐 때 코트니는 재닛이 엘리베이터에서 내리면서 했던 말이 떠올랐다. "그 사람이 무슨 말을 하거나 무슨 행동을 해도 놀라지 마." 재닛은 분명히 그렇게 말했다. 그 말을 기억해야 한다. 앤서니가 닫힌 문을 보고 코트니를 보더니 침대 위 그녀의 옆자리에 누웠다.

"난 네가 좋아." 앤서니가 조용히 말했다. "이렇게 조용하게, 이렇게 관능적으로 누워 있는 넌 참 어려운 상대야."

앤서니가 아무렇지도 않게 코트니의 가슴에 손을 올렸고 귓가에 그의 따뜻한 숨결이 느껴졌다. 세상에. 코트니는 생각했다. 앤서니의 도전을 느꼈지만 어떤 대응도 하지 못하고 마음속에 스스로 통제할 수 없는 감정이 쌓이자 무서워졌다. 코트니는 세상 물정에 익숙한 앤서니와 자기 육체에 휘둘려서 꼼짝도 할 수 없었다. 너무나 무력한 느낌이었다.

"왜 바보 같은 데뷔 파티에 가겠다고 고집을 부리는 거야." 앤서니가 중얼거렸다. "거기 가지 말고 여기 남아서 나랑 자자. 너도 원한다는 거 알아, 코트니. 내가 원하는 만큼 말이야."

코트니는 자신을 이기려고 필사적으로 애썼다. 우리가 감정을 통제할 수 없다면 하다못해 감정을 가두기라도 할 수 있는 작은 문이, 도덕성이라는 문이 있으면 얼마나 좋을까? 재닛이 금방이라도 나올 것이라는 생각이 갑자기 떠올랐다. 아, 다행이다. 코트니가 생각했다. 재닛을 떠올리자 자신을 이길 수 있었다.

"그건 좀 곤란해." 코트니가 말했다. "데이트하기로 한 남자애들이 우리를 데리러 오기로 했거든."

앤서니는 기분이 상했다. "왜 좀더 일찍 안 왔지?"

"어젯밤에 밤새 밖에 있었어." 코트니가 설명했다. 앤서니가 그녀를 지긋이 보고 있었다. "내 생일이었거든." 코트니가 덧붙였다.

"몇 번째?"

"열일곱 번째."

"열일곱 살이라고? 세상에."

"그리고 아침 열 시쯤에 잠들었어." 코트니가 말을 이었다. "일곱 시가 돼서야 가정부가 깨워줬는데, 우선 뭘 좀 먹어야 했거든. 숙취가 있어서. 속을 좀 달래게 뭐든 먹으려고."

"남자들은 언제 만나기로 했지?" 앤서니가 말했다. 코트니는 앤서니가 한 발 물러나는 것을 느낄 수 있었다. 이제는 긴장이 별로 팽팽하지 않았고, 그래서 코트니는 기뻤다.

"십오 분 뒤. 아홉 시 반에."

"걔들은—" 앤서니가 내뱉듯이 말했다. "아마 예일대 학생이겠지. 재닛 친구들은 대부분 그렇거든."

"응." 코트니가 말했다. "예일대에 다녔던 애들이야."

"잘됐네, 그럼." 앤서니가 언짢은 듯 일어섰다. "가봐. 난 여기 남아서 그나마 좀 재미있는 일을 찾을 테니까. 네 마음을 바꾸고 싶었는데." 앤서니가 말을 멈추고 코트니를 보았다. "네가 예일대 학생 따위는 어디 숲에라도 가져다버리게 말이야."

코트니가 생각했다. 그럼 이번에는 내가 이겼네. 거절당하는 것에 익숙하지 않은 앤서니를 거절했으니까. 코트니는 만족스러웠다. 그녀는 도전을 받았고 승리를 거두었다. 이제 앤서니를 두려워할 필요가 없었다. 재닛이 욕실에서 나와서 재빨리 상황을 살폈다. 코트니는 흰색 이브닝드레스 자락을 펼친 채 침대에 누워 있었고 앤서니는 자기가 마실 포도주를 한 잔 더 따르고 있었다. 재닛은 기뻤다. 그녀가 앤서니에게 다가갔다.

"앤서니, 자기야." 재닛이 의기양양하게 소유욕을 드러내며 말했다. "너무 빨리 가서 미안."

"나도 유감이야." 앤서니가 얼굴을 찌푸리며 말했다. 그런 다음 재닛을 끌어안고 목에 입을 맞추었다. 코트니가 침대에서 일어나 기다란 흰색 장갑을 꼈다. 앤서니가 그녀에게 다가와서 팔을 벌렸다.

"잘 가, 천사 같은 코트니."

앤서니가 코트니에게 가볍고 부드럽게 입을 맞추었다.

"장난 같은 키스네." 앤서니가 코트니를 평가하듯이 지긋이 바라보면서 중얼거렸다. "가기 전에 주소 좀 알려줘. 여자애한테 주소랑 전화번호 물어보는 건 정말 몇 년 만에 처음이야." 앤서니가 그렇지 않느냐는 듯이 재닛을 보았다. 재닛은 말없이 두 사람을 보고 있었다. 코트니가 핸드백에서 종이를 꺼내 전화번호를 적어주었다. 앤서니가 전화번호 위에 이름을 쓴 다음 갑자기 코트니를 보았다.

"아일랜드계 소녀가 어떻게 코트니라는 이름을 갖게 된 거지?"

"부모님이 잡지 연재물에서 보셨대." 코트니가 무미건조하게 대답했다.

"그렇구나. 너 진짜 마음에 든다." 앤서니가 종이를 흰 가운 주머니에 넣으면서 말했다.

"앤서니." 재닛이 미소를 지으며 말했다. "코트니랑 사랑에 빠지면 안 돼."

"재닛." 앤서니가 부드럽게 말하면서 재닛에게 다가가서 어깨에 손을 얹었다. "하나만 약속해줘 — 절대, 절대 질투 같은 건 하지 않겠다고. 네가 질투를 하면 우리 사이는 끝날 거야." 그런 다음 코트니를 향해 고개를 돌리고 말했다. "재닛은 정말 멋진 여자야. 질투하거나 집착하는 법이 없다니까. 난 그래서 재닛이 좋아."

파티에 같이 가기로 한 남자애들은 바에서 아주 잠깐 기다렸을 뿐이지만 숙취를 달랠 술 한 잔 마실 정도의 시간은 있었다. 자동차를 타고 롱아일랜드로 향하는 네 사람은 들떠 있었다. 코트니는 에릭과 함께 뒷좌석에 앉았다. 에릭이 코트니의 어깨를 감싸안았다.

"어젯밤에 재밌었어?" 그가 물었다.

"응."

"속여서 미안해. 너희가 이겼어."

"응, 확실히 그랬지." 코트니가 미소를 지었다.

"오늘밤엔 그런 일 없을 거야." 에릭이 코트니를 안심시켰다. "너희들이랑 똑같이 마실 거야. 공짜니까."

"야, 에릭." 재닛의 데이트 상대가 말했다. "우리 들어갈 수 있을까?"

"당연하지." 에릭이 안심시키며 말했다. "아주 떠들썩한 파티야, 피트. 들어가는 사람을 일일이 검사 못 할걸. 내가 아는 애들 중에 이번 파티에 초대 안 받고 가는 애들이 열 명은 돼. 모르는 애들까지 하면 훨씬 더 많을걸."

"나 이번 파티 여는 여자애 만난 적 있어." 재닛이 말했다. "두 명인데, 그중 한 명을 몇 주 전에 무슨 티 파티에서 만났어."

"이런." 에릭이 말했다. "어쨌든 이번 파티 주인공들은 손님의 절반도 모를 거야. 턱시도 클럽이 생기기 전처럼 초대받은 손님 목록을 대충 훑어보는 그런 파티야. 손님들은 대부분 술을 잘 마시고 크리스마스 시즌에 아버지가 성대한 파티를 열어주기 때문에 초대된 거고."

"정말 웃긴 짓이야." 피트가 지루하다는 말투로 말했다. "사교계 데뷔라니. 진짜 웃겨. 요즘은 열네 살만 넘으면 모르는 게 없는데 무슨 데뷔를 한다는 거야?"

"음, 술을 공짜로 마실 수 있잖아." 재닛이 말했다. "사람들을 많이 초대하면 나중에 다른 파티에도 많이 초대받을 수 있으니까."

코트니는 흰 재킷을 입은 예일대 학생들이 딱딱 끊기는 지루한 말투로 하는 이야기를 듣고 있지 않았다. 전부 들어본 이야기였다. 사교계 데뷔 파티는 웃기는 짓이다. 술을 마시는 것은 모든 관습 중에서 제일이지만 물론 섹스에 비하면 두 번째이다. 술 좀 마신다 하는 남자는 누구나 2년 안에 예일대에서 쫓겨나고, 그렇지 않은 남자는 졸업을 한 다음 증권 거래소에서 그저 그런 일자리를 얻는다. 이렇게 너무 뻔한 일들이 바로 이번 여름 최대 규모의 데뷔 파티에 초대도 받지 않고 들어가려고 롱아일랜드로 가는 길에 이야깃거리를 제공했다. 자동차를 타고 갈 때 화제를 제공했다. 코트니는 이런 대화를 하도 많이 들어서 외울 정도였다. 그녀는 이 아이들이 쓰는 말을 기숙학교에서 배웠고 관용구도 몇 주일 만에 전부 익혔다. 이제 코트니는 뉴욕 출신처럼 말했기 때문에 이런 대화를 더 들을 필요가 없었다. 그래서 코트니는 대화에 귀를 기울이는 대신 조금 전에 만난 특이한 청년을 생각했다.

앤서니 네빌은 코트니를 당황시킨 첫 남자였다. 코트니는 그가 좋은지 싫은지조차도 몰랐지만 그에게 매료되었다. 앤서니를 뺀 나머지는 섹스와 방탕한 생활이라는 이 게임, 어쨌거나 다들 해야만 하는 이 게임에서 아마추어 같았다. 코트니는 앤서니가 약간 무서웠다. 어떤 세상인지 잘 모르겠지만 앤서니가 자신의 세상으로 그녀를 끌고 갈까봐 무서웠다. 코트니는 아무튼 앤서니에 대해서만큼은 자신을 믿을 수 없었다. 코트니는 오늘밤 혼자가 아니어서 좋았다. 적어도 이곳은 코트니가 알고 있고 대처할 수 있는 세상이었다. 지금 가고 있는 컨트리클럽은 마음이 놓일 정도로 평범하고 멀쩡한 세상이었다. 오늘밤 코트니는 앤서니를 잊을 것이다. 앤서니는 아마도 전화를 하지 않을 것이다. 그는 코트니가 얼마나 어린지 알았다.

에릭이 장담한 것처럼 네 사람은 파티에 성공적으로 들어갈 수 있었다. 손님 명단을 든 남자가 서서 초대장을 검사하는 정문은 피했다. 피트가 컨트리클럽의 구조를 조사하는 동안 나머지 세 사람은 차 옆에 서서 기다렸다. 피트가 정찰을 마치고 의기양양하게 돌아와서 옆문을 찾았다고 말했다. 피트가 문을 열고 앞장섰고 재닛과 에릭이 그 뒤를 따랐다. 코트니는 불안하게 뒤에 서 있었다. 피트가 다른 일에 정신이 팔린 웨이터를 옆으로 밀고 들어가자 네 사람은 어느새 바 뒤에 도착해 있었다.

"죄송합니다." 피트가 깜짝 놀란 바텐더에게 말했다.

"속이 좀 안 좋아서요." 네 사람을 보면서 멍하니 빈 잔을 닦는 남자에게 에릭이 설명했다. 어떤 사람이 술을 주문하자 바텐더는 주문을 받느라 이 일은 그냥 넘어갔다. "요즘 젊은 애들은 참." 바텐더가 어느 웨이터에게 놀랍다는 듯이 중얼거렸다. "예전에는 사교계 데뷔 파티에 이런 사람들이 없었는데."

네 사람은 롱아일랜드에서 새벽까지 춤을 추고 술을 마셨다. 지친 밴드가 플로어에서 물러나자 마지막까지 남아 있던 손님들이 마지못해 밖으로 나가서 비틀거리며 차에 올랐다. 뉴욕으로 돌아가는 길에 코트니는 피트가 기억과 운에 의지해서 운전하고 있음을 희미하게 의식했고, 시내에 들어가면 일방통행로에서 길을 잘못 들어서 여러 블록을 헤매게 되리라는 사실을 확실하게 느꼈다. 경찰이 차를 세웠지만 뒷자리에서 에릭이 점잖게 일어나서 자기가 운전을 하겠다고 말하자 그들을 더 이상 잡아두지 않기로 했다. 경찰은 조금 있으면 교대시간이라서 시간을 끌고 싶지 않았기 때문에 그들에게 경고만

하고 보내주었다. 어쨌든 세 사람은 집으로 돌아갔고 코트니도 집으로 갔다. 데뷔 파티 때문에 늦게 들어올 것이라고 미리 말해두었기 때문에 코트니가 침대로 들어갈 때 엄마는 이미 잠든 후였다. 날이 밝으면서 뉴욕의 또다른 하루가 시작되고 있었다.

코트니는 엄마가 깨워서 오후 늦게 일어났다.

"코트니, 전화 왔어. 젊은 남잔데, 비서를 시켜서 전화했네." 엄마는 그래서 깊은 인상을 받은 것 같았다.

"누군데요?" 졸음이 덜 깬 코트니가 말했다. "나중에 전화한다고 하세요."

"비서 말로는 네빌 씨라는데."

"앤서니!" 코트니가 목욕 가운을 집어 서둘러 걸치면서 전화기로 갔다.

17

앤서니는 코트니에게 저녁을 대접하겠다며 샹보르에 데려갔다. 코트니는 앤서니와 함께여서 기뻤다. 웨이터들이 아부하면서 관심을 기울이는 것도 좋았고 다른 테이블에 앉은 여자들의 시선도 좋았다. 앤서니는 연한 청색 타이에 흰색 디너 재킷, 아직은 유행하지 않는 딱 붙는 검은색 에드워드 시대 바지를 입고 있었다. 그는 도전적인 표정에 날씬하고 탄탄한 몸을 가진 인상적인 청년이었다. 코트니는 어젯밤에 앤서니에 대한 결론을 내렸기 때문에 그와 함께 있는 것이 더 편해졌다. 레스토랑이라는 평범하고 익숙한 배경 속에서는 앤서니가 그렇게 특이해 보이지 않았다.

"난 너에 대해서 거의 아는 게 없어." 코트니가 말했다. "넌 어떤 애들과도, 어떤 배경과도 관계가 없는 것 같아. 꼭 무대에 불이 환하게 켜져서 봤더니 네가 조심스럽게 포즈를 취하고서 왜 거기에 있는지 아무런 설명도 없이 서 있는 것 같거든."

앤서니가 미소를 지었다. "왜 갑자기 나를 어떤 틀에 넣으려고 하는 거야?"

"궁금해서 그런 것뿐이야."

"좋아." 앤서니가 말했다. "그럼 나에 대해서 말해줄게. 친가는 보스턴 출신이지만 아버지는 나만큼이나 그 사실을 싫어해. 아버지는 건축가신데 대학을 졸업한 다음 로마로 유학을 갔어. 엄마는 귀족의 피가 약간 섞인 이탈리아 가문 출신이야. 아버지와 어머니는 결혼을 하고 나서 피렌체로 갔고, 거기서 내가 태어났어. 부모님은 일찌감치 프랑스의 학교로 날 보냈어. 어렸을 때 내 유일한 재능은 부모님의 삶을 파괴하는 것이었거든. 그리고 난 꽤 지루한 애였나봐. 그런 다음 열일곱 살에 학교를 그만두고 달아나서 장거리 장애물 경마 기수가 됐지. 난 항상 목숨을 거는 게 좋았거든." 그가 덧붙였다. "이유는 나도 정말 모르겠어. 아마 지루해서겠지. 그런 다음 몇 달 만에 돈이 다 떨어졌고, 그게 싫어서 가족과 화해했어. 그런 다음 피렌체에서 가족들이랑 얼마간 같이 살다가 열여덟 살이 되자 재산을 받아서 뉴욕으로 왔지."

"그 말을 믿어도 되는지 모르겠어." 코트니가 말했다.

"그건 네 마음이야. 내가 한 얘기는 진실이지만." 앤서니가 어깨를 으쓱했다. "내가 왜 너한테 이렇게 많은 일들을 털어놓고 싶은지 모르겠지만, 어쨌든 너랑 얘기를 나누는 게 좋아. 넌 나한테 정말로 흥미가 있는 것 같아." 그가 생각에 잠겨 말했다. "어쩌면 그래서일지도 모르지."

"부모님은 어떤 분들이야?"

"뭐야, 이젠 내 말을 못 믿겠어서 캐묻는 거야? 조심해 코트니, 이러다간 네가 정말 지루해질지도 몰라. 우리 부모님은 물론 돈이 많

아. 아버지가 일해서 버는 돈보다 물려받은 재산에서 나오는 돈이 더 많지. 이탈리아에 땅이 좀 있고, 괜찮은 투자처도 아주 많아. 난 그걸로 먹고 살아. 우리 부모님은 매력적이고 많이 배운 사람들이야." 앤서니가 덧붙였다. "그리고 끔찍하게 바쁘지. 난 항상 부모님한테 귀찮은 존재였기 때문에 가능한 한 빨리 멀어졌어. 코트니, 내가 해줄 수 있는 얘기는 이게 다야."

코트니는 아무 말없이 앤서니를 관찰했다. 재닛의 친구들의 느슨한 도덕관념은 편안했고 동질감이 느껴졌다. 하지만 앤서니는 도덕관념이 아예 없는 것 같았다. 코트니는 가톨릭 교회의 전통 속에서 태어났다가 배신했지만, 앤서니는 그런 전통이나 사회의 비판으로부터 훨씬 더 자유로운 것 같았다. 코트니는 앤서니의 여유가, 정상적으로 활동하는 능력이 부러웠다. 코트니는 사회에 들어가려고 할 때마다 거부당했던 앤서니는 사회와 동떨어진 자기만의 세계에 살고 있기 때문에 거부당할 일이 없는 것 같았다. 코트니는 앤서니와 함께 있는 것이 좋았다. 이제는 아주 조금 불편할 뿐이었다.

"무슨 생각을 그렇게 심각하게 하고 있어?" 앤서니가 미소를 지으며 물었다.

"네 생각." 코트니가 말했다.

"심심풀이로는 아주 좋지." 앤서니가 말했다. "하지만 날 너무 진지하게 생각하는 건 바람직하지 않아. 너처럼 순수한 소녀는 내 영향을 받아서 타락할지도 모르거든."

"난 그렇게 순수하지 않아." 코트니가 미소를 지었다.

"그래?" 앤서니가 여유롭고 대담하게 코트니를 살펴보았다. "저녁 식사는 어때?" 갑자기 그가 말했다.

"아, 근사해." 코트니가 말했다. "포도주도 맛있었고."

"스카치처럼 독하진 않지." 앤서니가 미소를 지었다. "스카치만큼 거칠고 갑작스럽지 않아. 난 섬세한 게 좋아." 그가 코트니에게서 시선을 떼지 않은 채 말했다. "미국 사람들은 섬세함의 가치를 간과하는 경향이 있어." 앤서니가 갑자기 입을 다물더니 코트니를 계속 바라보았다.

"저녁 먹고 나서 뭐 할래?" 앤서니가 부드럽게 물었다. "뭐든 네가 하고 싶은 걸 하자."

"아, 모르겠어. 네가 제안을 해봐."

"어디 재밌는 데 가서 술을 마셔도 좋지." 앤서니가 말했다. "불법적인 지하 카페를 몇 군데 알거든. 그런 데 별로 관심 없으면 조명이 밝고 거울과 묵직한 목재가 우아함의 상징인 줄 아는 일반적인 데 가도 되고. 아니면 피에르 호텔에 돌아가서 룸서비스로 포도주를 시켜도 돼. 뭐든 너 좋을 대로."

코트니는 생각해보지도 않고 대답했다. 코트니가 깨닫지 못했지만 이미 한참 전에, 어느새 결정이 내려진 것 같았다. 코트니는 마음 깊이에서 생각했다. 두려워할 필요 없어. 지난번에 앤서니를 거부했었잖아, 그는 억지를 부릴 사람이 아니야— 앤서니에게는 여자가 너무 많아. 내가 다룰 수 있어. 게다가 앤서니와 이야기를 하면서 그에 대해서 더 많이 알고 싶어. 이렇게 생각하면서도 확신은 없었지만, 어쨌든 그것은 중요하지 않았다. 앤서니와 함께 있을 때는 위기도 결심도 없었다. 모든 일이 그냥 일어났다.

두 사람이 택시를 타고 피에르 호텔로 가고 있을 때 그 질문이 너무나 아무렇지 않게 튀어나왔다. 코트니와 앤서니는 택시를 타고 아무 말도 없이 파크 애비뉴를 지나가고 있었다. 코트니는 차창 밖을 내다보면서 뉴욕에서 처음 택시에 타서 바깥을 내다보았던 때를 떠올렸다. 그녀에게는 너무나 낯설고 알 수 없는 풍경이었다. 이 도시에서 어떤 일을 겪게 될까 생각했었다. 하지만 앤서니를 만나게 될 줄은, 그와 함께 차를 타고 그때와 같은 길을 지나갈 줄은 상상도 하지 못했다. 앤서니는 아무 말없이 코트니를 살펴보고 있었다. 그가 코트니의 허벅지에 손을 얹었다. 코트니는 거부하지 않았다. 낯 뜨거운 행동이 아니라 스스럼없는 행동일 뿐이었다.

"언제였어?" 앤서니가 부드럽게 말했다.

"열여섯 살 때." 코트니가 말했다. 왜 너무나 쉽게, 주저하지도 않고 말했을까?

"열여섯이라." 앤서니가 되풀이했다. "정말 멋지네. 그리스인들 같아."

별로 멋지지 않아. 코트니가 씁쓸하게 생각했다. 생각처럼 그렇게 낭만적이지 않았어. 약간은 자포자기였을지도 몰라.

"얼마나 많이 했어?" 앤서니가 계속 물었다.

코트니는 당황했다. 코트니는 딱 한 사람이었다고, 그 정도로 어리다고 말하고 싶지는 않았다.

"그렇게나 많아?" 앤서니가 미소를 지었다.

"아, 아니야." 코트니 황급히 말했다. "셀 수 없을 정도로 많다거나 그런 게 아니라." 코트니는 허둥거리면서 더 이상 아무 말도 하지 않았다. 코트니는 정말 너무나 어렸다.

앤서니는 미소만 지을 뿐 아무 말도 없었다. 더 이상 아무 말도 필요하지 않았다. 너무나 간단하게 결정되었고, 어떤 위기도 없었다.

그 일은 너무나 간단하게 일어났다. 그날 밤의 자연스러운 흐름을 따라 너무나 쉽게 일어났다. 코트니는 그 일이 어떻게 일어났는지 아직도 몰랐지만 스스로에게 그 이유를 묻지도 않고 나른하게 자기 팔을 어루만졌다. 코트니는 자신을 보는 앤서니의 시선을, 옆자리에 누워서 말없이 그녀를 바라보는 시선을 의식했다. 코트니는 오랜 전통을 가진 호텔답게 우아한 가구가 갖추어진 앤서니의 스위트룸을 둘러보았다. 침대 옆 바닥에는 앤서니의 흰 가운이 버려진 처녀성처럼 아무렇게나 던져져 있었다. 코트니는 베개에 기대어 누웠다. 앤서니가 일어나서 축음기를 켠 다음 바흐의 레코드판을 올리고 잠시 듣더니 레코드판을 다시 내렸다.

"아니야." 앤서니가 혼잣말을 했다. "바흐는 아니야. 세상에, 바흐는 안 되겠어."

그런 다음 베네딕트회 수도사들이 부르는 그레고리오 성가(聖歌) 레코드판을 올렸다. 앤서니가 잠시 귀를 기울이더니 미소를 지었다.

"그래." 앤서니가 말했다. "이게 좋겠어." 그가 코트니를 향해 고개를 돌렸다. "잠깐 실례, 찬물로 샤워 좀 하고 올게."

잠시 후 앤서니가 수건으로 어깨를 닦으며 돌아왔다.

"네 몸은 정말 아름다워." 코트니가 말했다.

"당연하지." 앤서니가 말했다. "아름답지 않은 것은 도덕적으로도 옳지 않아."

"도덕적이지 않다고?"

"응." 앤서니가 미소를 지었다. "육체의 도덕성이지."

"이교도적이다." 코트니가 말했다.

"꼭 그렇지는 않아." 앤서니가 거울 앞에 서서 검고 풍성한 머리카락을 빗었다. "네 가톨릭 정신에도 새겨져 있어." 그가 덧붙였다. "있지, 나도 가톨릭 신자로 태어났거든. 물론 금욕적으로 육체를 부정하게 되면서 육체의 도덕성은 채찍질과 학대에 가려졌지만 말이야. 하지만 가톨릭교에는 아직 그런 정신이 남아 있어. 자살이 대죄라는 사실에도 그 정신이 담겨 있지. 몸의 학대에 반대하는 거잖아. 코트니, 난 그냥 종교의 머리 부분만 잘라낸 거야. 종교의 가르침에서 완전히 멀어질 수는 없었지. 내가 구할 수 있는 것들을 가져와서 다시 정리했을 뿐이야." 앤서니가 다시 한번 말했다. "그게 바로 육체의 도덕성이지."

"다시 정리하면서 분명히 왜곡했을 거야."

"어째서 왜곡이라고 고집해? 왜 내가 삶을 보는 시선이 왜곡되었다는 거야?"

"사실이 그러니까." 갑자기 화가 치민 코트니가 말했다. "넌 자신과 사랑을 나누고 있잖아."

"나 자신과?"

"그래. 넌 다른 사람과는 사랑을 나눌 수가 없어."

앤서니가 침대에 누워 있는 코트니 옆에 앉았다. 그의 육체는 젊고 우아했다.

"그래, 난 사랑을 못 해." 앤서니가 말했다. "네 말이 맞아."

"난 사랑을 요구하는 게 아니야." 코트니가 화를 내며 말했다. "사랑에 대해서 말하는 게 아니라고. 사랑을 나누는 것에 대해서 말하는 거지."

"그렇다면 난 네가 무슨 말을 하는 건지 모르겠다, 코트니."

코트니가 혀로 아랫입술을 훑었다. "그러니까 내 말은, 넌 불구라는 거야. 자신을 혐오하기 때문에 타락하고 있어."

"아, 코트니." 앤서니가 말했다. "정말 이래서는 안 되는 건데. 넌 편안하게 기대 눕거나 그래야지 절대 나한테 화를 내서는 안 되는 거야. 아니, 이건 옳지 않아."

"넌 자신이 멋진 연인인 줄 알지." 코트니가 말했다.

앤서니가 코트니를 물끄러미 보았다. 베개에 기댄 코트니의 몸은 창백하고 사랑스러웠다.

"귀여운 코트니, 너 맞아본 적 있어?"

"정말 웃긴 연극이네." 코트니가 말을 이었다. "억지로 그런 척하는 거야. 하지만 실제로는 그렇게 살지 못하지. 아마 항상 실패할 테고."

태연한 척하던 가면이 벗겨졌다. 앤서니는 한 대 얻어맞은 듯한 표정이었다.

"왜 나한테 상처를 주려는 거야?" 앤서니가 부드럽게 물었다.

"추하니까." 코트니가 고개를 돌려 베개에 얼굴을 묻으면서 절망적으로 말했다. "추하다고. 죽은 나뭇잎들이 자꾸 날 따라다녀. 거기서 벗어날 수가 없어."

코트니를 보는 앤서니는 상처받은 소년 같은 표정이었다. 앤서니가 선이 부드러운 코트니의 어깨에 손을 얹었다. 코트니의 육체는 너무나도 젊었고, 코트니는 완전히 길을 잃고 헤매고 있었다.

"추하지 않아." 앤서니가 조용히 말했다. "전혀 추하지 않아. 날 믿어. 사랑을 나누는 것은 아름답기만 한 거야. 짧을지는 몰라도 아마 유일한 아름다움일 거야, 전혀 추하지 않아."

앤서니가 코트니의 양손을 잡았다.

"잠깐 일어나봐, 코트니. 보여주고 싶은 게 있어."

코트니가 앤서니를 보았다. 앤서니의 표정이 비장하고 상냥했기 때문에 코트니는 처음으로 그를 믿었다. 코트니가 자리에서 일어나 앤서니를 따라 방 한 구석으로 갔다. 그가 가운을 벗어서 바닥에 떨어뜨렸다.

"봐." 앤서니가 말했다. "거울을 봐."

"싫어." 코트니가 그의 어깨에 머리를 묻었다. "아니, 보기 싫어. 보라고 하지 마."

앤서니가 그녀의 등에 손을 얹고 손가락으로 목덜미를 따라 올라갔다.

"보라고 했잖아." 엄한 목소리였다.

코트니가 고분고분 고개를 돌려 거울을 보았다.

"뭐가 보여?" 앤서니가 물었다.

"나. 하지만 마음에 안 들어."

"내 눈에는 그렇지 않아." 앤서니가 말했다. "난 아름답고 젊은 두 육체가 보여. 저 거울 속에 추한 건 하나도 없어. 거울은 우리를 그대로 비추고 있지만 추한 건 하나도 없어."

앤서니가 코트니를 품에 안고 다시 침대로 이끌었다. 코트니가 그의 가슴에 머리를 기대자 앤서니가 그녀를 끌어당겨 안았다.

"가엾은 코트니." 앤서니가 말했다. "가련하고 정숙한 아이구나."

코트니가 혼자 미소를 지었다.

"있잖아, 처음 만났을 땐 널 이해 못 했는데 이젠 조금 이해가 돼. 넌 자신을 정말 싫어하는 것 같아."

"맞아, 난 내가 싫어." 앤서니가 말했다. "내가 불구라는 비난도 맞는 말이야. 내가 누구도 사랑할 수 없는 건 나 자신을 사랑하지 않기 때문이야." 그가 생각에 잠겨 말했다. "난 말을 타고 위험한 코스를 최고 속도로 달려도 하나도 겁나지 않아. 하지만 밤에 어둠 속에 혼자 있으면 너무 무서워."

"이제 곧 가야 돼." 코트니가 말했다. "집에 가면 너무 무서울 거야. 또 내 자신을 배신했으니까, 이제 나 자신을 믿을 수 없다는 걸 아니까. 잠깐이지만 난 나를 믿을 수 있다고 생각했어. 그런데 널 만났고, 널 원했지. 네가 추한 건 하나도 없는 비밀 세상을 가진 줄 알았거든. 네가 날 거기로 데려갈 수 있을 줄 알았는데 아니었어, 내가 틀린 거야."

"포도주 한 잔 마시자." 앤서니가 말했다. "그리고 추한 건 잠시 잊겠다고 약속해. 알잖아, 추하다는 생각을 계속 떠올리려거든 차라리 망각 속에서 사는 게 나아. 삶에서 네가 얻을 건 아무것도 없으니까. 추한 건 어디에나 있어, 그냥 무시하면 돼."

"예전에도 누군가가 그렇게 말했었지." 코트니가 말했다.

"맞는 말이야." 앤서니가 말했다. "잠시라도 자존심을 잃지 않으려면 그 사실을 직시해야 돼. 그렇지 않으면 넌 끝없이 달아나려고만

하게 될 거야."

"나도 알아." 코트니가 조용히 말했다.

앤서니가 일어나서 포도주를 따라 코트니에게 잔을 건넸다.

"내가 재닛을 좋아하는 것도 바로 그 점 때문이야." 앤서니가 말을 이었다. "갠 마음의 거리낌이 없어. 절대로 사랑을 할 수 없는 애야." 그가 덧붙였다. "넌 재닛의 가장 친한 친구지만 그 사실은 모를 거야. 하지만 난 그걸 깨달을 수 있는 위치에 있거든. 재닛은 추한 것을 알아보더라도, 자기 자신을 싫어하더라도 다른 사람에게 절대 그 사실을 알리지 않아. 재닛은 한없이 유쾌하기만 하고, 자신의 불행이나 불만을 남을 향해서 터뜨리지 않아. 집안은 정말 끔찍하고, 데이트하는 남자애들은 정말 쉬운 여자라고 등 뒤에서 비웃지. 재닛은 그런 남자애들을 만나면서 사랑 따위 없는 가정에서 한숨 돌린다고 생각하는데 말이야."

"너한테 이런 얘기를 하지 말았어야 했는지도 모르겠네." 코트니가 침착하게 말했다. "나 자신에게 불만이 있다고 해서 너한테 이런 말을 할 권리는, 너한테 상처를 줄 권리는 없는 건데."

"아니야, 코트니. 내 말은 그런 뜻이 아니야. 너랑 나는 서로 얘기를 하잖아, 아무리 조금이라도. 하지만 재닛은 아무한테도 말을 하지 않아. 너한테 말할 것 같지도 않은데?"

코트니가 고개를 끄덕였다.

"남자친구들한테 말 안하는 건 확실하고. 내가 예언 하나 할까, 아주 확실한 예언 말이야. 일 년 안에 재닛은 심각한 신경쇠약에 걸릴 거야."

“재닛이?” 코트니가 미소를 지었다. “아니, 재닛은 아니야. 갠 언제나 즐겁고 용감하니까. 재닛은 자기 삶을 잘 통제하고 있어.”

“뭐, 아마추어의 예측일 뿐이야. 그러고 보니 우리, 네 얘기하는 중이었잖아. 내일 만나자. 어쩔 수 없는 일만 아니라면 널 지금 보내지 않을 거야. 너한테 많은 걸 해줄 수 없을지는 모르지만 네가 이런 기분으로 혼자 있게 하고 싶지는 않아. 어렴풋이나마 책임감이 느껴지거든.”

코트니가 앤서니를 보며 미소를 지었다. “그렇게 나쁜 사람은 아니지, 그렇지? 그렇게 다르지도 않고.”

“코트니.” 앤서니가 미소를 지었다. 그런 다음 코트니를 안고 머리를 어루만졌다. “언제 만날 수 있을까?”

“일어나면 전화할게.”

“약속해.” 앤서니가 말했다. “일어나자마자 하는 거야.” 그가 한숨을 쉬었다. “이제 내 사회생활은 끝장이네. 정숙한 아이의 연인이 되다니 말이야. 이런 운명은 상상해본 적도 없는데. 아일랜드계 여자애랑 얽힐 만큼 어리석지는 않은데 말이야. 아일랜드 애들은 다들 너무 우울하고, 열정적이고, 무슨 일에 대해서든 끔찍할 정도로 양심의 가책을 받거든.” 앤서니가 말했다. “있잖아, 널 계속 만나진 못할 거야. 잠깐뿐이야. 일부다처제를 믿는 내가 곧 다시 모습을 드러낼 테니까 말이야.”

“물론 넌 그렇게 생각하겠지.” 코트니가 미소를 지었다. “두고 봐. 넌 시작이 별로 좋지 않았어. 가면을 벗었잖아. 스스로 약점을 드러낸 거지.”

“코트니.” 앤서니가 말했다. “맞아본 적 있어?”

두 사람은 웃음을 터뜨렸다. 이제 더 이상 추하지 않았다.

18

그날 밤 집으로 돌아온 코트니는 두렵지 않았다. 잠에서 깨어나 맨 처음 든 생각은 사랑받았다는 것이었다. 외로움이라는 짐도 죄의식도 느껴지지 않아서 놀랍고 기뻤다. 사랑이 없었기 때문이다. 사실 욕망도 없었기 때문에 죄책감도 없었다. 그냥 그렇게 되었을 뿐이다. 코트니는 앤서니를 또 만나기를 고대하면서 다시 생각했다. 어쩌면 이게 내가 찾던 걸지도 몰라. 이게 악하지도 추하지도 않은 사랑일지도 몰라.

코트니는 며칠 동안이나 치우지 않았던 방을 청소한 다음 앤서니에게 전화를 걸었다. 엄마는 나가고 없었다. 텔레비전 드라마에 특별 출연을 하게 되어 리허설을 하러 갔다. 코트니는 엄마가 집에 없어서 안심했다. 엄마가 다시 일을 하게 되어 다행이었다. 손드라가 말했듯이 "예전" 같았다. 하지만 지금은 좀 달랐다. 코트니는 더 이상 엄마의 성공에, 각종 요금을 내거나 저녁을 살 능력에 의지하지 않는 기분이었다. 코트니는 할리우드에서 엄마가 일을 할 때 자주 그랬던 것처럼 직접 아침 식사를 준비하면서, 처음에는 배리와, 그 다음에는 재닛의 친구들과, 그리고 이제는 앤서니와 함께하면서 자기 삶이 엄마의 삶과 얼마나 멀어졌는지 깨달았다. 독립했다는 느낌이 들어서 마음이 놓였다. 자신의 삶을 엄마가 아닌 남자들 주변에 두는 것이 더욱 안전하게 느껴졌다. 적어도 남자들은 실패하면 바꿀 수 있었다.

앤서니가 데리러 오겠다고 했지만 코트니는 혼자 피에르 호텔로 가는 쪽을 택했다. 엄마는 집에 없었지만 관리인이 엄마에게 코트니가 젊은 남자랑 나갔다고 말할지도 몰랐다. 코트니는 앤서니와 얼마나 많은 시간을 보내는지 엄마가 알기를 바라지 않았다. 코트니는 재닛과 영화를 보러 나간다고, 아마 저녁도 같이 먹고 칵테일 파티에 갔다가 올 거라고 쪽지를 남겼다. 코트니는 엄마에게 남긴 쪽지에 자신이 보낼 하루를 전부 설명하려고 주의를 기울였다. 코트니는 전화기 옆에 쪽지를 놔두면서 자식들이 부모님을 얼마나 많이 속이는지 생각했다. 하지만 이 편이 친절한 것이었다. 자식들을 더 잘 알게 되면 부모님은 상처를 받으실 것이다. 코트니는 지하철과 앤서니의 스위트룸 사이의 대조가 재미있었기 때문에 지하철을 탔다. 피에르 호텔로 걸어가는 길에 코트니가 기뻐하며 생각했다. "난 항상 가슴 설레며 살고 있어." 하지만 자신이 엄마 같다는 느낌이 들어서 생각을 멈추었다. 코트니가 문을 두드렸다.

"안녕, 코트니." 앤서니가 아무렇지 않게, 별로 친한 척 굴지도 않고 인사했다. "거실로 가자. 아침엔 침실에 있으면 우울해." 거실로 가는 길에 앤서니가 말했다. "아침에 침대는 벗어나야 할 곳일 뿐이야." 앤서니가 코트니를 보았다. "아침 내내 네 생각했어, 코트니. 아, 아침은 먹었어?"

"응, 오기 전에 먹었어."

"음, 그럼 나랑 커피 마시자."

"앤서니, 나 때문에 깬 거야? 아직 면도도 안 했네."

"아니야." 앤서니가 미소를 지었다. "수염을 기르기로 했어. 몇 주 전에 사흘 동안 길렀는데, 엘리베이터맨들한테 놀라운 효과가 있더라고. 거기 어울리는 사악한 직업을 못 찾아서 깎았지만."

"음, 다시 깎아야 될 것 같은데. 바보 같아 보여."

"코트니, 넌 항상 사람 기운을 다 빼버리는구나. 커피는 블랙?"

코트니가 고개를 끄덕였다.

"오늘 아침은 진짜 지루했어, 코트니. 그런데 지루함에서 벗어날 수 있다는 희망도 없는 거야. 난 아침에 사랑을 나누는 건 야만적인 관습이라고 생각하거든."

코트니는 갑자기 내가 여기서 뭘 하고 있는 걸까 싶었지만 그 느낌은 금방 지나갔다. 코트니가 커피를 마셨다.

"오늘 아침은 우울해, 코트니?"

"아니, 아닌 것 같은데."

"이리 와, 내 옆에 앉아." 앤서니가 커피를 내려놓으며 말했다. 그의 옆에 가서 앉자 다시 평화로운 느낌이었다. "내가 너한테 얘기를 해줄 거야." 앤서니가 말했다.

"싫어." 코트니가 말했다. "일탈에 대한 얘기를 또 하려는 거라면 사양할래."

"아니야." 앤서니가 말했다. "이건 어떤 아이 얘기야."

코트니는 앤서니의 품에 편안하게 자리를 잡았다.

“어린 시절을 잃어버린 작은 남자아이의 얘기지.” 앤서니가 낮고 부드러운 목소리로 말했다. “아이는 부유하고 지루한 환경 속에서 자랐고, 그 애의 방은 전쟁이 일어나기 전 리비에라의 사유지 해변에 있었어. 가늘고 하얀 모래와 조용한 바다가 어우러진 사랑스러운 해변이었고 항상 태양이 내리쬈지. 해변 끝 절벽에는 아주 신비한 동굴이 몇 개 있었어. 정말 이상적인 아기방이었지. 거기서 아이는 자기 어린 시절과 같이 놀곤 했어, 수영도 하고 복잡한 모래성도 쌓으면서. 아이에겐 어린 시절이라는 친구가 있었으니까 부모님은 가정교사도 없이 아이 혼자 노는 것에 불만이 없었어. 둘은 정말 잘 어울렸지. 그래서 부모님은 어린 아들을 전혀 걱정할 필요 없이 매력적인 사람들한테 푸짐하게 차린 점심을 대접하며 지냈어.”

“해변에 다른 사람은 없었어?” 코트니가 물었다. “그러니까, 그 애는 하루 종일 혼자서 놀았냐고?”

“말했잖아.” 앤서니가 참을성 있게 말했다. “사유지였다니까. 게다가 그 애는 같이 놀 어린 시절이 있었어. 자, 그렇게 이론적인 질문으로 내 얘기를 방해하지 마.”

코트니는 꾸지람을 듣고 고개를 끄덕였다. 앤서니는 그녀의 이마에서 머리카락을 부드럽게 쓸어 넘기며 다시 이야기를 시작했다.

“소년은 정말 행복했어. 걘 어린 시절을 아주 좋아했고, 혼자서는 아무데도 가지 않았지. 어느 날 아이는 절벽 동굴을 탐험하고 있었어. 사유지 해변을 떠나본 적이 없었기 때문에 탐험을 하자 무척 흥분되었지. 동굴 속은 어두웠어. 아이는 어둠에 익숙하지 않았지. 걔가 놀던 해변은 항상 햇볕이 비췄으니까. 동굴로 들어가자 아이는 약간 무서웠지만 흥분 때문에 무서움은 금방 잊었어. 아이는 터널 속을 헤매느라 어린 시절에게 주의를 기울이는 것도 잊었지. 그리고 동굴이 절벽을 통과해서 뚫려 있다는 사실을 깨닫고 정말 신이 났어. 앞쪽에 햇살이 보였지. 반대쪽 끝으로 나온 아이는 어느새 그 무시무시한 공용 해변에 있는 자신을 발견했어. 남자들이 여자들의 등에 선탠 오일을 발라주거나 「타임스」로 얼굴을 가리고 누워 있는 그런 해변 말이야. 정말 충격적인 장면이었기 때문에 아이는 서둘러 동굴로 돌아갔어. 굴을 통과해서 자기 해변으로 나와서 뒤를 돌아본 아이는 두 해변 사이 어딘가에서 어린 시절을 잃어버렸다는 사실을 깨달았지."

"되찾으러 가지 않았어?"

"응, 당연히 안 갔어." 앤서니가 시무룩하게 말했다. "네가 꼭 알아야겠다면, 동굴에 대고 소리쳐 불렀지만 대답이 없었고, 그래서 가엾은 아이는 빌라로 걸어 돌아가서 알렉산더 브랜디를 한 잔 마셨어."

"두 번 다시 못 찾았구나." 코트니가 실망하며 말했다.

"응." 앤서니가 엄숙하게 말했다. "영영 잃고 말았지."

"정말 슬픈 얘기네. 근데 이 얘기의 교훈은 뭐야?"

"교훈은 너무 분명하잖아, 코트니. 네가 그걸 모를 정도로 멍청하다면 굳이 설명해주진 않겠어. 이야기 마음에 들어?"

"그래." 코트니가 말했다. "아주 마음에 들어."

"이젠 기분이 좀 나아졌어?"

"응." 코트니가 미소를 지었다.

"그럴 줄 알았어." 앤서니가 말했다. 그가 손가락으로 코트니의 입

술을 따라 곡선을 그렸다. "아침에 사랑을 나누는 것이 그렇게 야만적이지 않을지도 몰라." 앤서니가 생각에 잠겨 말했다.

"그럴지도 모르지."

부드러운 햇살이 반쯤 내려온 베네치아식 블라인드를 통해 쏟아져 들어왔다. 아주 조용했고 이 방 바깥에 삶이 있음을 나타내는 표시는 하나도 없었다.

"몇 년이든 여기 누워 있고 싶어." 앤서니가 말했다. "지금처럼. 사랑을 나누고 이렇게 누워서 지내는 거야."

"아침이면 사람들은 일을 하러 가겠지." 코트니가 말했다. "그런 다음 집으로 돌아가서 아내에게 잔소리를 하고, 각종 요금을 내고, 이 방 바깥에서는 다들 나이를 먹을 거야. 그러는 동안 우리는 비밀 장소에 숨은 아이들처럼 여기에 그냥 누워 있고."

"모래성을 쌓으면서 말이지." 앤서니가 미소를 지었다. "우리 얘기가 좀 바보 같다는 걸 알긴 해?"

"아니. 별로." 코트니가 생각에 잠겨 말했다. "내가 보기엔 가만히 앉아서 요금이나 내는 사람들이 더 바보 같아."

"생각해봐." 앤서니가 말했다. "지나치게 열심히 살지도 않고, 위험을 무릅쓰지도 않고, 정상에 오르려고 하지도 않는 거야."

"난 우리가 정상에 오를 수나 있을지 모르겠는데." 코트니가 생각에 잠겨 말했다. "비밀 정원의 벽을 기어오를 수는 있을지 모르겠지만, 그 이상은 안 될 거야."

"바깥세상을 보고 겁에 질려서 다시 떨어지는 건가?" 앤서니가 아이처럼 코트니의 가슴에 머리를 기대고 엄지손가락으로 그녀의 팔을 쓸었다. "네 말이 맞을지도 몰라. 난 정상에 오르려고 최선을 다했지. 사랑을 나누고, 목숨을 걸고, 때로는— 엇나가던 어린 시절 얘긴 하지만—" 그가 미소를 지었다 "약간 불법적인 일에도 연루되기도 했고. 하지만 아무것도 도움이 되지 않았어. 여전히 뭔가 부족했지."

"잘 모르겠어, 정말. 가끔은 높이 오르기 위해서 아이로 돌아갈 필요가 있는 것 같아— 그러니까, 환상이 필요한 것 같아. 그런데 또 가끔은 어른의 현실이라는 가혹한 빛이 필요한 것 같기도 하고. 아이들은 모래 언덕만 오르는 것 같잖아."

"우린 선택권이 없어." 앤서니가 말했다. "넘칠 정도의 기쁨을 알기 위해서 어른이 돼야 한다면, 난 희망이 없어. 그래서 난 아이들만이 최고의 황홀경 속에서 혼자 편안한 죽음을 맞이할 수 있다고 생각하는 게 좋아. 하지만 이건 이론적인 문제야." 앤서니가 시무룩하게 말했다. "그래서 생각하다 보면 우울해져."

"포도주가 좀 필요해." 코트니가 말했다. "그리고 점심도. 공상에서 잠시 내려오려면 말이야."

"그래." 앤서니가 슬프게 말했다. "그런 것 같네."

"어디로 갈까? 어디 특별한 곳, 근사하고 어둡고 멋진 백포도주를 마시면서 플랑베(고기나 생선 디저트를 요리할 때 브랜디 등 술을 끼얹고 불을 붙여서 향이 배게 하는 요리법. 주로 요리사가 손님 앞에서 직접 요리를 한다/옮긴이)를 먹을 수 있는 곳에 가고 싶어."

"아는 데가 있어." 앤서니가 말했다. "넌 취향이 참 고급이구나, 코트니."

"늘 그렇진 않아." 코트니가 말했다. "하지만 항상 아주 비싸거나 끔찍하게 싼 음식을 먹었지. 어중간한 건 싫어. 가난한 것도 부유한 것도 멋지거든, 둘 다 극단적이니까. 하지만 어중간한 건 영혼에 좋지 않아."

"슈래프츠 같은 데 말이지." 앤서니가 말했다. "좋은 곳이야, 음식도 몸에 좋고 가격도 적당하지."

"여자 세 명이서 서로 돈을 내겠다고 싸우고."

"바로 그거야." 앤서니가 말했다. "험프리 보거트의 초기 영화에 나오는 것처럼 더러운 앞치마를 두른 망명자들이 가져다주는 50센트짜리 식사가 훨씬 낫지."

"있잖아." 코트니가 말했다. "우린 분명히 즐겁게 살 거야."

식당은 딱 코트니가 원하던 곳이었다. 돌계단을 걸어내려가 식당으로 들어가서 자리에 앉자 두 사람은 낮이라는 사실 자체를 잊었다.

조명이 어둑어둑한 식당에 젊은 사람이라고는 앤서니와 코트니밖에 없었고, 식당은 느긋하게 저녁 식사를 하는 사람들로 반 정도 차 있었다. 뉴욕에 이런 곳이 있는지도 몰랐던 코트니는 이 식당에 매료되었다. 돈은 걱정할 필요가 없었다. 세상은 앤서니가 일할 필요 없이 먹고 살 수 있게 해주었으니까.

코트니가 태연한 척 앉아 있는 동안 웨이터가 구운 오리고기에 불을 붙여 장엄한 의식을 거행했다. 웨이터가 떠나자 코트니는 포도주를 한 모금 마신 다음 앤서니를 보았다. 그녀는 편안하고 아주 어려 보였고, 어둠 속에서 보니 눈동자가 정말 초록색이었다.

"정말 행복하다." 코트니가 말했다.

앤서니는 몇 분 동안 말없이 그녀를 보았다.

"있잖아." 앤서니가 미소를 지었다. "정말 조심하지 않으면 너랑 사랑에 빠질 것 같아."

"아, 그건 안 돼." 코트니가 엄숙하게 말했다. "그것만은 안 돼."

"반대야?"

"나랑 절대 사랑에 빠지지 않겠다고 약속해줘."

"정말 이상한 애구나." 앤서니가 말했다. "네가 정 원한다면 약속할게."

"약속 꼭 지켜야 돼, 수도사의 서약처럼."

"최선을 다할게, 코트니. 네 말이 맞으니까. 사랑에 빠지면 우린 모험에서 비참하게 실패할 거야. 의심과 질투라는 거대한 유령이 우리 방으로 몰래 들어오겠지. 우린 맹세를 지키면서 순수함을 지켜야 돼."

"정말 좋은 포도주네." 코트니가 갑자기 말했다. "그리고 여긴 정말 매혹적이야. 마음에 들어." 코트니가 생각에 잠긴 눈으로 앤서니를 보았다. "아니, 이런 말은 하면 안 되는데, 너랑 같이 있는 게 매혹적이라는 말은 하면 안 되는데."

"그래, 그런 말은 하면 안 돼."

"우리 참 바보야, 그거 알아?"

"나도 오늘 한두 번 정도 그런 생각이 들었어." 앤서니가 말했다. "자, 이제 네가 그렇게 먹고 싶어하던 저녁이나 먹자고."

"그 다음엔 뭘 할까?"

"모르겠어. 그게 중요해?"

"전혀." 코트니가 생각에 잠긴 채 대답했다.

19

시간은 무심하게 흘러갔고 도시는 7월의 압도적인 열기 속에 가라앉았다. 코트니는 한 달 동안 거의 하루도 빠짐없이 앤서니를 만났기 때문에 더위를 식히려는 헛된 노력으로 옷을 벗고 침대에 누워 있으려니 혼자라는 사실이 어색하게 느껴졌다. 코트니가 느지막하게 일어났을 때 앤서니가 전화를 걸어서 저녁에 변호사들이랑 저녁 식사를 해야 한다고 말했다. 앤서니의 땅에 대해서 논의 중인데 저녁 식사가 끝난 후에도 몇 시간은 더 이야기를 나눠야 한다고 했다. 코트니는 엄마랑 저녁 식사를 하든지 혼자 저녁을 먹어야 했는데, 둘 다 마음에 들지 않았기 때문에 재닛에게 전화를 걸기로 했다. 재닛은 코트니의 목소리를 듣고 무척 반가워했다.

"코트니, 무슨 일 있어? 몇 번이나 전화했었는데 항상 외출 중이더라. 열렬한 사랑에 빠지기라도 한 거야?"

"정신없이 바빴어." 코트니가 대답했다. 코트니는 지난겨울 재닛이 앤서니의 섬에 갔을 때 둘이 어떤 사이였는지 알았기 때문에 조금은 배신자가 된 듯한 느낌이 들어서 재닛에게 앤서니 이야기를 하고 싶지 않았다. "정말로 전화하려고 했어." 코트니가 말을 이었다. "오늘 저녁에 뭐 해?"

"저녁엔 아무 일도 없어. 그냥 가족들이랑 지내는 거지. 하지만 저녁 먹고 나서 피트 머리의 칵테일 파티에 갈 거야. 피트 기억 나?"

"어렴풋이. 음, 그럼 저녁 때 만날래?"

"그럼 좋지. 너도 파티에 같이 가자. 피트는 신경 안 쓸 거야."

"같이 갈 남자애가 없는데—"

"있으나 없으나 별 차이 없어. 거기 오는 애들 너도 다 알 텐데 뭐. 정말 어마어마할 거야. 피트네 집 전체가 우리 차지거든. 가족들이 주말 내내 집을 비워서 이 동네 말썽꾼들이 다 온대."

코트니는 파티가 아무리 엉망이어도 최소한 집에 혼자 앉아 있는 것보다 낫다는 사실을 알았다. 요즘 들어 부모님과 함께 있는 것이 점점 더 불편해졌다. 어느 정도 부모님을 배신하고 있다는 사실이 의식되었기 때문이고, 또 부모님을 위해서 앤서니와의 삶을 철저히 숨겨야 한다는 사실을 고통스러울 정도로 잘 알았기 때문이다. 집에서 이중적인 삶을 지킨다는 것은 정말 어려운 일이었기 때문에 코트니는 가능한 한 부모님과의 접촉을 피했다.

"재닛, 그 파티 정말 가고 싶다." 코트니가 마침내 말했다. "내가 저녁 먹으러 가도 될까?"

"음, 나야 네가 오면 좋지, 코트니. 엄마 아빠 집이지만 내 집이기도 하니까. 식사 시간이 정말 따분할까봐 걱정되긴 하지만. 엄마가 돌아오셨고 아빠도 같이 드실 거거든."

"괜찮아, 재닛. 만나고 싶어. 그동안 전화 못 해서 정말 미안해."

"그런 걱정은 하지 마, 코트니. 그럼 바로 올 거야? 벌써 다섯 시 아니야?"

"그래. 여섯 시쯤 갈게. 이따 봐, 재닛."

코트니는 익숙한 재닛의 집에 오니 마음이 놓였다. 앤서니와 헤어지더라도 돌아갈 친구들이 있다는 사실을 떠올리자 안심이 되었다. 코트니는 비밀의 정원이 황폐해질 이유가 없다고 생각했지만, 큰 대가를 치르면서 배운 신중한 태도가 아직 남아 있었다.

거의 삼 년 만에 만났지만 파커 부인은 코트니의 기억 그대로였다. 재닛의 어머니는 날씬했고, 작고 균형 잡힌 이목구비와 둥글둥글하고 여성스러운 얼굴을 가지고 있었다. 「뉴욕 타임스」의 사교면에 "자선모금"이라는 제목과 함께 실리는 사진에 매일 나올 법한 여자였다. 파커 부인은 뭐라 말할 수 없는 검은색의 정장을 입고 셰리주 잔을 들고 있었는데, 지금 막 건네받아서 아직 익숙해지지 않은 시대극 소품 같았다. 코트니가 안으로 들어가자 파커 부인이 인사를 하려고 소란스럽게 일어섰다. 마치 코트니가 언제나처럼 버번 잔을 들고 창가에 앉아 있는 파커 씨에게 주의를 기울이지 않게 하려고 애쓰는 것 같았다.

"코트니, 만나서 정말 반가워. 진짜 오랜만이구나. 한참 전에 너랑 재닛이랑 스케이스브룩에 다닐 때 추수감사절 휴가 때 만났지? 그런 것 같구나. 그동안 많이 변하고 더 성숙해졌구나. 뭐, 그럴 만도 하지." 재닛의 어머니가 살짝 웃으면서 말했다. "네가 저녁을 먹으러 온다는 말을 듣고 정말 기뻤단다. 많이 보고 싶었거든." 이런 이야기를 하면서 코트니가 서 있는 거실 반대편에 다다른 파커 부인이 코트니의 뺨에 입을 맞추었다. 코트니가 아주 어렸을 때 이후로는 늘 싫어하는 행동이었다.

"다시 뵙게 되어 반가워요, 아주머니. 정말 좋아 보이시네요." 코트니가 겨우 말했다.

"데이비드." 파커 부인이 남편을 불렀다. "코트니가 와서 정말 기쁘지 않아요?"

"그래." 파커 씨가 의자에 앉아 꼼짝도 하지 않은 채 말했다. "어떻게 지냈니, 코트니? 재닛 말로는 가을부터 개인교습 학원에 다닌다면서."

"네." 코트니가 대답했다. "엄마가 스케이스브룩 같은 규칙 없이 공부에만 집중하는 게 좋을 것 같다고 하셔서요."

"있잖아." 파커 부인이 머리를 기울이며 말했다. "나도 재닛이 작년에 다니던 학교로 돌아가지 말고 개인교습을 받는 게 좋지 않겠느냐고 이 사람한테 얘기하던 참이었어. 재닛이 학교에서는 별로 행복한 것 같지 않아서 말이야."

재닛이 웃었다. "학교에서 아빠 앞으로 편지가 왔는데, 내가 다른 학교로 옮기면 더 행복할 거라고 했거든. 그러면 자기들도 더 행복할 거라고 암시하면서 말이야. 예의 바른 퇴학 통지인 셈이지."

"좋은 생각일지도 몰라." 코트니가 말했다.

"좀 알아봐야겠어요, 그렇죠, 데이비드?" 아무 대답이 없자 파커 부인이 다시 말했다. "너희 선생님 이름은 뭐니?"

"비글로 씨요." 코트니가 대답했다. "적어드릴게요."

코트니는 개인교습 학원 이름과 주소를 적으면서 파커 씨를 보았다. 그는 정말 이상하고 늘 화가 나 있었다. 버번을 든 파커 씨는 자신이 불쌍하다고 생각하는 것 같았다. 코트니는 재닛의 말이, 파커 부인이 집에 오면 파커 씨가 더 심해지고 재닛과 둘만 있으면 서로 어느 정도 이해하지만 다른 사람이 집에 오면 더 자주 화를 내고 운다는 말이 떠올랐다. 재닛은 이렇게 말했었다. "새벽 다섯 시에 아빠가 일어나는 소리가 들려. 그리고 아침에 부엌에 가면 항상 싱크대에 버번 병이 5분의 1정도 비어 있다니까."

가정부가 부엌에서 나왔다.

"저녁 준비됐습니다, 파커 부인." 가정부는 이 말이, 새로운 여주인이 익숙하지 않은 듯했다.

"고마워요, 앤." 파커 부인이 말했다. "음식이 충분하면 좋겠네. 코트니, 재닛이 네가 온다는 말을 너무 늦게 했거든. 좀더 일찍 말해줬으면 좋았겠다 싶지만, 재닛이 이런 일에는 딱 부러지지 못해서 말이야. 미리 말도 안 하고선 갑작스럽게 손님을 부르거나 파티를 연다니까. 재닛이 제 아빠나 날 조금 더 생각해주면 좋겠어." 파커 부인이 나직한 목소리로 코트니에게 말했다.

"코트니, 손 씻을래? 그러니까, 화장실 가고 싶냐고." 재닛이 물었다.

코트니는 재닛의 집을 편하게 생각했기 때문에 화장실에 가고 싶으면 당연히 잠시 실례한다고 말하고서 다녀왔을 것이다. 그 사실을 아는 재닛이 쓸데없는 말을 했기 때문에 코트니는 재닛이 할 말이 있음을 감지했다.

"응, 그래." 코트니가 말했다. "잠시 실례할게요."

코트니가 재닛의 방으로 들어가자 재닛이 문을 닫고 서랍 맨 위 칸의 뒤얽힌 옷가지 사이에서 편지를 하나 꺼냈다.

"너랑 얘기하는 거 진짜 오랜만이잖아." 재닛이 말했다. "요즘 마셜 리처즈라는 정말 멋진 남자랑 몇 주째 만나는 중이야. 우린 열렬한 사랑에 빠졌어. 마셜은 나랑 결혼하고 싶어하지만 아빠가 그를 못마땅해하셔. 정말 심한 말썽꾼이거든. 항상 나쁜 소식밖에 없을 정도로. 그런데 마셜이 지난주에 뉴포트에서 편지를 보냈어." 재닛이 편지를 펼쳤다. "이 부분은 꼭 들어야 돼. '새뮤얼 P. 인설을 디즈니 만화 캐릭터로 만든 것 같은 너희 아버지가 충분히 취하셨으면 좋겠다. 다음에 널 만날 때는 지난번 같은 소동이 일어나지 않게 말이야.'"

"재밌네." 코트니가 말했다. "그런데 이게 뭐 어때서?"

"음, 한참 전부터 아빠가 내 편지를 몰래 읽는 게 아닐까 의심하고 있었거든. 그래서 난 편지를 아무데나 두지 않아. 그런데 어젯밤에 마셜의 주소를 확인하려고 서랍을 열었는데 편지가 없는 거야. 그런데 어떻게 된 일인지 오늘 아침엔 돌아와 있었어. 편지에 다른 내용도 아주 많거든. 내 몸에 대한 얘기나, 그가 날 얼마나 사랑하는지, 뭐 그런 것들 말이야."

"딱 너희 아빠가 원하시던 거네." 코트니가 말했다.

"음, 아빠는 벌써 다 아셔. 말다툼을 할 때 내가 다 말해버리거든. 그러면 아빠가 미친 듯이 화를 내시니까. 내가 지금 기분이 좋은 건 아빠가 내 편지를 훔쳐 읽는다는 증거를 확실히 잡았기 때문이야. 식사 시간에 아빠가 내 편지 읽은 거 다 안다고 말할 거야. 그래서 저녁을 먹기 전에 너한테 먼저 말해주려고." 재닛이 문 밖으로 나가면서 말했다. "식사 시간이 더 늦어지면 안 되니까 그만 가보는 게 좋겠다. 아빤 벌써 엉망으로 취했어."

코트니와 재닛이 정해진 자리에 나란히 앉았다. 가정부가 첫 번째 요리를 가져오자 네 사람은 긴장된 침묵 속에서 식사를 시작했다. 파커 씨는 우울하고 흔들림 없는 시선으로 식탁 가운데 놓인 꽃을 물끄러미 보고 있었고, 파커 부인은 하루에 딱 한 잔만 마시는 셰리주를 벌써 다 마셨기 때문에 초조하게 음식을 한 입 먹고 물 한 모금 마시기를 반복하고 있었다. 새로 채운 버번 잔이 파커 씨 옆에 놓여 있었다.

"부모님은 어떠시니, 코트니?" 파커 부인이 대화를 하려고 입을 열었다.

"잘 지내세요, 감사합니다."

"언젠가 직접 뵙고 싶구나. 아주 재능이 뛰어난 분들이실 거야."

첫 번째 접시가 나가고 수프가 나오자 다시 괴로운 침묵이 흘렀다.

"아빠." 재닛이 갑자기 말했다. "새뮤얼 P. 인설이 누구예요?"

파커 씨가 딸을 응시했다.

"왜 궁금한 거냐?"

"제가 책을 읽다가 봤거든요." 코트니가 얼른 끼어들었다. "그래서 재닛한테 물어봤어요. 아저씨라면 아실 것 같았나 봐요."

"멋진 사람이었지." 파커 씨가 엄숙하게 대답했다.

"어떤 일을 했는데요?" 재닛이 물었다.

"시카고에서 공익사업을 관리했다."

"어떤 사람이었는데요?" 코트니가 물었다.

"위대한 사회사업가였다." 파커 씨가 장엄하게 말했다. "시카고 오페라에 재산을 기부했지. 아주 관대하고 위대한 남자야. 모든 사업가들이 모델이자 영감으로 삼아야 할 인물이지." 파커 씨가 계속 말을 했다.

코트니는 재미있었다. 파커 씨는 두 사람이 무슨 게임을 벌이려는 것인지 알고서 시카고 재벌의 미덕을 극찬하고 있었다. 그의 말을 들어보니 정말로 꽤 취해서 딸의 공격으로부터 자신을 옹호하듯이 개인적으로 몰입하고 있었다.

"그래, 아주 훌륭한 사람이야." 파커 씨가 술을 한 모금 더 마시면서 말했다. "새뮤얼 P. 인설은 교육은 거의 못 받았지만 자신이 어디에서 왔는지, 어떻게 그 자리까지 올라갔는지 잊지 않았지. 아주 많은 사람들이 그런 걸 무시하지만 말이야." 그가 말을 이었다. "재닛은 사교계 데뷔 파티나 다니고 속물 같은 친구들이랑 어울리면서 힘든 일의 가치를 잊고 있어. 힘들게 일하는 것을, 겸손함을 말이야. 재닛이 이 모든 걸 누릴 수 있는 건 내가 열심히 일을 했기 때문이야. 난 우리 회사 심부름꾼으로 시작해서 재닛 엄마랑 결혼할 때는 사원이었고, 그 뒤로도 열심히 노력해서 계속 위로 올라갔지. 나 자신의 끊임없는 노력, 겸손함, 그리고 신의 도움으로 말이다."

파커 씨가 술에 취해서 열심히 이야기하자, 코트니는 약간 당황하기 시작했다. 그들의 게임이 걷잡을 수 없이 흘러가고 있었다.

"신의 도움이지." 파커 씨가 다시 말했다. "요즘 젊은 애들은 신에게 감사하는 법을 잊었어. 신께서 그들에게 주신 것에 감사하고, 부모를 존경하고, 자기 의무를 다해야 한다는 걸 말이야. 은혜를 몰라,

젊은 세대 전체가. 쓸모없는 것들." 그가 말을 하다가 조용히 울기 시작했다.

코트니는 아무 말도 하지 않았다.

"자자, 데이비드." 그의 아내가 소란스럽게 말했다. "혼자서 그렇게 기분 언짢아하지 말아요."

파커 씨가 크게 화를 내며 아내에게 말했다. "닥쳐."

침묵이 흐르고 파커 씨의 거센 숨소리만이 들렸다. 그가 큰소리를 내면서 코를 풀었다. 코트니는 식욕이 사라지는 것을 느끼며 자기 접시를 내려다보았다.

"편지 읽었죠?" 재닛이 침묵을 깨뜨렸다. "내 서랍을 뒤져서 나한테 온 편지를 꺼내 읽은 거야."

파커 씨는 대답하지 않았다.

"그럴 권리 없다는 거 아시잖아요." 재닛이 의기양양하게 말했다. "편지를 읽었기 때문에, 그 사람과 나의 관계에 대한 내용 때문에 오늘 아침에 용돈을 백 달러 깎은 거죠? 어젯밤에 늦게 들어온 벌이 아니라요. 용돈을 거의 반으로 깎았잖아요. 아빠는 나한테 상처 주는 방법을 그것밖에 모르니까, 아빠가 무슨 말을 하든 날 어떻게 생각하든 이제 내가 신경 안 쓰는 걸 아니까요. 아빠가 나한테 영향력을 행사할 수 있는 건 돈밖에 없고 아빠도 그 사실을 알아요. 그게 내가 이 집에 머무는 유일한 이유라는 걸 아빠도 아는 거예요, 공짜로 먹고 잘 수 있으니까!"

가장 큰 약점을 찔린 재닛의 아버지가 분노하며 고개를 들었다.

"그래, 편지 읽었다." 파커 씨가 말했다. "내가 돈을 내는 한 네가 뭘 하고 다니는지 알 권리가 있어. 뉴욕 사람들이 다 아는 사실을, 내 딸이 창녀라는 사실을 알 권리가 있다고!"

두 사람은 어떻게 하면 서로에게 상처를 줄 수 있는지 잘 알았다.

"그래요, 난 남자애들이랑 자요!" 재닛은 거의 소리를 지르고 있었다. "내가 뭘 어쩌길 바라는데요? 적어도 걔들은 나한테 무슨 일이 있는지 신경 써줘요. 적어도 난 내가 뭘 원하는지 알아요. 내가 밤마다 이 집에 앉아 있을 줄 알았어요? 그래봤자 술 취한 아빠한테 학대나 받는데? 여기가 내 집처럼 느껴지는 줄 알아요?"

가정부가 와서 접시들을 치우고 주 요리를 내왔지만 아무도 눈치채지 못했다. 파커 부인이 울음을 터트리더니 황급히 일어나 욕실로 달려갔다. 코트니는 무척 배가 고팠기 때문에 저녁을 맛있게 먹기 시작했다.

"나가." 파커 씨가 말했다. "나가고 싶으면 언제든지 나가도 돼. 넌 열여덟 살이야. 네가 나가면 나도 아주 기쁠 거다. 밤이면 네가 술 취한 대학생들이랑 자고 다니는 걸 뻔히 알면서 여기 혼자 앉아 있는 기분이 어떨 거 같으냐?"

"제가 바라는 기분이면 좋겠네요. 제가 바라는 기분이면 좋겠다고요."

코트니는 양고기 스테이크가 약간 지나치게 익었다고 생각했다.

"난 평생 열심히 일했어." 파커 씨가 외쳤다. "날 위해서가 아니었다, 널 위해서, 네 엄마를 위해서 일했는데—"

"말도 안 되는 소리예요." 재닛이 차분하게 말했다.

"너랑 네 엄마를 위해서 일했는데, 넌 난잡한 삶으로 네 엄마를 요양원에 밀어넣었어. 네가 웃음거리가 되는 꼴을 보려고, 학부모나 교사들이 손가락질 하는 사람이 되는 걸 보려고 내가 뼈 빠지게 일한 줄 알아? 네가 가난하고 어린 범죄자 대신 대학생이랑 자고 다닐 돈을 대려고 내가 평생을 보낸 거냐?"

"아빠는 날 비난할 자격 있어요? 알코올 중독에, 친구들한테 소개하기도 부끄러운 사람이면서. 아빠가 어떤 부모라고 생각해요? 나한테 뭘 줬다고 생각하는데요? 돈이잖아요. 제기랄, 돈은 나도 벌 수 있어요. 돈 많은 남자랑 결혼해도 되고, 돈 버는 방법은 수천 가지도 넘는다고요. 그건 아무 의미도 없어요. 친구들을 부를 수 있는 장소만 있으면 돼요. 파크 애비뉴 셋방에서 살아도 된다고요."

코트니는 결연하게 식사를 마쳤다. 이제 정말 자리에서 일어나고 싶었지만, 파커 부인처럼 이 소동에서 달아나고 싶었지만, 재닛과의 의리 때문에 참았다.

"그럼 나가. 내가 그렇게 부끄러우면 나가라고!"

재닛이 갑자기 말없이 생각에 잠겨 아빠를 보았다. 코트니는 재닛이 무슨 말을 하려는 걸까 생각했다.

"아니요." 재닛이 조용히 말했다. "전 안 나갈 거예요. 아빠는 딸인 저한테 빚이 있어요. 아빠가 나한테 준 건 부끄러운 가족이랑 내가 싫어하는 집밖에 없어요. 난 아빠한테 받아낼 거예요. 안 나갈 거예요. 그건 우리 두 사람 모두한테 너무 쉬운 결말이잖아요. 난 이 집에 남을 거고, 아빠는 내가 고등학교를 마칠 때까지 날 먹여살려야 돼요. 아빠가 그렇게 쉽게 빠져나가게 두지 않을 거예요."

파커 씨는 너무나 분개해서 의자에 앉은 채 비틀거렸다. 그가 유리

잔을 들고 재닛을 향해 던졌지만 너무 화가 난 나머지 목표에서 빗나가 재닛의 머리 위 벽에 맞았다. 유리잔이 깨지고 두꺼운 카펫 위로 내용물이 쏟아졌다. 그는 패배했다, 허세대결에서 졌다. 그 자신도 알았다. 그는 호전적인 태도가 자신과 너무나도 닮은 딸, 아빠도 그 누구도 두려워하지 않는 딸을 향한 어찌 할 수 없는 헌신 때문에, 또 자신의 끔찍한 외로움 때문에 딸을 자기 인생에서 쫓아낼 수 없다는 것도 알았다. 재닛이 아빠를 이겼다. 그는 패배하여 자리에서 일어났고, 재닛은 승리의 침묵 속에서 아빠를 보면서 앉아 있었다. 파커 씨는 버번 병과 새 잔을 들고 거실로 갔다.

그의 부인은 가족이 산산조각 났다는 눈앞의 증거를 보고, 그리고 남편과 남편을 똑같이 닮은 딸의 분노를 보고서 침실로 들어가 히스테리를 일으키고 있었다. 파커 부인이 절대 이해할 수 없었던 것, 그녀를 두렵게 한 것은 두 사람의 분노와 자기 파괴였다. 파커 부인은 침실로 들어가서 문을 잠갔다. 아주 오랫동안 그래왔던 것처럼 문을 잠그고 틀어박혔다.

온 집에 침묵이 흘렀다. 가정부는 부엌 구석에 서 있다가 무시무시한 분노가 일단 가라앉았음을 깨닫고 콧노래를 하면서 설거지를 시작했다. 콧노래 소리가 마음을 진정시켰기 때문이다.

먼저 입을 연 사람은 재닛이었다.

"아직 음식이 식진 않았네, 정말 다행이다."

두 사람은 식사를 마친 다음 재닛의 방으로 들어갔고, 재닛은 화장을 하고 코트니는 립스틱을 발랐다. 재닛이 켄턴의 레코드판을 얹고 집 안의 침묵을 깨뜨릴 만큼 볼륨을 크게 높였다. 두 사람은 거실을 조심스럽게 피해 아파트를 빠져나왔다. 재닛이 현관에서 열 시가 맞는지 시간을 확인했다.

"잘됐다." 재닛이 말했다. "아직 자물쇠가 그대로네." 그런 다음 이렇게 설명했다. "아빠는 나한테 화가 날 때마다 자물쇠를 바꿔서 초인종을 누를 수밖에 없게 만들거든. 그러면 내가 몇 시에 왔는지 알 수 있으니까. 그럼 난 또 열쇠를 새로 맞춰야 되고. 길모퉁이의 열쇠 수리공 아저씨랑 완전 친해졌잖아." 재닛이 싱긋 웃었다. "하지만 이 시간이면 내일은 돼야 자물쇠를 바꿀 수 있을 거야."

두 사람은 택시를 타고 파크 애비뉴를 지나 칵테일 파티에 갔다.

버뮤다 반바지와 잘 어울리는 회색 플란넬 재킷을 입은 청년 두 명이 현관에서 두 사람을 반겼고, 넷은 사람이 가득한 커다란 거실로 들어갔다. 재닛과 코트니의 손에 술잔이 쥐어졌고, 무장을 마친 두 사람은 무리의 한가운데로 나아갔다.

"대프니." 재닛이 검은 옷을 입은 여자에게 달려가며 외쳤다. "만나서 정말 반갑다. 너랑 앨이랑 지난 주 롱아일랜드 파티에서 어떻게 돌아왔어? 누가 그러던데 앨이 오이스터 베이에서 조난당해서—"

"응." 누군가가 코트니의 팔꿈치 쪽에서 말하고 있었다. "백작이 월 스트리트에서 해고당했대. 항상 취해 있거나 숙취에 시달리고 있으니 회사 사람들도 지쳤나봐—"

"걔 간경변 때문에 제대했잖아." 어떤 남자애가 말했다. "겨우 스무 살이라서 의사가 깜짝 놀랐다지."

"그러더니, 세상에, 둘이 거실에서 끌어안고 키스를 하는 거야. 딴 건 다 괜찮은데, 남자애를 엄청 쫓아다니던 여자애가 거기 있었다는 게 문제지. 그랬더니 완전 대놓고 유혹을 하면서 달려드는데—"

"일주일이나 못 나가게 하셨다고? 너희 엄마도 그렇게 못됐어?"

"아, 내 데이트 상대는 기절했어, 늘 그렇지만. 애들이 이제 못 오게 할 거야— 있잖아, 한번은 걔가 경찰을 때리려고 덤볐는데 총을 지나치게 믿는 경찰이 걔한테 총을 겨눈 거야. 그래도 다행히 데이비드가 정신을 차리고—"

코트니는 사방에서 밀려드는 대화 속에서 다른 아이들과 이야기하느라 바쁜 재닛을 흘깃 본 다음 부엌으로 가서 스카치에 물을 탔다. 어쨌든, 아주 긴 파티가 될 것이다.

부엌에는 회색 플란넬 차림의 키 큰 남자애가 어딘가 무심한 분위기를 풍기며 혼자서 마티니를 만들고 있었다.

"안녕." 남자애가 말했다. "처음 만나는 거지만, 지금까지 안 취한 사람은 너밖에 못 봤으니까 서로 알고 지내는 게 좋겠다. 난 찰스야. 성은 커닝엄이고."

"코트니 패럴이야." 그녀가 말했다. "다른 애들은 우리보다 먼저 와서 더 많이 마셨나봐."

"우리?" 그가 마티니를 부드럽게 저으면서 말했다. "데이트 상대는 군중 속에서 길을 잃은 거야?"

"아니." 코트니가 설명했다. "난 재닛 파커랑 같이 왔어."

"아. 재닛 말이지."

"알아?"

"모르는 사람이 어디 있어?" 찰스가 얼른 미소를 지으며 말했다. "이 집에서 주는 끔찍한 스카치 마시고 있구나. 내가 왔을 때도 이상

한 브랜드의 스카치를 억지로 먹이더라고. 나한텐 안 맞아서 마티니 만드는 중이야. 너도 마티니 마시고 싶으면 여기 셰이커에 네 잔 정도는 있어."

"응." 코트니가 말했다. "그래. 난 습관적으로 스카치를 마시지만 기분전환 삼아서 마티니를 마시는 것도 괜찮겠네."

"그건 거기에 그냥 놔둬." 찰스가 말했다. "누군가가 마시겠지."

코트니는 칵테일 파티에서 새로운 사람을 사귈 때마다 그러듯이 이 청년을 재빨리 감정했다. 찰스는 키가 크고 자신감이 넘쳤고, 다른 애들보다 나이가 약간 많아 보였다. 머리는 갈색이지만 햇볕을 받아서 색이 바랬고, 쉽게 떠올리는 편안한 미소는 햇볕에 그을린 피부 때문에 눈에 더 잘 띄었다. 파란 눈은 솔직해 보였고 상대방의 얼굴에서 절대 시선을 떼지 않아서 당황스러웠다. 그리고 약간 비판적이면서 독립적인 분위기, 관찰자의 분위기를 가지고 있었다. 코트니는 같이 어울릴 만한 사람이라는 결론을 내리고 찰스가 건넨 마티니를 받았다.

"학교 다녀?" 찰스가 말했다.

"응. 넌? 예일에 다니겠지. 여기 애들 대부분이 그러니까."

"예일에 다녔었지." 찰스가 말했다. "거기서 이 파티 주인을 만났고. 난 얼마 전에 하버드 법대를 졸업했어."

"아." 코트니가 말했다. 그렇다면 나이가 더 많다. 아마도 스물다섯 살쯤. 코트니는 그 사실이 마음에 들었다. "그럼 넌 이쪽 패거리는 아니군."

"응." 찰스가 노골적이고 강렬한 표정을 누그러뜨리는 미소를 지으면서 말했다. "응, 아니야." 찰스가 다시 입을 열었다. "술 마시는 건 좋아하지만 정신을 잃고 데이트 상대한테 토하는 것에는 매력을 못 느껴서 말이지. 난 그렇게 판에 박힌 건 별로라서. 유감이지만 정신이 멀쩡한 게 조금 더 즐겁더라고. 정신을 좀 놓을 수는 있겠지만, 완전히 뻗는 건 거절하겠어."

거만하네. 코트니가 생각했다. 코트니는 찰스의 말에 동의했지만, 그의 말이 이런 애들과 어울리는 자신을 비난하는 것처럼 느껴졌다. 코트니는 아무 말도 하지 않았다.

"재닛이랑 친해?" 찰스가 물었다.

"응." 코트니가 대답했다. "스케이스브룩에 같이 다닐 때부터." 재닛과 친하다는 말을 할 때마다 약간의 반응이, 곁눈질이 느껴졌지만 재닛의 악명이 높다고 해서 모른 척하기는 싫었다.

"걘 정말 대단한 여자애야." 찰스가 말했다. "하지만 대단한 여자는 곧 지루해지지. 그런 애들이 너무 많거든."

"음, 넌 진짜 비판적이구나." 코트니가 마침내 말했다. "냉소적인 청년에 대해서도 비슷한 말을 할 수 있을 것 같은데."

"좋아." 찰스가 미소를 지었다. "내가 졌어. 마티니는 어때?"

"정말 맛있네. 난 아주 까다로운 사람인데도 말이지."

"나도 그래. 마티니와 사람들에 대해서 말이지."

"알겠다."

"음, 내가 냉소적인 건 아니야." 찰스가 말했다. "아마 지나친 완벽주의자일 거야. 난 내 자신에 대해서, 또 주변 사람들에 대해서도 높은 기준을 설정하거든. 그래서 사람들이 날 썩 좋아하진 않지." 그가 미소를 지었다. "하지만 그건 정말 내가 어떻게 할 수가 없어. 음, 자리 옮길까? 여기 진짜 덥다."

"거실은 더 더워." 코트니가 말했다.

"알아. 서재로 가자. 거긴 조용하니까 얘기도 나눌 수 있을 거야."

칵테일 파티에서 누군가와 단 둘이 있는 것은 코트니의 모든 원칙에 어긋났지만 그러기로 했다. 찰스라는 청년은 비판적이기는 했지만 흥미로웠다. 냉소주의라는 방패는 코트니가 불편할 때, 혹은 누군가를 만나야 할 때 자주 쓰는 방법이었다. 그래서 코트니는 그것을 무시했고 적어도 찰스가 파티에 있는 다른 남자애들 대부분보다 더 지적임을 알아차렸다.

서재에는 두 커플 더 있었다. 시끄럽고 혼잡한 거실에 있는 것보다는 조용히 대화를 나누는 것이 훨씬 더 마음이 놓였다. 찰스가 마티니 셰이커를 가지고 왔다.

"있잖아." 두 사람이 자리에 앉자 찰스가 말했다. "이 애들한테는 항상 나를 냉소적으로 만드는 분위기가 있어. 하지만 내가 초대를 거절하면 피터가 화낼 게 뻔했거든."

"넌 애들이랑 있는 게 아마 좀 불편하겠지." 코트니가 말했다.

"아니야." 찰스가 생각에 잠겨 말했다. "그건 정말 아닌 것 같아. 예일에 다닐 때 처음 이 년 동안은, 네 표현대로라면, 나도 패거리 중 한 명이었어. 그러다가 내 평점을 보고, 친구들을 보고, 갑자기 나 자신한테 물었지. 왜 이렇게 너 자신을 파괴하는 거냐고. 왜 이렇게까지 취하기 위해서 술을 마시느냐고. 우린 패배감에 찌든 중년도 아니잖아. 그럴 이유도 전혀 없고. 그래서 난 친구들을 만나는 건 그만두고 변호사가 되겠다는 목표를 세웠지. 패배했다는 이 아이들의 확신과 자기 연민에는 뭔가가, 내가 얘들이랑 같이 있을 때마다 화나게 만드는 뭔가가 있어. 얘들이 싫은 건 아니야. 싫으면 오지도 않았겠지. 하지만 이 애들은 세상을 상대로 화를 내느라 너무 많은 걸 낭비하고 있어. 난 그게 화가 나."

"그래." 코트니가 말했다. "네 말도 일리가 있네. 나도 그런 걸 약간 느꼈거든."

"내가 이런 말을 한다고 해서 거만하다고 생각하진 않으면 좋겠는데." 찰스가 미소를 지으며 말했다.

"아주 조금." 코트니가 말했다.

"음, 이건 정말 엄청난 낭비야. 이유가 하나도 없어. 애들은 용기가 부족한 것뿐이야. 부모님을 비판하고, 자기들이 술이나 마시면서 아무하고나 자고 다니는 걸 부모님 탓으로 돌리지만, 그러면서도 자기들이 경멸하는 부모님 돈으로 먹고 살잖아."

코트니는 재닛을 떠올렸다. "음, 그것 말고 다른 이유가 조금 더 있을지도 모르지."

"자신을 조금이라도 존중한다면 그러지 않겠지." 찰스가 말했다. "내가 애들이랑 어울릴 때, 예일대 학장님들이랑 사이에 문제가 생긴 다음에, 부모님이 나한테 긴 편지를 보냈어. 자기들이 돈을 내는 한 난 교육을 받기 위해서 학교에 다니는 거라고, 내 행동방식을 고쳐야 한다고, 아니면 지원을 끊어버리겠다고 말씀하셨어. 우리 아버지는 아주 보수적인 보스턴 변호사거든." 찰스가 덧붙였다. "교육의 중요성을 굳게 믿으면서 교육은 스스로 해내야 하는 거라고 생각하시지.

그래서 비싼 법대 등록금을 내면서 낮은 학점을 받는 걸 더 이상 두고 보지 않으시겠다고 했어. 그래서 난 아버지한테 지옥에나 가라고 했지." 그가 미소를 지었다. "그러고는 계속 살던 대로 살면서 과제를 써주고 다른 애들한테 개인교습을 하면서 먹고 살았어."

코트니는 새로운 관심이 생겨서 찰스를 바라보았다. 그는 코트니가 처음에 생각한 것처럼 "고지식한 사람"이, 거만하고 잘난 척하는 사람이 아니었다. 찰스는 그냥 타협을 거부했을 뿐이었다. 코트니는 항상 용감한 사람을 존경했기 때문에 재닛의 친구들 모두 똑같은 상황을 맞닥뜨렸지만 단순히 대학에서 쫓겨나는 쪽을 택한 것과 달리 찰스가 선택한 방식이 마음에 들었다.

"있잖아." 코트니가 말했다. "정말 웃기지만 계속 흥청망청 살았다는 게 정신을 차렸다는 점보다 더 존경스럽다."

찰스가 잠시 코트니를 빤히 보았다. "응, 아마 너한테는 그게 매력적으로 보이겠지. 내가 내 힘으로 먹고 살았다는 게 아니라 계속 알코올 중독자였다는 거 말이야. 넌 술을 얼마나 좋아하느냐를 보고 남자를 평가하나봐."

"아니야." 코트니가 얼른 말했다. 그런 인상을 주려던 것은 절대 아니었다. 이제 찰스는 코트니를 자신이 경멸하는 애들 중 하나로 보고 있었다. "내 말뜻은 그게 아니야."

"음, 아무튼 난 네가 애들이랑 다르다고 생각했는데. 내가 틀렸나 보군. 여자애들은 그게 문제지, 남자를 재는 척도는 그의 핏속에 흐르는 알코올 함량이라고 생각하거든."

코트니는 화가 나서 벌떡 일어섰다.

"마티니 잘 마셨어." 그녀가 말했다. "하지만 그런 비난은 사양할게."

"가려는 거야?" 찰스가 말했다. "비난하려고 한 말은 진짜 아니야. 난 항상 본의 아니게 실언을 한다니까."

"그래, 이제 갈려고."

"음, 내가 어떻게 할 순 없겠지." 찰스가 한숨을 쉬었다. "여자애들은 항상 너무 개인적으로 받아들인다니까. 하지만 난 네가 안 갔으면 좋겠어."

코트니는 어깨를 으쓱한 다음 마티니 잔을 들고 거실로 나갔다. 찰스와 이야기하는 것이 즐거웠고, 온전한 정신과 지적인 대화를 할 수 있는 능력이 그녀에게는 신선하게 느껴졌다. 코트니는 찰스를 더 잘 알았으면 좋았겠다는 느낌이 들었다. 그는 매력적이기도 했다. 하지만 코트니는 누구의 비판도 필요 없었다. 다른 사람의 비판을 받을 필요는 없었다. 특히 칵테일 파티에서는 더욱 그랬다. 코트니는 부엌으로 들어간 이후 처음으로 앤서니가 그리웠다. 그가 여기 있었으면 좋겠다고 생각했다. 앤서니는 절대 비판하지 않았다.

"그래, 신시아가 사교계 데뷔 파티를 성대하게 열 거래. 그렇지 뭐, 성대한 파티를 열려면 돈만 있으면 되는데, 걘 그거밖에—"

"진짜야, 너만 두고 혼자 정신 안 잃을게. 그냥 아파트에 잠깐 올라가서 술만 몇 잔 하는—"

"스토크 말이지. 아, 진짜, 거긴 이제 지겨워. 요즘엔 사립 고등학교 애들밖에 없거든. 거기 말고 P. J. 클라크에 갈까?"

"그래, 너 진짜 살 많이 빠졌다. 그 드레스 입으니까 정말 예쁜데?

나도 계속 다이어트 중인데, 술을 끊지 않는 한 살을 절대 못 뺄 거야. 근데 여름엔 더위가 너무 끔찍해서 술을 끊을 수가 없고, 가을에는 크리스마스까지 파티가 너무 많잖아. 정말 지겨운 건 뭐냐면—"

코트니는 다시 부엌으로 후퇴했다. 사실은 마티니를 마시고 싶지도 않았다. 코트니는 싱크대에 술을 부어버리고 스카치를 만들었다.

"세상에, 코트니, 네가 버린 거 마티니야?"

"어, 안녕 조지. 여기 있는 줄 몰랐네." 코트니가 말했다.

"좋은 술을 버리다니, 그건 엄청난 죄라고. 음, 한 달 만이네. 그동안 어떻게 지냈어?"

"아, 정신 나간 이탈리아 귀족한테 잡혀 있었어." 코트니가 웃으며 말했다.

"정말? 축하한다, 코트니. 하지만 프랑스 사람도 만나봐야지." 조지가 싱긋 웃었다. "그동안 진짜 보고 싶었어. 음, 언제 왔어?"

"아, 삼십 분쯤 전에."

"음, 그런데 왜 못 봤지? 누가 널 위층으로 데려가서 격렬한 사랑이라도 나눈 거야?"

"찰스 커닝엄이랑 얘기 좀 했어, 서재에서."

"아, 찰스. 멋진 애지, 똑똑한 변호사고. 요즘은 좀 고지식해졌지만. 진짜 알코올 중독이었는데, 달라졌더라고."

"그래, 좀 고지식하더라." 코트니가 동의했다. 바로 그거였다.

"야, 코트니, 술 좀 마셔!"

"마지막으로 봤을 때는 내가 너보다 더 잘 마셨던 것 같은데?"

"음, 다시 해. 한판 붙자. 찔끔찔끔 마시기 없기다."

"좋아, 붙어."

"거실로 나가자, 네가 취하는 모습을 봐주겠어."

"아니지, 내가 늘 너보다 더 잘 마시잖아."

코트니와 조지는 빠르게 잔을 비우며 술을 마셨다. 곧 더 이상 대화가 시시하게 느껴지지 않았고 더 이상 앤서니가 그립지 않았다. 사실, 코트니는 어느덧 즐기고 있었다. 몇 시간 뒤에 코트니는 조지가 잠깐 자리를 비운 틈을 타 부엌으로 다시 가서 얼음물을 마시고 있었다.

"코트니." 백작이 비틀거리며 다가와서 코트니에게 열정적으로 입을 맞추었다. "사랑해."

코트니가 그를 뿌리쳤다.

"나도 사랑해, 하지만 그렇게 격렬하게 표현하지 않아도 돼."

"격……뭐라고? 너무 복잡해서 지금 난 발음도 못 하겠다." 백작이 대답했다. "난 가서 재닛이랑 사랑을 나눌 거야."

"음, 이보세요." 피터가 백작의 뒤를 이어서 코트니의 어깨에 팔을 두르고 입을 맞추었다. "우린 왜 아직 아무 일도 없었지?"

"네가 술을 안 마시고 멀쩡할 때가 없었으니까." 코트니가 웃었다.

"다들 코트니한테 키스를 하고 있네." 조용하고 익숙한 목소리가 말했다. 찰스가 마티니 잔을 한 쪽으로 치우고 그녀의 이마에 입을 맞추었다. "계속 찾아다녔어. 애들이랑 어울리고 있었구나." 그가 말했다.

"아, 또 고지식하게 구네." 코트니가 말했다. "이제 가려던 참이야."

"잘됐다. 내가 집에 데려다줄게. 파티에 온 사람들을 다 살펴봤는데, 그다지 지적이거나 매력적인 사람이 없어서 널 찾고 있었거든."

"조지가 데려다줄 거야." 코트니가 차갑게 말했다.

찰스가 미소를 지었다. "방금 화장실 가다가 조지랑 마주쳤는데, 좀 취한 것 같던데. 내가 데려다주는 게 나을 거야."

"걱정해줘서 고마워." 코트니가 말했다. "하지만 조지가 데려다줄 거야."

찰스가 어깨를 으쓱했다. "생각 바뀌면 말해, 내 제안은 아직 유효하니까."

조지가 나타나서 문간에 선 채로 팔을 뻗더니 거실로 나가려고 그의 팔 밑을 지나가던 여자아이의 이마에 입을 맞추었다.

"갈 준비됐어, 조지?" 코트니가 물었다.

"간다고? 이런, 아직 술 있잖아."

"음, 난 갈 준비됐는데, 조지." 코트니가 말했다.

"그럼 가봐. 난 술이나 마실래." 조지가 아무렇지도 않게 말했다.

"내 제안은 아직 유효하다니까." 찰스가 말했다.

"알았어." 코트니가 한숨을 쉬었다.

두 사람이 택시에 오른 다음 찰스가 손목시계를 보았다.

"열두 시 반이네." 그가 말했다. "트웬티원으로 가주세요." 찰스가 택시 기사에게 말했다.

"거긴 우리 집이 아닌데." 코트니가 말했다.

"그래, 아니지." 찰스가 말했다. "하지만 우린 트웬티원에 갈 거야. 난 정말 배고픈데, 너도 뭘 좀 먹는 게 좋을 것 같아서."

"나 안 취했어." 코트니가 또렷하게 말했다. "게다가 난 네가 집에 데려다주는 줄 알았는데."

"그래, 나도 알아." 찰스가 미소를 지었다. "늦었지만 트웬티원에서 맛있는 저녁이나 먹자."

두 사람은 바 쪽의 빨간 체크무늬 식탁보가 깔린 작은 탁자에 앉았다. 코트니가 트웬티원에 마지막으로 왔을 때는 아빠와 함께였다. 코트니와 앤서니는 덜 유명한 곳에 갔는데, 코트니는 항상 트웬티원이 가장 마음에 들었다. 어쨌든 코트니가 아는 애들 중에서 그녀를 여기 데려온 사람은 아무도 없었다. 트웬티원은 전통적이고 정평이 난 곳이었기 때문에 코트니는 여기에 오자고 하기가 망설여졌다. 이곳은 어딘가 고지식한 구석이 있었다. 코트니는 트웬티원에 와서 기뻤다.

"있잖아." 코트니가 말했다. "아까 싫다고는 했지만, 여기 오니까 정말 좋다. 진짜 멋진 곳인데 자주 못 왔거든."

"네 친구들은 여길 별로 안 좋아하잖아." 찰스가 말했다. "여기서는 거나하게 취하지도 못하고 찰싹 붙어서 끈적끈적하게 굴지도 못하니까."

"정말이지, 걔들을 내 친구들이라고 부르는 건 그만둬줄래." 코트니가 지겹다는 듯이 말했다. "사실 오늘 한 달 만에 만난 거니까."

"음, 잘됐네." 찰스가 말했다. "여자애가 어울리기에는 별로 안 좋은 애들이야. 아무리 행동을 똑바로 해도 그런 애들이랑 어울리면 의심 받아. 네가 재닛 파커 같은 애가 아니라는 건 느낄 수 있거든."

"재닛은 멋진 친구야." 코트니가 말했다. "나랑 친한 친구라고 말했잖아."

"아, 재닛 편은 그만 들어." 찰스가 성가시다는 듯이 말했다. "나도 재닛이 멋지다고 생각하지만, 내 말이 무슨 뜻인지 너도 잘 알잖아."

"그래, 사실은 알아." 코트니가 침착하게 말했다. "재닛이 그렇게 방황하는 거나 평판이 나빠진 건 정말 안타까워."

"있잖아." 찰스가 말했다. "여자라면 재닛처럼 살 수도 있어. 게다가 걔 소문에서 80퍼센트는 깎아야 할 테니까 더욱 그렇지. 누구도 그런 사실을 알 필요 없지만, 내 생각엔 재닛이 알리고 싶어하는 것 같아."

"내가 재닛에 대해서 들어본 말 중에 가장 정확한 말이야." 코트니가 말했다. "재닛은 진짜 그래. 특히 부모님한테 알리고 싶어해, 상처를 주고 싶어서 말이야."

"정말 안 됐네. 하지만 그런 가족이니까 이해하기 어려울 것도 없지. 그렇다고 내가 걔 행동을 인정하는 건 아니지만." 찰스가 얼른 덧붙였다. "하지만 이해는 돼."

웨이터가 다가왔다.

"난 닭고기 샌드위치요." 코트니가 말했다.

"코트니, 그렇게 딱딱하게 굴지 마. 오늘은 토요일 밤이고 내 주머니에는 수표가 있어. 크레페 수제트(크레페에 설탕과 버터, 오렌지 주스 등으로 만든 소스를 곁들여서 먹는 프랑스의 대표적인 디저트/옮긴이)처럼 근사한 거 먹자."

"그거 정말 좋은 생각인데." 코트니가 말했다.

"그리고 포도랑 곡물을 섞어 먹는 데 거부감이 없다면—"

"없어."

"— 코냑 두 잔하고."

코트니는 기뻤다. 찰스의 몸짓은 어딘가 앤서니를 떠올리게 하는 부분이 있었지만 견실하고 이성적이면서 마음이 놓이는 분위기가 있었다. 코트니는 찰스 같은 사람이랑 친하게 지낸 적이 없었다. 아니, 아무튼 나이가 비슷한 애들 중에는 없었고— 찰스를 보면 어쩐지 앨레온이 떠올랐다— 찰스와 함께 있으면 왠지 약간 자신 없는 느낌이 들었다. 칵테일 파티에서 쓰는 말이 여기서는 어울리지 않았다.

"아까는 미안했어." 찰스가 말했다. "사과하고 싶어. 정말 너라고 딱 꼬집어서 얘기한 건 아니었어. 그냥 기분이 좀 안 좋았거든, 내가 그 자리에 어울리지 않는 것 같아서 그랬나봐."

코트니는 이 말을 듣고 마음이 놓였다.

"음, 신경 쓰지 마. 그런 식으로 대꾸하다니, 네 말처럼 나도 좀 어린가봐. 하지만 그건 중요하지 않아. 내가 정말 좋아하는 트웬티원에서 우리가 크레페 수제트를 먹고 있다는 사실이 훨씬 더 중요하니까. 진짜 좋다."

"음, 코트니, 너 눈이 정말 예쁘다."

코트니가 한숨을 쉬며 말했다. "그래, 초록색이야. 초록색. 눈동자 색은 내 평생 논란의 중심이었지. 내 눈은 초록색이고, 특이할 정도로 커. 지금까지 데이트한 남자애들 중에서 눈 얘기를 안 한 애는 아직까지 없었으니까."

찰스가 웃었다. "넌 정말 대단해, 진짜로. 정말 할 말 없다. 넌 오늘 밤 파티가 완전히 지루했겠는데? 네가 칵테일 파티에서 나누는 대화에 어울리는 사람이 아니라는 거 알겠다."

"사실대로 말하자면, 난 칵테일 파티 정말 좋아해. 생각할 필요가 없거든. 진심을 얘기할 필요도 없고, 무슨 말을 해도 나한테 불리할 일이 없고, 아무도 기억 못 할 테니까.”

“좋은 지적인데. 나, 널 더 자주 만나고 싶어. 전화번호 가르쳐줄래? 다음번에 제대로 된 저녁 식사를 대접할게. 앉아서 얘기만 나눠도 되고, 네가 원한다면 진심은 하나도 말하지 않아도 돼. 약속할게. 내가 분위기는 이렇지만 거품 같은 대화로 만족하겠다고 말이야.” 찰스가 미소를 지었다.

20

"파티 정말 즐거웠어." 코트니가 만족스럽게 팔을 위로 쭉 뻗었다가 머리 뒤로 손을 깍지를 끼며 말했다. "중간에 빠져나와서 그 매력적인 애랑 트웬티원에서 브랜디랑 크레페 수제트 먹었거든."

"속물이군." 앤서니가 비웃었다. "다들 속물이라고. 걔들이 널 타락시키기 전에 내가 되찾아와서 다행이다."

앤서니는 가혹한 한낮의 열기에서 좀 벗어나려는 듯이 창문 앞에 서서 호텔 커튼을 한쪽으로 젖혔다. 앤서니가 코트니를 향해 고개를 돌렸고 코트니는 소파에 앉아서 그를 보았다. 그는 절대로 고개만 돌리지 않았다. 앤서니가 주의를 집중할 때면 조각 같이 균형 잡힌 선을 유지하려고 의식하는 것처럼 상체가 전부 돌아갔다.

"난 네가 없어서 비참했는데." 앤서니가 슬픈 듯이 말했다. "그 끔찍한 변호사들 말을 듣는 척하는 아주 지독한 저녁이었어. 그런데 그동안 너는 신나게 즐기고 있었다는 거지, 분명 누군가와 사랑을 나누거나 했겠지."

"난 네가 움직이는 걸 보는 게 좋아." 코트니가 토라진 앤서니의 말은 들은 척도 하지 않고 말했다. "여기 와서 옆에 앉아봐."

앤서니가 순순히 소파로 걸어왔다. 코트니는 그의 갈비뼈에서 엉덩이까지 이어지는 가느다랗고 조각 같은 선을 자기 것인 양 편안하게 손으로 쓸어내렸다. 앤서니가 코트니의 손을 잡고 그녀를 잠시 물끄러미 보았다.

"난 네가 불러서 온 거야, 그렇지?" 앤서니가 말했다. "난 주도권을 완전히 잃었다니까. 내 기술이 녹슬고 있어. 꼭 미국인 남자친구처럼 굴고 있잖아."

"확실히 그래." 코트니가 미소를 지었다. "그리고 난 그걸 완전히 즐기고 있고. 질투하는구나."

앤서니가 신경 써서 만든 우아한 몸짓으로 일어나서 난로 위 장식대에 몸을 기대고 거울에 비친 자신과 코트니의 모습을 보았다.

"점심은 어디서 먹을까?" 앤서니가 갑자기 말했다. "플라자 호텔?"

"그러지 뭐." 코트니가 별 열의 없이 말했다.

"나 좀 봐." 앤서니가 걸어와서 코트니의 손을 잡고 일으켰다. 그런 다음 약간 떨어져 서서 코트니를 물끄러미 보았다.

"오늘 아침엔 네가 마음에 안 들어." 앤서니가 차분하게 말했다. "날 즐겁게 해주질 않잖아. 너 굉장히 여자처럼 굴고 있어. 처음 만난 날 이후로는 그런 적 없었는데. 질투가 좀 나는 것 같아서 두려운 건 사실이지만, 그렇다고 네가 내 질투를 면류관처럼 높이 들고 승리를 선언할 순 없지. 여자들이 연애를 할 때 저지르는 가장 큰 실수가 뭔지 말해줄까? 연인의 얼굴에서 처음 만날 때 같은 홍조가 가시면, 남자들이 새로 차지한 여자를 존중하지 않으면, 여자들은 질투를 유발하려고 애쓰면서 요염한 척하지. 종속적인 위치를 견디지 못하는 미국 여자들이 특히 그래."

앤서니가 코트니의 어깨에 손을 올리고 부드러운 모양의 쇄골에 양쪽 엄지손가락을 얹었다.

"결국 여자들이 다 망치는 거야." 앤서니가 부드럽게 말했다. "여자들은 사랑을 가지고 게임을 하면서 사랑을 타락시켜. 그 순간부터 모든 것이 무너지는 거야."

코트니가 진지한 표정으로 그를 보았다. 앤서니는 코트니를 보지 않으면 이야기하기가 더 쉽다는 듯이 손을 내리고 돌아섰다.

"그런 일이 벌어지고 있다는 사실을 깨달으면 난 항상 끝냈어. 바로 그 자리에서 말이야. 추하게 시든 다음에 끝내기는 싫었던 거야, 말하자면." 앤서니가 코트니를 향해 약간 돌아섰다. "그러니까 코트니, 너 정말 조심해야 돼. 네 속에 숨어 있는 여자 특유의 계략을 조심해야 된다고. 그건 아주 값비싼 유혹이야."

코트니가 앤서니를 물끄러미 바라보다가 혀로 잠시 입술을 축이고 말했다.

"네가 날 그 정도로 좌지우지할 수 있다고, 네가 나한테 절박할 만큼 중요하다고 생각해? 내가 너한테 그 정도로 자신이 없을 것 같아? 내 애인이라는 이유만으로 나한테 이래라 저래라 할 권리가 있다고 생각하는 거야? 나한테 그럴 수 있는 사람은 아무도 없어. 너도 조심하는 게 좋을 거야. 넌 감히 나와 헤어질 수 없을 테니까." 코트니가 도전적으로 말했다. "날 알게 되면 넌 정말 혼란스러울 거야, 앤서니, 그 남자 특유의 오만함 때문에 말이지."

깜짝 놀라고 화가 난 앤서니는 말없이 서 있었고, 코트니는 앤서니가 혹시 자기를 때리지는 않을까 멍하니 생각했다. 갑자기 앤서니가 웃음을 터뜨렸다. 진실한 웃음이었고 어떤 악의도 없었다.

"뭐가 그렇게 재밌어?" 코트니가 차분하게 말했다.

"코트니, 넌 정말 아일랜드 사람 같아. 누구와든 싸울 준비가 된 아일랜드 싸움닭 같다고." 앤서니는 여전히 미소를 지으면서 코트니를 끌어안았다. 그녀는 가만히 있었다.

"코트니." 앤서니가 낮고 부드러운 목소리로 말했다. "나한테 화내지 마."

자기가 엄마를 놀려서 화났다는 사실을 갑자기 깨닫고 어떻게든 엄마의 화를 풀어주려고 안달하는 아이처럼 앤서니의 표정이 엄숙해졌다. 코트니가 여전히 반항적으로 내밀고 있던 턱에 앤서니가 부드럽게 입을 맞추었다. 코트니는 소년처럼 진지한 앤서니의 얼굴을 보았다. 그녀는 화를 낼 때만큼이나 갑작스럽게 미소를 짓더니 천천히 그를 끌어안았다. 앤서니가 코트니를 가볍게 들어올리고 품에 안긴 코트니를 내려다보았다. 그런 다음 아이에게 하는 것처럼 코트니의 뺨에 입을 맞추었다.

갑자기 옆 침실에서 끈질기고 요란스러운 전화벨이 울렸다.

"안 받을 거야." 앤서니가 비밀스러운 말투로 말했다. 코트니가 고개를 저으며 미소를 지었다.

전화가 여전히 거세게 울리자 분위기가 뒤흔들려 깨지고 그 수정 같은 조각들이 어지럽게 바닥에 흩어졌다.

"제기랄." 앤서니가 부드럽게 말하더니 코트니를 내려놓았다. 그녀는 앤서니를 따라 침실로 갔다.

"재닛." 앤서니가 말했다. "목소리 들으니까 정말 반갑다." 코트니가 날카로운 시선으로 그를 보았다. "알아, 몇 주 동안 어디 좀 다녀왔거든. 코트니? 응, 코트니 여기 있어." 앤서니가 코트니에게 전화기를 넘겨주었다.

"안녕, 코트니." 재닛이 말했다. "가정부가 번호 알려주더라. 방해해서 정말 미안한데, 끔찍한 일이 생겼어. 정말 엄청난 위기야."

앤서니가 담배에 불을 붙여서 코트니에게 주었다. 코트니가 고개를 끄덕이자 앤서니가 욕실로 들어갔고, 곧 샤워기 소리가 들렸다. 코트니는 싱긋 웃었다.

"……그래서 피트랑 오늘 아침 여섯 시쯤 돼서야 클럽에서 나왔어." 재닛이 이야기하고 있었다. "집에 왔을 때는 나도 피트도 좀 취했는데, 아빠가 버번을 마시면서 날 기다리고 있더라고. 아빤 말 그대로 피트를 쫓아냈어. 아빠가 피트를 때리기라도 할 줄 알았다니까. 진짜 제정신이 아니었어. 음, 그러니까 요점이 뭐냐면, 내가 술에 취해서 옷을 싸들고 집을 나왔다는 거야. 아빠가 다락에 가두겠다고 협박까지 했다니까. 게다가 아빠는 마음만 먹으면 날 정신병원에 집어넣을 수 있어. 알잖아, 나 아직 스물한 살이 안 됐으니까. 그래서 지금 피트네 집에 있는데, 가족들이 방금 돌아와서 집이 엉망이라고 화를 내고 있거든. 여기 있을 수가 없어. 그래서 며칠간 너희 집에서 지내도 될까 싶어서. 지금은 절대 집으로 돌아갈 수 없어."

앤서니가 욕실 문간에 서서 터키식 수건으로 몸을 말렸다. 코트니가 잠시 그를 바라보았다. 그렇게 되면 앤서니를 지금처럼 쉬지 않고 만나지 못할 것이다. 코트니는 재닛에게 사실을 알려서 상처를 주지 않겠다고 결심했기 때문이다.

"당연하지." 마침내 코트니가 말했다. "가정부한테 말해둘게, 다섯 시쯤 오면 돼. 엄마는 여섯 시나 돼야 리허설이 끝나겠지만 난 집에 있을 거야."

앤서니가 날카로운 시선으로 그녀를 보았다. 코트니가 어깨를 으쓱했다. "고마워, 코트니." 재닛이 말했다. "네가 그래줄 줄 알았어. 앤서니한테 안부 전해줘."

코트니가 전화를 끊고 절망적인 표정으로 앤서니를 향해 돌아섰다. 그는 침대 위 코트니 옆에 앉아서 그녀의 어깨에 부드럽게 입을 맞추었다. 코트니는 앤서니를 거의 의식하지도 못했다. 그녀는 앤서니 너머로 손을 뻗어서 침대 옆 재떨이에 담뱃재를 떨었다. 그가 일어나 앉아서 한숨을 쉬었다.

"제기랄." 앤서니가 다시 말했다.

그가 코트니에게 재떨이를 건넸다.

"그러니까 재닛이 너희 집으로 들어간단 말이지." 마침내 앤서니가 말했다. "그러면 일이 복잡해지겠는데."

"알아." 코트니가 담배를 비벼 끄면서 말했다.

"그 알코올 중독자 아버지가 드디어 재닛을 쫓아냈대?"

"내가 듣기론 합의에 가까운 것 같아." 코트니가 말했다. "재닛은 며칠만 있겠다고 하지만, 난 재닛을 잘 알아. 재닛을 정말 좋아하긴 하지만 걔랑 같이 지내는 건 좀 힘들어. 자기가 다른 사람한테 부담을 준다거나 호의에 기대서 너무 오래 머물고 있다는 의식이 없거든.

이 세상이 자기한테 모든 걸 빚지고 있다는 생각하니까."

"코트니, 네가 재닛을 얼마나 좋아하는지도 알고, 우리가 만나는 걸 재닛한테 말하면 안 된다는 말도 안 되는 집착을 가진 것도 알아. 내가 재닛과 만나다 말다 하다가 재닛이 널 소개해준 날에 그 관계가 끝났으니까 네가 재닛을 배신한 것 같은 기분이 드는 것도 알아. 하지만 재닛과 함께 살면서 이 사실을 숨기기는 정말 힘들다는 걸 너도 깨닫게 될 거야. 그리고 우리가 얼마나 자주 만나고 있는지도."

"음." 코트니가 말했다. "그냥 엄마한테 하는 것처럼 넌 이 주일에 한 번 정도 만나고 다른 남자친구들이 있다고 생각하게 만들어야 할 것 같아."

"아니야, 코트니." 앤서니가 참을성 있게 말했다. "네가 엄마한테 데이트한다고 말하는 남자애들을 재닛은 다 알잖아. 전부 걔가 소개해줬으니까. 안 통할 거야. 며칠만 지나면 재닛을 다른 친구 집으로 쫓아내야 할걸. 아니면 네 상냥한 거짓말이 실패할 거야."

"안 돼." 코트니가 생각에 잠겨 말했다. "그럴 순 없어. 재닛은 날 위해서 정말 많은 걸 해줬단 말이야. 걔가 날 필요로 할 때 쫓아낼 순 없어. 게다가 난 재닛이 정말 좋아. 재닛한테 문제가 있을 때 도움이 되고 싶어. 해결책은 하나밖에 없어." 코트니가 앤서니를 돌아보며 말했다. "너랑 덜 만나는 거지. 재닛이랑 칵테일 파티에 가야 할지도 몰라. 가고 싶진 않지만 의심을 사지 않으려면."

"코트니." 앤서니가 갑자기 걱정스럽게 말했다. "의리 때문에 경솔하게 굴지 마. 네가 책임감이 아주 강한 건 나도 알아. 다른 사람에게 상처 주는 걸 얼마나 싫어하는지도 알고. 재닛은 한 일 년 동안 날 반쯤 사랑했어, 나도 알아. 하지만 대단한 열정은 아니었어. 둘 다 서로한테 충실할 생각은 하지도 않았으니까."

코트니가 앤서니를 보았다. "재닛은 너랑 결혼하고 싶어했어, 너도 알잖아. 내가 돌아오고 일주일쯤 지났을 때 나한테 그렇게 말했어. 그것도 자주."

"아, 진심은 아니었어." 앤서니가 미소를 지었다. "결혼 얘기를 하긴 했지만 그냥 사귈 때 하는 그런 얘기야. 몇 년 안에 우리가 결혼할 거라고 말하긴 했지만 그냥 무심코 한 말이었어. 알잖아, '네가 첫 남편이랑 깨지고 나면 우린 정말 결혼해야 돼. 우린 참 잘 맞아.' 그런 식이었어."

"하지만 앤서니, 재닛한테 넌 중요한 사람이었어. 모르겠어? 재닛의 친구들은 다들 거의 습관적으로 재닛을 배신했어. 남자친구들은 다른 남자애들 앞에서 재닛을 비웃었고, 친구들은 남자를 소개받거나 데이트를 하려고 재닛을 이용했지. 목적을 달성하면 남자친구를 빼앗고 재닛을 버렸다고. 난 재닛이 의리 있는 친구 하나쯤은 있다고 생각하면 좋겠어, 사실이든 아니든 그렇게 믿었으면 좋겠다고. 재닛이 우릴 소개해줬는데 내가 너를 뺏은 거나 마찬가지잖아. 일 년이나 사귀었는데. 재닛이 나도 다른 애들이랑 똑같다고, 자기는 신경도 안 쓴다고 생각하면 얼마나 상처를 받을지 난 잘 알아."

"너한텐 친구가 그 정도로 중요하구나." 앤서니가 말했다.

"재닛은 그래. 걘 지금 내 우정이 필요해."

"정말로 나를 안 만날 작정이구나." 앤서니가 조용히 말했다. "정말 그렇게 할 수 있을 것 같아?"

"앤서니, 난 옳다고 생각하는 목적을 위해서라면 무엇이든 할 수 있어. 물론 그러고 싶진 않지만. 우리가 뭘 공유하고 있는지, 같이 있을 때 우리가 어떤 세상을 만드는지 너도 알잖아. 음, 너를 자주 만나지 못한다는 게 두려울 정도야. 하지만 재닛을 위해서 그렇게 해야 돼. 내가 대단히 이타적인 사람이라서가 아니라, 내가 옳다고 생각하는 걸 가지고 타협하면 절대 나 자신에게 만족할 수 없으니까." 앤서니가 말없이 한동안 그녀를 빤히 보았다.

"앤서니." 코트니가 미소를 지으며 그의 손을 잡았다. "몇 주만. 재닛의 아버지가 화를 푸실 때까지. 그 이상은 안 걸릴 거야. 재닛이 집으로 돌아가게 되면, 내가 의무를 다하고 나면 다시 만나. 그리고 만나지 못한 날들을 만회하는 거야. 괜찮지?"

"그래, 알았어." 앤서니가 미소를 지었다. "자, 이제 준비해서 플라자 호텔로 가자."

재닛은 엄청난 숙취에 시달리는 모습으로 여행 가방을 두 개 들고 약속대로 다섯 시에 왔다. 그녀는 코트니의 방으로 들어와서 빈 침대를 차지한 다음 수많은 칵테일 드레스와 이브닝 가운 세 벌을 코트니의 옷장에 넣었다. 옷장 맨 위쪽에는 재닛이 "손에 넣은" 가방이 다 올라가고 코트니의 공책과 각종 편지들은 잠시 선반에서 내려와 옷장 바닥에 자리를 잡았다. 재닛은 집에 전화를 걸어서 가정부에게 자기를 찾는 전화가 오면 코트니의 번호를 알려주라고 했다. 그런 다음 거실에 앉아서 코트니에게 말했다. "술 마시고 싶어서 혀가 튀어나올 지경이야. 해장술 말이야."

코트니는 술을 마시고 싶은 생각이 조금도 없었지만 결국 얼음을 넣은 스카치를 두 잔 만들었다. 코트니는 재닛 앞에 한 잔 내려놓고 자기 잔에 든 술을 마시면서 스스로의 결정에 따라서 앞으로 이 주일 동안 재닛에게 생활을 맞추어야 한다는 사실을 받아들였다.

"아빠를 점점 더 견딜 수가 없어." 재닛이 말했다. "도대체 어떻게 해야 할지를 모르겠어. 술 정말 맛있다, 최고야. 아까 피트네 집에서 마셜한테 전화를 했는데. 마셜 기억나지? 나랑 사귀었던, 그 편지 쓴 사람……."

코트니가 고개를 끄덕이고 지친 듯이 담배에 불을 붙였다.

"아무튼, 뉴포트에 있는 마셜에게 전화를 했더니 몇 주일 내로 돌아올 거래, 그러면 자기 집에서 같이 지내도 된대. 여름 동안 룸메이트가 코네티컷에 간다고. 그러니까 너희 집에서 나가면 거기 가서 지내면 돼."

코트니가 깜짝 놀라 고개를 들었다. "재닛, 그러지 마. 물론 내가 설교할 입장은 아니지. 하지만 이 남자랑 공개적으로 같이 사는 건 정말 바보 같은 짓이야. 연애랑은 달라. 그건 이 관계에 헌신하겠다는 뜻이야, 운명으로 따른다는 뜻이라고. 그게 바로 네가 원하는 거라고 이 세상을 향해서 선언하는 건데?"

"무슨 차이가 있어? 구분이 너무 애매하잖아."

"전혀 애매하지 않아, 재닛. 너도 네 자신을 알잖아. 넌 상처 받을 일도 일단 시작하면 그만두지 못하고 점점 더 심해지잖아. 네가 어느 날 밤에 술에 취해서 실수로 어떤 남자랑 잤다고 해봐. 그런 다음엔 멈추지를 못하잖아. 또 똑같이 술을 마시지. 그게 어떤 건지 너도 알잖아. 이 마셜이라는 남자랑 몇 주 동안 같이 살면 그걸로 끝이야.

넌 마셜이랑 헤어지고 다른 남자한테 갈 거고, 모든 사람들에게 네가 얼마나 타락했는지 보여주려고 안달할 거야. 다음 단계로 나아가면 멈추지 못할 거야, 너도 알잖아."

재닛이 날카로운 시선으로 코트니를 보았다.

"코트니, 지금 나한테 설교라도 하겠다는 거야?"

"아니야, 재닛." 코트니가 지친 듯이 말했다. "난 지금까지 너한테 설교를 하거나 가르치려고 든 적 한번도 없어. 아니, 그런 거라면 누구한테도 한 적 없어. 난 그럴 자격도 없고, 그러고 싶지도 않아."

코트니는 몇 분 동안 재닛을 물끄러미 보았다. 재닛은 열여덟 살보다 훨씬 더 많아 보였고, 당연한 것보다 훨씬 — 음, 지쳐 보였다.

"재닛." 코트니가 조용히 말했다. "스케이스브룩 다닐 때 생각나? 네가 규칙을 하도 많이 어겨서 남은 일 년 내내 외출금지를 당할 거라고 경고를 받았던 때 말이야. 그때도 난 규칙을 어기지 말라고 안 했잖아. 나도 너만큼 규칙을 어겼지만 품행 점수에서 A를 받았어. 하키장에서 산책하고 싶을 때는 친한 선생님들한테서 해질 때 운동장에 나가도 된다는 허락을 받았거든. 반입 금지된 간식을 가지고 있을 때도 있었고, 소등 뒤에 책을 읽기도 했지만 규칙을 어길 때는 신중했어. 불편하다 싶은 규칙은 다 어겼지만 한번도 걸린 적은 없어. 난 너한테 규칙을 따르라고 하지 않았잖아, 신중하게 어기라고, 벌점을 받지 말라고 했지. 너 자신을 위해서 조심하라고 말이야."

재닛이 고개를 끄덕였다.

"그때도 넌 내 말을 듣지 않았지." 코트니가 말을 이었다. "결국 넌 쫓겨났어. 아마도 네가 쫓겨나고 싶었기 때문이겠지. 넌 지금도 내 말을 신경 쓰지 않을지도 몰라. 재닛, 난 지금도 온갖 규칙을 어겨, 너만큼 나도 다 어긴다고. 하지만 난 걸리지 않잖아. 내 일을 아무에게도 말하지 않기 때문에, 아니면 배신하지 않을 사람들에게만 털어놓기 때문에 아무도 모르는 거야. 난 사람들 앞에서 내 자신에게 상처를 주지 않아."

"난 다른 사람들 따위는 눈곱만큼도 관심 없어." 재닛이 화를 내며 말했다.

"물론 관심 없겠지! 재닛, 결국 넌 어느 예일대 졸업생이랑 결혼해서 자식들도 낳고 그렇게 살 거야. 너도 알잖아. 십 년 뒤에도 네가 지금 다니는 바에 들락거리고 싶지는 않을 거 아냐. 지금 만나는 남자들보다 약간 더 나이가 많고 아마도 덜 멋있는 남자의 에스코트를 받으면서, 유쾌한 상대가 되지 못하면 버림받을 거라는 사실을 의식하면서, 그때까지도 스토크나 트웬티원, 플라자 호텔에 들락거리고 싶지는 않을 거 아냐. 네가 원하는 삶이 그런 건 아니잖아, 너도 잘 알잖아."

재닛은 말없이 술잔을 물끄러미 바라보며 앉아 있었다.

"재닛, 너 자신을 망가뜨리지 마. 겨우 열일곱 살이잖아. 넌 아직 우아하지만, 우아한 시절은 이제 얼마 안 남았어. 우리가 '젊고 무분별하다'거나 뭐 그런 나이라고 불릴 날도 그렇게 많지 않아. 사람들은 너무 심하게, 너무 쉽게 비난하거든. 그 남자랑 같이 살지 마. 그건 시작일 뿐이야, 너도 알잖아, 그 다음에는—"

재닛이 시선을 돌렸기 때문에 코트니는 말을 멈추었다. 다른 사람이라면 분노라고 생각했을 표정이었지만 그렇지 않다는 것을 코트니는 알았다.

"재닛." 코트니가 다정하게 말했다. "내가 이렇게까지 주제 넘는 말을 하는 건 널 정말 좋아하기 때문이야. 가만히 앉아서 네가 스스로에게 상처 입히는 걸 두고 볼 수가 없어. 난 꽉 막힌 사람은 절대 아니야. 그렇다고 성자도 아니고. 이런 일을 저지르기엔 넌 훨씬 주의 깊은 사람이야, 훨씬 더 훌륭한 사람이고."

당황한 재닛이 스카치를 한 모금 마시고 담배에 불을 붙였다.

"정말 재밌을 거야." 재닛이 어딘가 불안정하지만 쾌활하게 말했다. "내가 이번 가을에 턱시도 클럽에서 사교계에 데뷔할 때 우리 집에서 살고 있지 않을 거라는 뜻이잖아. 있지, 데뷔 파티는 내가 어렸을 때부터 아빠가 계획했던 거야. 아빠는 갖지 못했지만 딸한테는 해준 것들의 상징이지. 아빠한테는 그렇게나 중요할 파티인데, 막상 그때 난 집에 있지도 않는 거야. 돈도 이미 다 냈으니까 아빠가 어떻게도 할 수 없을 거야."

코트니는 한숨을 쉬고 얼음이 다 녹아버린 재닛의 잔을 들었다. 그녀는 재닛의 잔에 술을 다시 채우고 자기 것도 한 잔 더 만들었다.

"나도 좀더 신중했어야 하는 건데." 코트니가 마침내 말했다. "언젠가 누군가가 나한테 똑같은 말을 했었어— 캘리포니아에 살 때 어떤 남자가 말이야. 하지만 별 도움이 안 됐지. 난 전에 술을 마시려는 남자는 말릴 수 없다는 걸 배웠어. 이것도 마찬가지겠지."

"너희 엄마 곧 오시겠다." 재닛이 말했다.

"아마도. 여섯 시 다 됐네. 조금 있으면 오실 거야."

"나 온 거 아셔?" 재닛이 물었다.

"리허설 하실 때 내가 전화했어. 굉장히 기뻐하시더라."

"너희 어머니 요즘 텔레비전 일 진짜 많이 하시네, 맞지?"

"응." 코트니가 말했다. "이번 여름에 드라마도 하시고, 쇼랑 뭐 여기저기 출연해. 뭐 대단한 건 아니지만, 가정부를 둘 정도는 돼. 그게 심리적으로 엄마한테 굉장히 힘이 되는 것 같아, 가정부를 둘 만큼 돈을 번다는 게. 물론 아빠 없이는 안 되겠지만, 그래도 엄마한테는 그게 중요해."

코트니가 자리에 앉아서 담배에 불을 붙였다.

"있잖아." 코트니가 약간 미소를 지으며 말했다. "엄마가 일하면서 달라진 모습을 보면 정말 좋아. 참 웃기지, 다른 사람들은 대부분 이해하기 힘들 거야. 여배우라는 건 엄마가 자기 자신에게서 좋아하는 유일한 부분이야. 조각난 엄마의 인생을 하나로 모아주는 유일한 부분. 일을 안 할 때면 엄마는 사람 같지가 않아. 세상에 모습을 드러낼 권리가 없다며 집에만 틀어박혀 있어. 비벌리힐스에 살 때도 그랬어. 텔레비전 출연이 엄마한테는 몰락일 수도 있겠지만, 예전이랑 거의 똑같아지셨어. 참 웃기지. 엄마가 연기자로서 성공하고 있다는 상징들, 그러니까 새로 고용한 가정부나 새로 사들이는 옷 때문에 엄마는 한 인간으로서도 성공했다고 느끼는 것 같아. 부인한테 헌신적인 남편이 애인을 안심시킬 때처럼 말이야."

"마리는 정말 좋은 가정부야." 재닛이 말했다. "교육도 잘 돼 있고."

"엄마는 항상 며칠씩 시간을 들여서 가정부를 가르치시거든. 가정부가 새로 오면 가장 먼저 자리에 앉아서 가정부한테 풀코스를 대접하는 시늉을 해보라고 해. 그런 다음 가정부를 앉혀놓고 엄마가 직접 대접하는 시늉을 시범으로 보이지. 가정부에 대해서는 정말 완벽주의자라니까." 코트니가 씩 웃었다. "한번은 그레첸이라는 정말 괜찮은 독일인 가정부가 있었어. 삼 년 동안 일했지. 불쌍한 그레첸. 스카스데일에 살 때 어느 날 엄마가 굉장히 큰 파티를 열었어. 난 아주 어렸고. 디저트가 초콜릿 수플레였는데, 수플레를 떨어뜨리는 바람에 그레첸이 그 자리에서 잘렸어."

재닛이 그날 밤 처음으로 웃었다.

"수플레를 떨어뜨렸다고 가정부를 자르셨다고?"

"그게 그 파티의 핵심이었거든." 코트니가 설명했다. "대단한 제스처였지. 너도 우리 엄마를 이해해야 돼, 그건 정말로 논리적인 반응이야— 전혀 과도한 게 아니야."

자물쇠가 돌아가더니 코트니의 엄마가 들어왔다.

"엄마 얘길 하고 있었어요." 코트니가 말했지만 엄마는 전혀 듣지 않았다.

"재닛!" 손드라가 재닛밖에 보이지 않는다는 듯이 그녀에게 달려가면서 말했다. "무슨 일이 있었는지 코트니가 말해줬어." 손드라가 낮고 극적인 목소리로 말했다. "코트니가 너한테 우리 집에 오라고 해서 난 정말 기쁘단다."

"스카치 드릴까요, 엄마?" 코트니가 끼어들었다.

"마티니로 줘. 오늘밤에는 쇼가 없거든." 손드라가 밤에 일이 없는 것이 무척 드문 일이라는 듯이 말했다. "코트니, 마리도 재닛이 여기서 지낸다는 거 아니—"

"네, 엄마. 당연하죠."

"좋아. 오늘 저녁엔 로스트비프 먹자. 로스트비프 좋아하지?" 손드라가 재닛에게 묻자, 재닛이 고개를 끄덕였다. "코트니, 얘야." 손드라가 외쳤다. "베르무트(백포도주에 향료를 섞은 술/옮긴이) 너무 많이 넣지 마!"

"알았어요, 엄마." 코트니가 참을성 있게 말했다. "저 마티니 정말 잘 만들어요, 아시잖아요."

"오늘밤에 데이트하러 나가는 줄 알았는데, 코트니." 엄마가 말했다. "그 매력적인 애랑 말이야, 그—"

"아니에요." 코트니가 얼른 말했다. "점심 때 만났어요. 오늘밤엔 데이트 없어요."

"코트니는 요즘 사교활동에 정말 열심이지 뭐야." 엄마가 재닛에게 말했다.

"아, 그래요?" 재닛이 말했다. "새로운 바라도 찾았나봐, 코트니."

"응." 코트니가 말했다. "똑같은 데 가는 건 지겨워서."

마리가 들어왔다.

"저녁이 준비됐습니다. 패럴 부인."

"마리, 난 칵테일 한 잔 더 마실래. 십오 분 안에 갈게요."

마리가 고개를 끄덕였다. "네, 패럴 부인. 재촉하려는 건 아니었어요."

다행히도 코트니의 엄마는 곧 주제를 바꿔서 텔레비전 일에 대해서 이야기했다. 코트니는 안도의 한숨을 내쉬었다. 앞으로 이 주일 동안은 사는 것이 좀 힘들어질 것이다. 그것만큼은 분명했다.

전화가 울렸다. 코트니는 앤서니일지도 모른다는 생각에 얼른 달려가서 전화를 받았다.

"난 아직 안 들어온 거야." 엄마가 말했다. "칵테일 마시는 동안은 에이전트나 일 문제로 시달리고 싶지 않거든." 그녀가 재닛에게 설명했다. 코트니는 남몰래 미소를 지으며 전화기를 집어들었다.

"코트니 있어요?" 깊고 자신감 넘치는 목소리였다.

"전데요."

"코트니, 나 찰스 커닝엄이야. 갑자기 전화해서 미안하지만, 사무실에서 너한테 몇 번 전화했는데 집에 없다고 해서. 오늘밤에 시간 있어?"

"음, 있어." 코트니가 엄마와 재닛이 앉아 있는 거실 쪽을 보았다. "사실 오늘 저녁은 약속 없거든."

"잘됐다! 시간 없을까봐 걱정했는데. 그럼 일곱 시 반쯤에 데리러 가도 돼?"

"그래, 알았어. 우리 집이 어딘지는 알아?"

"물론이지! 그럼 이따가 봐."

"전화해줘서 고마워, 찰스."

코트니는 전화를 끊으면서 재닛이 확실히 성공적으로 자기 삶을 망치고 있다는 생각이 들었다. 코트니는 찰스를 만나지 않겠다고 결심했지만 재닛이 있을 때 찰스가 오는 것이 좋을 것 같았다. 재닛은 찰스를 만날 일이 거의 없으니까 코트니가 앤서니를 만나고 싶을 때 찰스의 이름을 대면 편할 것이다. 음, 오늘밤에는 찰스가 꼭 와야 했다. 그런 다음에도 재닛을 안심시키기 위해서 몇 번 더 오는 것이 좋을지도 모른다. 그러면 나머지 시간에 앤서니를 만날 수 있다. 찰스가 편한 구실이 될지도 모른다.

"재닛, 너 오늘밤에 데이트 있다고 했지?" 코트니가 방에서 나오면서 말했다.

"응, 피트랑. 스토크 클럽에 가려고."

"그럴 것 같았어. 좋아, 그럼 너만 두고 나가지 않아도 되겠다."

"결국 너도 나갈 거니, 코트니?" 엄마가 물었다.

"네, 찰스 커닝엄이랑요. 기억하시죠?"

"기억 안 나는데." 엄마가 말했다.

"만난 적은 한번도 없을 거예요." 코트니가 말했다. "좀 이상하네."

"요즘 찰스랑 만나?" 재닛이 물었다.

"응, 좀 됐어." 코트니가 대답했다.

"이제 그만 저녁 먹으러 들어가는 게 좋겠다." 엄마가 말했다. "얘들아, 술은 들고 들어가도 돼."

피트가 먼저 도착했고 그 다음에 찰스가 왔다. 재닛이 다 같이 스토크에 가자고 제안했다. 코트니는 기뻤다. 그녀는 찰스가 중요한 존재가 되어서는 안 된다고 결정했다. 그러므로 더블데이트를 하면 앤서니를 배신하고 다른 사람을 만나서 즐기고 있다는 생각이 덜 들 것이다.

"있잖아." 재닛과 피트가 댄스 플로어로 나가자 찰스가 코트니에게 말했다. "사실은 여기 오기 싫었어. 이 장소가 불편하거든."

"왜?" 코트니가 미소를 지었다. "애들이 너무 많아서?"

"사실은, 그래."

"정말 굉장히 집착하는구나?"

"아니." 찰스가 얼굴을 찌푸렸다. "그저 뭔가를 하는 사람들, 일하면서 사는 사람들한테 관심이 더 많을 뿐이야. 앤도버에 살 때는 사립 고등학교 애들이랑 어울렸고 예일에 다닐 때는 대학생들이랑 어울렸지. 사람은 원래 발전하는 거니까." 그가 미소를 지었다.

"난 스토크 진짜 좋아하는데." 코트니가 거만하게 말했다.

"사실이 아니라는 거 너도 알잖아." 찰스가 싱긋 웃었다.

"음, 그래. 사실은 별로 안 좋아해. 하지만 네 태도가 짜증나네. 말해봐, 넌 약점은 전혀 없어? 넌 혼자서도 완벽하고 흔들리지 않는 거냐고?"

"그런 질문 자주 들어. 물론 나도 그렇진 않아." 찰스가 담배에 불을 붙이면서 말했다. "그냥 그런 모습을 드러내지 않을 뿐이야."

재닛과 피트가 돌아와서 대화에 끼어들었다.

"세상에." 재닛이 웃었다. "정말 엄청난 곡이었어. 어, 내 술은 어떻게 된 거야?"

"네가 다 마셨잖아." 피트가 미소를 지었다. "자, 한 잔 더 가져다 줄 테니까 내 거 마셔."

찰스가 고개를 들고 피트를 잠깐 보았다.

"얼음 넣은 더블스카치 한 잔." 피트가 웨이터에게 말했다. "그리고 난 스카치랑 물 줘요."

찰스는 아무런 표정 변화 없이 시선을 내리고 담뱃재를 떨었다. 흰색 재킷을 입은 젊은 남자들이 데이트 상대를 데리고 소란스럽게 들어오자, 재닛이 고개를 들었다.

"어, 백작이잖아." 재닛이 그를 불렀다. "여기야."

백작이 고개를 들고 보더니 일행과 떨어져서 네 사람이 앉아 있는 테이블로 다가왔다.

"이야, 재닛 아니야." 백작이 비틀비틀 재닛의 어깨에 팔을 얹으며 말했다. "클럽에 갔었는데, 3번가에서 우릴 별로 좋아하지 않더라고. 그래서 여기로 왔어. 거기서 몇 놈 패줬거든." 그가 설명했다. "그랬더니 쫓아내더라고. 아무튼, 저기 앉아 있는데 갑자기 여자랑 자고 싶어서." 백작이 재닛에게 기댔다. "있잖아, 재닛." 그가 싱긋 웃으며 말했다. "오늘밤 어때?"

재닛이 웃었다.

"내 데이트 상대 가로채지 마." 피트가 말했다.

"아." 백작이 눈썹을 찡그리며 말했다. "소유욕이 강한가봐?"

"꺼져버려." 피트가 말했다.

"어, 백작." 찰스가 얼른 말했다. "술 한 잔 마실래?"

"술 좋지." 백작이 말했다.

"어떻게 생각해, 코트니?" 찰스가 말했다. "내가 마르셀 백작에게 술을 사야 할까?"

"당연하지." 코트니가 말했다. "백작한테도 술을 한 잔 사줘야지. 별 차이도 없을 거야."

"야." 백작이 자랑스럽게 말했다. "내가 간경변 때문에 제대한 거 알지? 내가 스무 살밖에 안 됐다고 말했을 때 의사 반응이 얼마나 웃겼는지 몰라. 진짜 웃겼어."

코트니가 백작을 향해 고개를 들고 귀족적인 이목구비와 이마 위로 느슨하게 내려온 한 가닥을 빼면 유럽식으로 전부 빗어 넘긴 머리 모양을 살펴보았다. 스무 살도 안 되어 보였다.

"백작." 코트니가 말했다. "왜 그렇게 술을 많이 마셔?"

"빌어먹을." 백작이 어깨를 으쓱했다. "나도 몰라. 그냥 편하게 사는 방식이지." 그러더니 갑자기 질문의 뜻을 이제야 알았다는 듯이 화를 내며 코트니를 보았다. "왜, 빌어먹을 도덕군자랑 같이 다니다 보니 너도 고지식해진 거야? 여기 커닝엄 말이야. 앤 정상이 아니야. 둘이 딱 어울리네."

코트니는 백작을 도발하고 싶지 않았기 때문에 아무 대답도 하지 않았다. 웨이터가 다가오자 찰스가 침묵을 깨뜨렸다.

"백작, 뭐 마실래?" 찰스가 조용히 물었다.

"더블 진, 얼음 넣어서. 언젠가 갚을게, 커닝엄. 어쨌든, 넌 좋은 놈이야, 제기랄." 백작이 진지하게 찰스와 악수를 했다. 그런 다음 테이블 반대쪽에서 의자를 빼서 재닛 옆에 앉았다.

"어이, 재닛." 그가 씩 웃었다. "하자, 응? 진짜로. 너 정말 끝내주는 거 알아—"

피트가 의자를 밀면서 벌떡 일어섰다.

"백작, 닥쳐. 그 정도면 충분해."

"왜 그래?" 백작이 여전히 뻔뻔하게 웃으면서 말했다. "너 정말 소유욕 장난 아니구나. 너만 재닛이랑 잔 것도 아니잖아."

백작은 여전히 침착한 태도로 피트의 분노가 폭발하는 것을 즐기려고 기다리고 있었다. 피트가 백작에게 달려드는 순간 찰스가 일어나서 피트의 양팔을 붙들었다. 식당 저 끝에 있던 지배인이 고개를 들더니 걱정스럽게 보면서 다가왔다.

"제기랄, 찰스." 피트가 말했다. "좀 놔. 저 자식 입 좀 닥치게 하게. 백작, 난 재닛이랑 안 자, 너도 알잖아. 넌 항상 너무 술에 취해서 절대 못 하니까 심술이 난 것뿐이지. 제길, 찰스, 나 좀 놓으라니까."

백작의 표정은 여전히 변하지 않았다. 그는 여전히 미소를 지으면서 가늘고 우아한 손으로 피트의 뺨을 두 대 때렸다.

"그런 헛소리는 받아들일 수 없어." 백작이 미소를 지었다.

"어이, 백작." 찰스가 그들을 향해 다가오는 지배인을 물끄러미 보면서 말했다. "저 사람들이 쫓아내기 전에 꺼져줄래? 여기서도 쫓겨나고 싶어? 시내의 모든 바에서 쫓겨나고 싶냐고."

"응." 백작이 말했다. "그거야, 바로 그거. 난 시내의 모든 바에서 쫓겨나고 싶어, 이 빌어먹을 세상의 더러운 구석구석에서 다 쫓겨나고 싶다고. 그게 바로 내가 원하는 거야."

찰스는 피트의 몸에서 힘이 빠지는 것은 느끼고 놓아주었다. 재닛이 일어섰다. 지배인이 안도하며 이제 막 가게로 들어오는 사람들을 향해 돌아섰다.

"넌 결혼하기 전에 낙태를 얼마나 하려고 그러냐?" 백작이 재닛에게 말했다.

피트가 재닛의 어깨에 팔을 둘렀다.

"먼저 간다, 찰스. 코트니." 피트가 침착하게 말했다.

재닛이 코트니를 보고 미소를 지었다. "좀 있다 들어갈게, 코트니. 문만 열어놔."

"고맙다, 찰스." 피트가 뒤로 돌아 나가려다가 덧붙였다.

찰스가 자리에 앉았고 침묵이 흘렀다. 웨이터가 다가왔다.

"여기 네 술 왔다, 백작." 찰스가 말했다. "코트니, 그만 갈까?" 그가 코트니를 위해서 의자를 빼주었다. 찰스가 돈을 낸 다음 두 사람은 얼음을 넣은 더블 진을 우울하게 바라보는 백작을 두고 나갔다.

"재닛이랑 같이 갈 걸 그랬나봐." 바깥으로 나가면서 코트니가 말했다. "재닛 진짜로 화났어. 보통은 취했을 때 일은 별로 신경 안 쓰는데."

찰스가 거리에 내린 밤을 바라보면서 코트니를 향해 돌아섰다.

"넌 재닛을 잘 모르나봐, 코트니." 찰스가 말했다. "걔들이 어딜 가든지 우리는 환영받지 못할걸."

코트니가 날카로운 눈빛으로 찰스를 보았다.

"재닛이랑 같은 파티에 간 적이 있었어." 찰스가 말했다. "그때 재닛을 두 번째로 봤지. 데이트 상대가 누구였는지는 모르겠어." 그가 생각에 잠겨서, 하지만 코트니 쪽을 보지 않고 이렇게 말했다. "분명히 재닛에게 데이트 상대가 있긴 했는데 뻗었는지 먼저 가버렸는지 그랬어. 아무튼 둘이서 침실에 들어가게 됐지. 재닛이 침대 끄트머리에 앉아서 침대에 손을 올리고 나를 올려다봤어."

"그런 말 하지 마, 찰스." 코트니가 화를 내며 말했다.

"정말이야, 코트니. 하지만 난 안 했어." 찰스가 말을 이었다. "재닛을 데리고 나와서 저녁을 먹으러 갔지. 난 재닛한테 오랫동안 얘기를 하면서 생각을 바꿔주려고, 정리를 좀 해주려고 했어." 그가 코트니를 보았다. "물론 아무 소용없었지. 너도 아마 노력해봤을 거야." 코트니가 고개를 끄덕였다. "그때 이후로 재닛은 날 싫어해." 찰스가 말했다. "고지식하다면서 말이야." 그가 미소를 지었다. "백작도 그래, 옛날엔 정말 좋은 애였는데. 몇 년 전부터 알았거든. 백작도 재닛처럼 열세 살 때부터 술을 마시기 시작했지. 술은 항상 집에 있으니까, 여자애가 엄마 하이힐을 신어보는 것처럼 부모님을 따라하는 거야. 하지만 백작의 아버지는 좋은 사람이야, 좋은 변호사지. 백작이 열 살때 돌아가셨고, 어머니한테는 백작이 가장이었어. 어떻게 시작됐는지는 나도 몰라."

찰스가 코트니를 향해 고개를 돌리고 그녀의 팔을 자기 팔에 끼우면서 미소를 지었다.

"하지만 잃어버린 세대(제1차 세계대전 이후 세상에 환멸을 느끼던 지식인과 청년들을 가리키는 표현/옮긴이)의 문제를 해결하는 건 우리 몫이야. 우린 너무 많은 애들을 잃었어." 찰스가 미소를 지었다. "그러니 여기저기서 그런 애들이 하나씩 더 나온다고 해서 이상할 것도 없지. 우리, 전통적이고 괜찮은 데 가서 한 잔 하자. 트웬티원 같은 데 말이야. 지난 세대에게는 주류 밀매소였지만 우리에게는 관습의 상징이지."

"아주 철학적인 말이네." 코트니가 말했다.

"알아. 그러니까 이제 술 마실 시간이라는 거지."

"아니." 코트니가 지친 듯이 말했다. "술은 그만. 내가 뭘 하고 싶은지 알아? 집에 가고 싶어. 이상한 건 알아, 열 시밖에 안 된 것도 알고. 하지만 난 집에 가고 싶어. 이유는 이해할 수 없지만."

"꼭 이해가 안 되는 건 아니야." 찰스가 미소를 지었다. "좋아요, 아가씨, 집에 데려다드리죠— 단 조건이 하나 있어."

"뭐야— 집에 가서 술 한 잔 달라고?"

"아니, 네가 어떤 느낌인지 알아— 너 자신은 모르겠지만. 내일 밤에 같이 저녁 먹고 극장에 가는 게 내 조건이야."

"좋아." 코트니가 별 열의 없이 말했다.

"진짜 집에 데려다주는 게 좋겠다." 찰스가 이렇게 말하면서 택시를 불렀다. "약속할게." 그가 코트니에게 문을 열어주면서 말했다. "내일 저녁에는 잃어버린 세대는 코빼기도 비치지 않을 거야."

21

꾸준히 내리는 8월의 비 덕분에 더위에서 한숨 돌릴 수 있었지만 끊임없는 비는 사람을 우울하게 만들었다. 코트니는 침대에 누워서 담배를 피우면서 어지러운 방을 둘러보았다. 재닛과 함께 한 이 주일은 이 방처럼 코트니의 삶을 혼란 속에 던져넣었다. 그래서 코트니는 하루의 첫 담배를, 항상 끔찍한 맛이라서 무엇보다도 좋아하는 아침 식사 전의 담배를 피우면서 빈 침대와 어질러진 옷과 향수병들을 보며 재닛이 망가뜨린 자신의 삶이 언제쯤 예전과 같은 조심스러운 질서로 돌아갈 수 있을까 생각했다.

재닛은 확실히 코트니의 애정 생활로 난리법석을 피웠다. 코트니는 계획보다 찰스를 훨씬 더 자주 만났다. 재닛은 코트니가 가끔 앤서니를 만난다는 사실을 알고 자기가 누구를 만나든 코트니와 찰스도 같이 가자고 했는데, 코트니가 보기에는 거의 일부러 그러는 것 같았다. 코트니는 찰스와 함께 시간을 보내는 것이 즐거웠지만— 그녀는 축축하고 흐릿한 아침 공기와 섞이는 담배 연기를 보면서 곰곰이 생각했다— 앤서니를 가끔 만날 때면 뭔가 빠진 듯한 느낌이 들었다. 코트니가 걱정했던 것처럼 두 사람이 쌓아올린 연약한 모래성을 위협적인 바깥 현실에 노출시킬 수는 없었다. 코트니는 무심코 다른 삶을 조금씩 탐험했고, 그것이 스스로 강요했던 생각처럼 삭막하고 끔찍하지 않다는 사실을 깨닫고 놀랐다. 얼떨결에 코트니는 침착하고 자신을 감싸주는 찰스의 성숙함을 즐겼고, 앤서니를 만날 때는 혼자서 즐거운 시간을 보냈다는 사실이 부끄러웠다. 앤서니를 배신하는 기분이었다. 하지만 코트니는 담배를 비벼 끄고 한 대 더 꺼내서 불을 붙이면서 재닛이 떠나면 전부 바뀔 것이라고, 앤서니와 함께 둘만의 비밀 정원으로 돌아갈 수 있으리라고 생각했다.

누군가 문을 두드렸다.

"들어와." 코트니가 무심하게 말했다. 재닛이 드디어 파티에서 돌아온 거겠지. 아홉 시였다.

"코트니, 방 꼴 좀 봐라." 엄마가 문을 열면서 외쳤다.

"알아요, 엄마. 아침 먹고 치울게요."

"네가 항상 재닛의 뒤치다꺼리를 하는구나." 엄마가 화를 내며 말했다. "아직 안 들어왔지?"

"네." 코트니가 말했다.

"코트니, 재닛이 우리 집을 이렇게 망치도록 놔둘 순 없어. 항상 아침에 들어와서 오후 내내 자니까 마리가 방을 치울 수가 없잖아. 꼭 돼지우리처럼 네 방에 옷을 다 어질러놓고."

"내 방이에요." 코트니가 말했다.

"그래, 하지만 내 집이야." 엄마가 대답했다. "늘 이렇게 더러운 꼴을 보는 것도 지겨워. 더러운 건 네 방이라고, 복잡해진 건 네 삶이고 재닛은 네 손님이라고 말하는 것도 다 좋아. 하지만 네가 내 집에 사는 이상 나도 말할 권리가 있어. 네가 이렇게 살게 놔두지 않을 거야."

"아침 먹고 치운다고 했잖아요." 코트니가 지친 듯이 말했다.

"네 책임이 아니야, 코트니. 내 딸이 재닛 파커의 하녀 노릇을 하게 둘 순 없어. 재닛한테 자기가 어지른 건 직접 치우라고 해. 재닛이 널 함부로 대하게 놔두지 마."

"엄마." 코트니가 참을성 있게 말했다. "나도 재닛한테 좀 치우라고 말했어요. 하지만 재닛이 어떤지 엄마도 알잖아요. 걘 다른 사람이 자기를 위해서 모든 걸 해줘야 한다고 생각해요. 그건 재닛도 어쩔 수 없는 문제예요, 정말. 귀찮게 굴려는 게 아니라고요."

"이 난장판 속에서 네 옷은 어떻게 찾는지 모르겠다." 엄마가 말을 이었다. "마리한테 물어봤다던 브래지어랑 슬립은 찾았니?"

"네." 코트니가 말했다. 하지만 옷장 옆에 열려 있던 재닛의 여행가방에서 찾았다는 말은 하고 싶지 않았다. 옷은 별로 중요하지 않았다. 코트니는 도둑질을 눈치챘다는 사실을 재닛에게 알리고 싶지 않았다. 코트니는 재닛이 용돈을 훨씬 더 많이 받는다는 사실을 알았지만 친구의 정신적인 문제에 끼어드는 실수는 저지르지 않기로 했다. 그래서 그냥 옷을 포기했다.

"아직도 모르겠어." 엄마가 지친 듯이 말했다. "얘, 코트니, 정말 더 이상 못 견디겠어. 난 같이 살기 편한 사람이 아니야, 그건 내 전남편 둘이 증명해줄 거야. 게다가 내가 너무 많은 걸 요구한다는 사실을 알기 때문에 망설이면서 말을 못한 거야. 하지만 선을 그어야겠다. 난 이렇게 살지 않을 거고, 이 문제로 네가 괴로워하는 걸 가만 보고 있지도 않을 거야. 재닛이야 하고 싶은 대로 해도 되지. 하지만 아무데서나 자고 돌아다니면서 집에 들어오지도 않고 네 방을 사람이 살 수 없는 곳으로 만드는 애랑 네가 꼭 같이 살 필요는 없어."

"아, 엄마." 코트니가 일어나 앉았다. "난—"

"말대꾸하지 마. 난 내 딸이 이렇게 살게 하기 싫어, 이걸로 끝이야. 나도 재닛을 좋아하지만 널 약간 더 좋아하거든. 최소한 재닛이 고마워하기라도 했으면 나도 망설였을 거야. 하지만 우리가 참아야 할 이유는 없어. 게다가 너도 알겠지만 네가 직접 나가달라고 하지 않으면 재닛은 영영 안 나갈걸. 재닛한테 사려 깊게 행동하라고 말할 수 없다는 건 알아, 걘 그럴 능력이 없으니까. 대안은 없어. 재닛이 우리의 생활방식에 맞춰줄 수 없으니까 네가 그만 나가달라고 말해야 돼."

"하지만 재닛이 아빠한테 돌아갈 순 없어요—"

"재닛한테 용기를 조금 내라고만 하면 돼, 그것뿐이야. 걔네 집안 문제를 네가 떠맡을 필요는 없잖아."

"좋아요." 코트니가 마침내 말했다. "들어오면 그만 나가달라고 할게요. 하지만 다른 사람들이 다들 그랬던 것처럼 내가 재닛을 저버렸다는 느낌을 주기는 싫어요."

"내 핑계를 대." 엄마가 말했다. "내가 참을 수 없을 정도로 신경질을 부린다고 하든지 좋을 대로 말해. 난 재닛이 나가기만 하면 돼."

손드라는 이렇게 딱 잘라 말한 다음 돌아서서 밖으로 나가 문을 닫았다. 일이 매듭지어져서 코트니는 마음이 놓일 지경이었다. 이제 예전의 삶으로 돌아갈 수 있었다. 딱 하나 걸리는 점은 재닛이 마셜에게 돌아가지 않을까 하는 걱정이었다. 재닛이 마셜의 집에서 밤을 보냈다는 사실은 코트니도 알고 있었다. 하지만 재닛이 처음 온 날 밤 이후로 계속했던 수많은 언쟁이 도움이 될지도 몰랐다. 두고 봐야 했다. 결과는 재닛에게 달려 있었다. 코트니가 할 수 있는 일이 아무것도 없는 것은 처음이었다. 엄마가 코트니 대신 결정을 내려준 것도 처음이었다.

삼십 분 후에 들어온 재닛은 이상하게 우울해 보였다. 그녀는 빨간색 칵테일 드레스를 벗고 목욕 가운을 입은 다음 흐트러진 침대에 말없이 앉아 있었다. 그런 다음 담배에 불을 붙였다.

"아침 좀 먹을래?" 코트니가 말했다. "난 이미 먹었지만 너 먹는 동안 커피 마실게."

"아니야." 재닛이 창밖으로 어둑어둑한 도시를 내다보면서 말했다.

다시 침묵이 흘렀다.

"재닛, 무슨 일 있었어? 마셜이랑 만나서 데뷔 파티에 갔던 거 아니었어?"

"데뷔 파티는 끔찍했어." 재닛이 말했다. "그리고 마셜은 기분이 안 좋았고. 그래서 일찌감치 나와서 그의 아파트로 갔어."

"어젯밤에 거기서 잤어?"

"응." 재닛이 말했다. 그녀가 혼란스러운 표정으로 코트니를 향해 고개를 돌렸다. "마셜이 나와 사랑을 나누는 걸 거부했어." 재닛이 갑자기 말했다. "끔찍했어. 너무 늦은 시간이라 너희 집으로 돌아와서 어머니를 깨우는 것도 싫었고, 내가 곁에 있으면 마셜이 좀 나아질지도 모른다고 생각했지. 그런데 마침내 마셜이 몇 년 동안 알고 지냈다는 뉴포트의 어떤 여자 얘기를 하는 거야, 마셜한테 저녁도 만들어주고 그러는 진짜 따분한 여자래. 마셜은 그 여자한테 청혼을 했고, 다음 달에 약혼을 발표할 거래. 다음 달에 말이야." 재닛이 혼자 미소를 지었다. "다음 달에 모든 일이 일어나. 마셜은 약혼하고 나는 그 지긋지긋한 데뷔를 하고. 내가 뭐 때문에 데뷔를 하는지도 모르겠어. 이제 데뷔하기도 싫어."

코트니는 아무 말도 하지 않았다. 재닛에게 엄마의 말을 전하고 싶지 않았다. 이 얼마나 지저분한 이별인가.

"마셜은 소파에서 잤어." 재닛이 갑자기 말했다. "세상에, 소파에서 말이야!" 재닛이 신경질적으로 웃음을 터뜨리더니 베개에 머리를 묻었고, 웃음은 곧 눈물로 바뀌었다. "왜 항상 이런 식이지?" 소리가 베개에 묻혀서 나머지 말을 알아들을 수 없었다. 코트니가 초조하게 담배에 불을 붙였다.

마침내 조금 차분해진 재닛이 일어나 앉았다. "이제 난 어떻게 하지." 그녀가 절망적으로 말했다.

"술 마실래?" 코트니가 제안했다.

"아침 열 신데? 무슨 상관이람."

코트니가 재닛이 마실 브랜디 한 잔과 자신이 마실 커피 한 잔을 가져왔다.

"좀 낫다." 잠시 후 재닛이 말했다. "이런 남자한테 너무 많은 의미를 둔 내가 바보겠지. 아, 됐어, 남자는 많은데 뭐. 하지만 너무 짜증나. 모든 게 너무 혼란스러워. 여기서 영원히 살 수도 없고."

코트니는 이제 재닛에게 말을 하는 편이 좋겠다고 생각했다.

"엄마가 오늘 아침에 엄청나게 신경질을 내셨어." 코트니가 말했다. "기분이 안 좋아서 그런지 폭발하시더라고. 엄마가 뭐라고 하셨냐면—"

"나더러 나가래?" 재닛이 물었다.

"응." 코트니가 안도하며 말했다. 그녀는 재닛의 얼굴을 열심히 살폈지만 아무 감정도 보이지 않았다.

"나도 언제쯤 말씀하실까 하던 중이었어." 재닛이 멍하니 말했다. "난 항상 부모님들 사이에서는 인기가 없었거든. 우리 부모님한테도 말이야." 재닛이 미소를 지었다.

"기분 나쁘지 않다니 다행이다, 재닛." 코트니가 말했다. "있지, 난 네가 안 갔으면 좋겠어."

재닛의 표정에는 여전히 아무 반응이 없었다.

"하지만 너희 아버지도 괜찮아지셨을 거야." 코트니가 말을 이었다. "이제 정신 차리셨을 거야."

"오늘밤까지는 있어도 돼?" 재닛이 거절당하기를 기다리는 것처럼 공격적으로 말했다.

"당연하지, 재닛. 나 오늘 데이트도 없어. 저녁 먹고 늦게 가. 그 사이에 너희 아버지가 잠 드실지도 모르고, 그럼 더 쉬울 거야."

"그럴지도." 재닛이 말했다.

재닛은 하루 종일 이상할 정도로 말없이 짐을 쌌다. 코트니는 재닛이 브래지어와 슬립을 돌려주지 않았음을 눈치챘지만 아무 말도 하지 않았다. 재닛의 오늘 하루는 안 그래도 충분히 힘들었다. 코트니는 마셜이 재닛과 헤어져서 정말 다행이라고 생각했다. 이제 그 문제는 걱정하지 않아도 된다. 재닛은 집으로 돌아갈 것이고, 평화가—아니면 적어도 무장 휴전이— 다시 찾아올 것이며, 코트니의 삶은 정상으로 돌아갈 수 있다. 엄마가 주장하는 아일랜드식 철학이 맞는 것 같았다. 모든 일이 정말로 최선의 상태로 돌아갔다. 그런데 그것은 볼테르 아니었나? 아무튼 이제 모든 것이 괜찮아졌고, 재닛 문제가 해결되자 코트니는 숨쉬기가 한결 편했다.

하지만 재닛의 침묵이 마음에 걸렸다. 아일랜드인의 피를 물려받았기 때문에 기분이 오락가락하는 코트니와 달리 재닛은 보통 우울함에 지지 않았지만, 지금 흐르는 침묵은 아주 우울했다. 엄마를 보거나 코트니가 직접 겪어서 아는 우울함은 세차고 격렬했기 때문에 재닛이 갑자기 뒤바뀐 계획과 아버지에게 돌아갈 수밖에 없다는 사실을 수동적으로 받아들이는 모습이 새로웠다. 재닛은 불행을 음침하게 받아들이는 지친 중년 여성 같았다. 코트니가 재닛에게서 그동안 한번도 보지 못한 모습이었다. 원래의 재닛은 거칠고 소란스럽게 화를 내면서 아버지에게 소리를 지르고 술에 취했다. 코트니는 재닛의 낯선 침묵이 당황스럽고 걱정스러웠다. 이것은 바로 씻은 듯이 새롭고 밝은 코트니의 하늘에 드리워진 유일한 구름이었다.

재닛은 저녁 식탁에서도 침묵을 지켰고, 엄마도 코트니처럼 그 침묵에 영향을 받았다. 손드라는 그것이 자신을 향한 분노의 표현이라고, 코트니가 엄마 핑계를 대면서 재닛에게 나가달라 말했기 때문이라고 생각했다.

밤늦게 코트니가 재닛과 함께 아래층으로 내려가서 집으로 가는 택시에 태우자 손드라는 그제야 마음을 놓을 수 있었다.

코트니가 돌아오자 손드라가 말했다. "아, 이제 다 끝났어, 정말 다행이다. 술 한 잔 하면서 해방을 축하할까?"

코트니가 스카치를 만들어서 엄마에게 건네준 다음 소파에 앉아서 담배에 불을 붙였다.

"내가 재닛을 내보내라고 해서 너까지 나한테 화난 건 아니겠지." 엄마가 말했다. "내가 네 성질까지 받아줄 필요는 없잖니?"

"맞아요." 코트니가 미소를 지었다. "사실은 재닛이 나가게 돼서 좋아요. 이제 제 생활도 훨씬 더 쉬워질 테니까요. 혼자서는 내보낼 수 없었을 거예요. 하지만 재닛이 걱정이에요. 분위기가 정말 이상했어요. 화를 내는 것도 아니고, 진짜 우울한 것도 아니고. 꼭 나가라고 할 줄 이미 알고 있었던 사람처럼 전부 그냥 받아들였잖아요."

"코트니." 엄마가 딸의 뒷목에 손을 올려놓으며 말했다. "재닛을 네가 걱정할 필요는 없어. 네 아빠도 나도 네가 걱정할 필요 없고. 넌 이제 겨우 열일곱 살이고, 자신의 일만으로도 걱정할 게 충분히 많잖아."

코트니가 깜짝 놀라서 고개를 들었다.

"갑자기 무슨 일이에요?" 코트니가 미소를 지으며 말했다.

"어젯밤에 네 아빠랑 저녁 먹었어." 손드라가 말했다. "그리고 오랫동안 네 얘기를 했지. 너한테 무슨 일이 있는지 우리가 모른다고 생각하진 마." 엄마는 자리에 앉아 말을 이었다. "네 인생에도 해결해야 될 문제들이 많을 거야, 너 혼자만이 풀 수 있는 문제들 말이야. 우리가 너한테 아무 말도 하지 않은 건 간섭할 권리가 없기 때문이야. 그게 바로 부모가 된다는 것의 나쁜 점이지." 그녀가 생각에 잠겨 말했다. "언젠가 너도 알게 될 거야. 자식이 상처받는 모습은 보고 싶은 않은 법이야. 내가 대신 고통을 겪고 싶고, 대신 결정을 내려주고 싶지. 하지만 그럴 순 없어. 자신이 아주 오래 전에 그랬던 것처럼, 십오 분이면 다 말해줄 수 있지만 혼자서는 몇 년이 걸려 깨닫게 되는 것들을 자식이 혼자 겪어가면서 직접 배우게 놔둬야 해."

코트니는 엄마의 얼굴을, 윤기 나는 머리카락을, 신경 써서 관리해서 아직 젊어 보이는 피부를, 엄마를 모르는 사람들은 오만함이라고 부르는 그 아는 것이 많고 자신감에 찬 표정을 보았다. 코트니가 당연하게 생각했던 것을, 엄격할 만큼 경쟁적인 세상에서 싸우며 살아온 세상을 엄마는 얼마나 알고 있을까. 손드라의 개인적인 삶은 절대 성공적이지 않았지만, 코트니는 자신이라면 더 잘 할 수 있다고 생각하면서 스스로 자기 주변에 엮어놓은 복잡한 거미줄을 헤치며 싸웠다. 하지만 코트니가 엄마를 과소평가한 것이었다. 코트니는 자신의 조심스러운 설명에 부모님이 속고 있다고 생각했다. 하지만 알고 있었다. 아주 오래 전부터 알고 있었지만 대부분의 부모님들보다 더 현명하기 때문에, 자신들이 할 수 있는 일이 하나도 없다는 사실을 알았기 때문에 아무 말도 하지 않은 것이었다. 코트니는 새삼스러운 존경심으로 엄마의 얼굴을 물끄러미 보았다.

"네가 담을 쌓고 있다는 걸 네 아빠랑 내가 몰랐을 거라고 생각하진 마. 우리랑 거리를 두면서 어른이 되려고 서툴게 노력했던 걸 말이야. 다 혼자 하겠다고 우기면서 부모님의 도움은 거절하다니, 아이들은 너무 어리석다니까."

"직접 할 수밖에 없었어요." 코트니가 마침내 말했다. "엄마가 내 삶을 대신 살아주길 바라는 건 엄마도 원하지 않으실 거잖아요. 내가 내려야 할 결정은 내가 내리기 때문에 엄마가 인간으로서 날 더 존중하는 거라고 난 굳게 믿어요."

"그렇겠지." 엄마가 말했다. "하지만 이런 얘기를 해봤자 아무 소용없어. 부모와 자식 사이의 영원한 다툼이지. 그래도 네 아빠와 내가 할 수 있는 일이 딱 하나 있어. 어제 우리가 얘기한 게 바로 그거야. 너한테 아직 말 안 했지만 나 이번 가을에 브로드웨이 연극에서 배역을 하나 맡을 가능성이 아주 높아."

"엄마, 정말 잘됐어요!"

"닉의 영화 얘기처럼 허무맹랑한 꿈이 아니야. 제작자랑 감독 모두 내가 할리우드로 가기 전부터 알던 사람들이야. 그 사람들은 나를 잘 알고 내 일을 잘 알아. 내 생각엔 이게 우리가 기다리던 기회인 것 같아." 손드라가 말을 이었다. "내가 이 역할을 따내면— 크지는 않지만 괜찮은 역할이야— 네 아빠도 월급이 올랐으니까 9월에 이 집에서 나갈 때 아빠 도움을 받아서 5번가로 옮길 수 있을 것 같아. 난 너한테 사랑스러운 집을 다시 만들어줄 책임이 있어. 이제 그렇게 해줄 수 있을 것 같아."

"모든 일이 9월 일어나네." 코트니가 생각에 잠겨 말했다.

"뭐라고?" 엄마가 말했다.

"아무것도 아니에요." 코트니가 말했다. "그냥 생각 중이었어요."

모든 일이 9월에 일어나. 코트니가 혼자 다시 중얼거렸다. 재닛이 마침내 데뷔를 하고 결국은 자기 집에서 살게 된다. 그리고 엄마와 나의 삶은 마침내 예전처럼 돌아간다. 정말로 모든 일이 최선의 결말을 맞이하다니, 얼마나 웃긴지.

코트니와 엄마가 앉아서 이야기를 나누는 아파트에서 북쪽으로 몇 블록 떨어진 집에서는 재닛 파커와 그녀의 아버지가 거실 양 끝에 서 있었다. 재닛의 여행 가방은 아직 열리지도 않은 채 복도에 놓여 있었고 레인코트가 그 위에 아무렇게나 던져져 있었다.

"그래요." 재닛이 말했다. "돌아왔어요. 하지만 아빠 때문은 아니에요. 아빤 내가 돌아오기를 바라지 않았겠지만 그만큼 나도 돌아오고 싶지 않았어요. 하지만 최소한 만나서 기쁜 척은 하셔야죠."

파커 씨는 아무 말도 없이 손에 들린 술잔만 내려다보았다.

"네 엄마가 떠났다." 그가 말했다. "네가 그 친구 집에 가고 나서 엄마가 신경질을 부렸어. 정신과 의사한테 전화했더니 요양원으로 다시 보내는 게 좋겠다고 하더구나." 그는 몸에 딱 맞는 단순한 검은색 드레스를 입은 재닛을 보았다. 재닛의 입술은 통통하고 초조해 보였고, 눈에는 분노와 경멸이 담겨 있었다. "그러니 내가 어떻게 널 봐서 기쁘겠니? 넌 네 엄마를 망가뜨리고 날 망가뜨렸어."

그가 술잔을 내려놓고 거실을 가로질러 재닛에게 다가왔다. 차갑고 아무런 감정도 없는 눈이었다. 재닛은 평생 처음으로 아빠가 무서웠다. 그녀는 자리를 지키고 서서 아빠가 다가와도 움직이려고 하지 않았다. 차갑게, 온 힘을 담아서, 아빠가 재닛을 때렸다. 재닛은 한 걸음 뒤로 휘청거렸고, 어떻게, 왜인지는 모르지만, 갑자기 감정보다 더욱 깊고 더욱 근본적인 무엇인가가 그녀를 사로잡았다. 재닛은 어느새 분노에 차올라 양손으로 아빠의 목을 조르고 있었다. 재닛은 이 사람을, 자신이 사랑하고 또 미워했던 이 남자를, 자기 아버지를 파괴하고 싶었다. 그러다가 아빠가 재닛을 덮쳐 소파 위로 쓰러뜨린 다음 마치 연인처럼 그녀의 몸 위에 눕자 재닛은 겁에 질렸다. 아빠가 재닛 위에 누워서 그녀를 통제하는 것은 너무나 이상하고 너무나 강력했다. 갑자기 감정이 모두 빠져나갔고, 재닛은 고개를 돌리고 울었다. 품에 안긴 재닛의 몸에서 힘이 빠지자 재닛의 아버지는 자리에서 일어나 창가로 걸어갔다. 재닛은 정말 다행이라고 생각했다. 아빠가 일어나서 정말 다행이야. 재닛의 아버지는 자신에 대한 미움과 증오에 휩싸여 창가에 기대어 얼굴을 손에 묻었다. 가끔 저 아래쪽 거리에서 외로운 택시의 경적 소리와 그랜드센트럴 역을 출발하는 열차 소리가 들려왔다. 어리둥절해진 재닛은 자리에서 일어나 자기 방으로 들어간 다음 양쪽 문을 다 잠갔다. 재닛은 아파트의 끔찍한 침묵을 깨뜨리려고 축음기를 틀고 볼륨을 최대로 올렸다. 축음기에 걸려 있던 스탠 켄턴의 레코드판에서 흘러나오는 「캐피톨 퍼니시먼트(Capitol Punishment)」가 비현실적인 불협화음으로 방을 가득 채우자 재닛은 침대에 누워서 눈물을 흘리지도 않고 아무 감정도 느끼지 못한 채 방금 일어난 일에 대해서 곰곰이 생각했다.

레코드판은 돌고 또 돌았다. 마침내 재닛이 침대에서 일어나 창가로 걸어가서 이른 저녁의 파크 애비뉴를 내려다보았다. 재닛은 지나가는 택시들을, 그녀를 시내의 바와 레스토랑으로 데려가던 택시들을 보았다. 그곳들에서 재닛은 하룻밤 동안 친근함과 따뜻함의 환상을 발견했었다. 이제 도시가 잠에서 깨어 어깨의 먼지를 털고 긴장과 기대 속에서 밤을 기다리는 시간이었다. 하루 중 가장 외로운 시간이었다. 재닛은 두려움 없이, 아무 감정도 없이 창가에 무릎을 꿇었다. 그녀는 잠시 망설였지만, 어떤 주저도 어떤 감정도 있을 수 없었다. 재닛은 저 아래 거리를 향해 단번에 몸을 날렸다.

22

밤사이 비가 그쳤다. 코트니는 침대에 누운 채 몸을 굴려 신선하고 깨끗하게 씻은 듯한 창밖의 아침 하늘을 본 다음 텅 빈 옆 침대와 정돈되어 보이는 방을 보고 크게 안도하며 베개를 베고 누웠다. 재닛이 마침내 집으로 돌아갔기 때문에 코트니는 이 주일 전 멈춘 곳에서부터 삶을 다시 시작할 수 있었다. 코트니는 하루를 얼른 시작하고 싶어서 침대에서 일어나 목욕 가운을 입었다. 그런 다음 주방으로 가기 전에 잠깐 멈춰서 「타임스」를 집어들었다. 코트니가 주방으로 들어가자 흰 가운 차림으로 아침 식탁에 앉아 있던 엄마가 고개를 들었다.

"잘 잤니, 코트니."

"네, 안녕히 주무셨어요 엄마." 코트니가 밝게 말했다.

"오늘 아침엔 기분이 좋은가 보구나."

"정말 기분 좋아요." 코트니가 부엌을 향해 외쳤다. "마리, 스크램블드에그, 토스트, 오렌지 주스 좀 줄래요?" 그런 다음 엄마에게 말했다. "문 앞에서 「타임스」 가져왔어요."

“정말 좋지 않니?” 코트니의 엄마가 커피를 두 잔째 마시면서 말했다. “이제 우리 집에는 우리밖에 없고, 생활이 정상으로 돌아왔으니 말이야. 오늘 아침엔 무슨 일이 있다니?”

“‘날씨는 맑고 따뜻함.’” 코트니가 신문을 읽었다. “누군가가 행정부를 공격했대요 — 케냐 무장 단체 마우마우가 봉기를 일으켰고 — 파크 애비뉴에 사는 어떤 여자애가 —”

코트니가 말을 멈추고 눈에 잘 띄지 않는 1면 구석에 실린 기사를 다시 읽었다.

> 파크 애비뉴에 거주 중인 사교계 명사 재닛 파커가 어젯밤 자살 혹은 추락사……부모님은 현재 연락이 닿지 않고……한 달 후 데뷔를 앞둔 그녀는…….

“왜 그래, 코트니? 무슨 일이야?”

코트니는 너무나 놀라고 당황해서 신문을 내려놓고 건너편 창문을 물끄러미 보았다. 그러더니 갑자기 자리에서 벌떡 일어나 방으로 달려 들어가서 문을 닫았다. 코트니의 엄마가 신문을 집어들었다.

코트니는 침대에 누워서 몇 분이 흐른 다음에야 무슨 일이 일어났는지 이해할 수 있었다. 코트니가 베개에 머리를 묻고 신경질적으로 울기 시작했다. 뒤에서 문이 열리고 엄마가 조용히 들어와서 코트니 옆에 앉았다. 엄마가 코트니의 머리에 손을 얹었다.

“나가요!” 코트니가 베개에 얼굴을 묻은 채 소리쳤다. “여기서 나가요!”

"코트니, 날 탓하는 건 아니지—"

"아니에요! 아니, 엄마 탓 안 해요!"

"재닛이 너에게 어떤 의미였는지 알아, 하지만 아무도 도와줄 수가 없었—"

"재닛 얘긴 꺼내지 마세요! 엄마는 그럴 자격이 없어요! 엄마도 부모잖아요, 제기랄, 재닛을 그렇게 만든 건 바로— 아, 나 좀 혼자 놔두세요. 재닛 이름은 꺼내지도 말고요! 어른들은 재닛 하나만도 못해요! 어른들이 재닛을 망가뜨렸어요, 어른들 모두가. 하지만 인정하지도 않겠죠! 내 방에서 나가요!"

손드라는 밖으로 나가서 조용히 문을 닫은 다음 부엌으로 갔다.

"마리, 코트니 아침은 준비 안 해도 돼요. 오늘 아침엔 기분이 아주 나쁜 것 같으니 그냥 놔두는 게 좋겠어요."

그런 다음 손드라는 코트니의 아버지에게 전화를 걸었다.

같은 날 이른 오후에 코트니가 마침내 방을 나와서 거실로 들어가자, 엄마와 아빠가 앉아서 기다리고 있었다.

"한 잔 마실래, 코트니?" 아빠가 조용히 물었다.

"응, 그럴래요." 코트니가 말했다. 그런 다음 엄마를 향해 고개를 돌렸다. "엄마, 아침에 한 말은 죄송해요. 엄마랑은 정말 상관없는데, 이해하시죠?"

"그래." 엄마가 부드럽게 말했다. "이해해. 완전히는 아니지만. 그래도 조금은 이해해."

아빠가 코트니에게 술을 건넨 다음 손드라와 자신이 마실 술도 만들었다. 위기가 생기면 로비는 항상 곁에 있었다.

그 다음 주 내내 코트니는 부모님 외에 아무도 만나지 않았다. 코트니는 어쨌든 재닛의 죽음에 대한 책임이 자기에게도 어느 정도 있다고 생각했다. 코트니가 할 수 있는 일이 있었을 것이다. 코트니는 재닛과 비슷한 또래는 아무도 보고 싶지 않았다. 재닛을 떠올리고 싶지 않았다. 앤서니와 찰스가 전화를 했지만 마리는 코트니가 없다고 말했다.

부모님은 코트니를 이해했고, 자신들이 아는 유일한 방법으로, 즉 돈을 더 많이 버는 것으로 코트니에게 새로운 삶을 주기로 결심했다. 코트니의 엄마가 여기저기 돌아다니기 시작했다. 손드라는 그런 것을 무척 싫어했지만 연극 제작자와 감독들에게 전화가 오기를 기다릴 수만은 없었다. 코트니는 손드라가 텔레비전 일만 해서 줄 수 있는 것보다 더 큰 안정감이 필요했기 때문에 그녀는 자기의 자존심이 딸의 행복을 방해하게 할 수 없었다.

코트니는 엄마가 연극 배역을 따낼 것이라고 기대하지 않았다. 더 이상은 자신의 세상이 더 나아지리라고 믿을 수가 없었다. 배역을 따내는 일은 별 수확 없이 몇 주일이 지났고, 코트니는 자기 방에 가만히 앉아서 그 사실에도 놀라지 않았다.

뉴욕의 가을이 다가오면서 날씨가 점점 차가워졌다. 닫혀 있는 코트니의 방 창문이 9월의 공기를 막았다. 엄마가 들어왔을 때 코트니의 방은 담배 연기로 가득했다.

"코트니!" 손드라가 말했다. "나 배역 따냈어!"

코트니가 올려다보았다. "유보적인 게 아니고요? 진짜 확실해요?"

"응." 엄마가 아이처럼 흥분해서 말했다. "일주일 안에 리허설을 시작할 거야!" 엄마가 침대에 앉아서 코트니의 손을 잡았다.

"모든 일이 잘 풀리고 있어, 코트니. 부동산에 전화해서 집을 좀 찾아달라고 했고, 아빠한테도 전화했어. 오늘밤에 오셔서 같이 축하하기로 했단다." 엄마가 코트니를 보았다. "넌 새로 산 그 사랑스러운 칵테일 드레스를 입는 게 좋겠다. 이제 그만 숨고 밖으로 나와야지. 코트니, 집에 틀어박혀 있는 건 좋지 않아. 너한테 얼마나 큰 충격이었는지는 알지만, 이젠 너도 사람들을 좀 만나야 돼. 그 매력적인 청년들 말이야. 아빠가 오늘 사디에서 저녁을 먹자고 하셨으니까 너도 같이 갈 사람을 한 명 불러."

"엄마, 난 정말 그러고 싶지 않아요. 그냥 엄마, 아빠랑 갈래요."

"안 돼." 엄마가 단호하게 말했다. "재미있는 친구를 꼭 데려가야 돼. 그렇게만 하면 돼."

"알았어요." 코트니가 지친 듯이 말했다.

"코트니. 이제 다 잘 될 거야. 이제 가서 전화기 들고 그동안 피했던 남자애들한테 전화해."

엄마가 나가자 코트니는 9월 초의 오후를 내다보며 담배에 불을 붙였다. 엄마는 언제나처럼 옳았다. 코트니는 그동안 숨어 있었다. 갑자기 그녀에게 너무나 잔인하고 냉혹해진 세상을 피해 숨어 있었다. 재닛을 망가뜨리고도 전혀 신경 쓰지 않는 세상. 코트니는 침대에서 일어나 창가로 걸어갔다. 재닛의 죽음은 코트니가 지금까지 외면해온 너무나 많은 것을 마주 보게 만들었다. 아주 오랫동안 코트니의 삶은 재닛의 삶과 평행을 달렸다. 재닛의 죽음은 코트니에게 유산을, 지켜야 할 약속을 남겼다. 코트니는 이상한 기분이었다. 이제 코트니는 재닛이 실패하고 포기한 곳에서부터 다시 시작해야 했다. 재닛이 코트니에게 길을 알려주는 것 같았다. 이제 코트니는 삶에서 물러날 권리가 없었다. 계속 살아야 할 의무가 있었다. 코트니는 재닛이 도망쳐버렸으며 자신이 오랫동안 도망쳐왔던 삶으로 뭔가를 이루어야 했다.

"코트니 양—"

코트니가 깜짝 놀라 뒤로 돌았다. "네, 마리. 무슨 일이에요?" 그녀가 시무룩하게 말했다.

"또 네빌 씨예요. 안 계시다고 할까요?"

"아니요." 코트니가 갑자기 말했다. "이번엔 받을게요."

"여보세요." 낮고 익숙한 목소리였다. "그동안 나 피한 거지."

"안녕, 앤서니."

"이제 칩거 생활은 끝내는 거야? 정말 보고 싶어. 네가 얼마나 마음 아플지는 알지만—"

"그 얘기는 하지 마."

"오늘밤에 만날 수 있어?"

코트니는 조금 두려워졌다. 앤서니를 다시 만나면 다시 사랑하게 될까봐, 두 사람이 서로에게 가진 예전의 그 힘에 다시 휘둘릴까봐 두려웠다. 코트니는 자신이 그것을 극복할 만큼 강한지 알 수 없었다. 하지만 곧 어떻게 해야 할지 깨달았다. 앤서니를 만나기는 하겠지만 데이트는 다른 사람과, 찰스처럼 편안한 사람과 할 것이다. 부모님과의 저녁 식사에는 찰스와 함께 갈 것이다. 코트니는 자신을 지킬 것이다. 다시는 그런 식으로 사랑을 나누지 않을 것이고, 사랑을 나누는 것이 괜찮은 나이가 될 때까지, 용인을 받을 때까지 기다릴 것이다.

"나 저녁에 데이트 있어, 앤서니." 코트니가 말했다. "하지만 잠깐 만나서 칵테일을 마실 시간은 있어."

"내가 널 설득해서 데이트를 취소시킬 수도 있겠지. 삼 주일이나 지났어, 정말 지겹도록 긴 시간이야."

"알아." 코트니가 말했다.

"그럼 플라자 호텔 바에서 만나자."

"좋아, 앤서니. 다섯 시에."

"끊을게."

"안녕."

코트니는 전화를 끊으면서 찰스는 지금 일을 하고 있겠지라고 생각했다. 찰스가 시간이 없다고 하면 부모님과 가면 된다. 코트니는 전화번호를 찾아보았다. 찰스와 함께라면 코트니 자신으로부터 안전할 것이다. 그에게는 힘과 품위가 있었다.

"찰스 커닝엄 씨 부탁드립니다."

"감사합니다. 누구시죠?"

"코트니 패럴입니다."

"안녕, 코트니?" 익히 아는 그 익숙하고 자신감에 찬 목소리였다.

"안녕, 찰스."

"재닛 소식을 들은 이후로 계속 너한테 연락하려고 애쓴 건 알고 있겠지?"

"알아." 코트니가 이렇게 말한 다음 혀로 입술을 축였다. 왜 다들 그 얘기를 꺼내는 걸까? "있잖아, 찰스, 오늘밤에 부모님이랑 저녁 식사를 하기로 했는데 혹시 같이 갈 수 있을까 해서. 엄마가 연극 배역 따낸 걸 축하하기로 했는데—"

"음, 오늘 약속 있는데. 하지만 취소할 수 있어. 그냥 하버드 법대 친구들 몇 명 만나는 거라서 괜찮을 거야. 정말 보고 싶다. 계속 걱정했어."

코트니는 참 이상하다고 생각했다.

"내가 너희 집으로 갈까?" 찰스가 물었다.

"아니." 코트니가 말했다. "그 전에 약속이 있으니까 레스토랑에서 만나. 사디에서, 일곱 시."

"좋아, 코트니."

"안녕."

이제 다 되었다. 지금부터는 전부 코트니에게 달려 있다. 코트니는 이제 시험을 겪을 것이고 이 시험에 통과하면 자신을 믿을 수 있을 것이다.

코트니가 바에 들어가자 벽에 붙은 테이블 자리에 앤서니가 앉아 있었다. 그는 깊이 생각에 잠겨 허공을 보느라 코트니를 보지 못했다. 코트니는 생각했다. 앤서니는 정말 놀라워, 정말 아름다운 청년이야. 바에 모인 사람들 중에서도 눈에 확 띄었다. 자기 세상에 푹 빠져 있는 앤서니에 비하면 다른 사람들은 지루해 보였다. 앤서니를 다시 보니, 누군가가 자신을 지켜보는 것도 모르는 그 모습을 보고 있으려니, 코트니는 도무지 모진 기분이 들지 않았다. 앤서니를 다시 만났더니 자신이 내린 결정이, 그 결의가, 앤서니와 떨어져 지내면서 명확해졌던 시야가 다시 흐릿해졌다.

"안녕, 앤서니." 코트니가 미소를 지었다.

"코트니." 앤서니가 일어서서 테이블을 밀었다. 코트니가 그의 옆에 앉았다. "뭐 마실래?"

"마티니."

앤서니가 그녀를 보았다.

"나랑 포도주 마시지 않을래?"

"좋아." 코트니가 미소를 지었다. "그렇게 하자."

앤서니는 웨이터에게 주문을 한 다음 웨이터가 물러가자 코트니를 향해 고개를 돌렸다. "보고 싶었어, 코트니. 너도 알지."

코트니는 앤서니를 찬찬히 살펴보았다.

"알아." 코트니가 말했다.

앤서니가 테이블 위에 놓인 코트니의 손에 자기 손을 얹었다.

"이제 다 예전으로 돌아갈 수 있어." 앤서니가 말했다.

"그래." 코트니가 말했다.

앤서니가 잠시 침묵 속에서 코트니를 보았다.

"정말 헛된 죽음이었어." 마침내 앤서니가 말했다. 두 사람 모두의 마음이었다. "비극은 아니었어. 불쌍한 재닛. 재닛은 비극 같은 건 몰랐어, 슬프고 헛된 죽음일 뿐이야. 난 그렇게 될 줄 알고 있었어. 우리 모두 그랬지. 하지만 우리가 할 수 있는 건 아무것도 없었어."

"그래." 코트니가 말했다. "다른 사람이 해줄 수 있는 일은 절대 있을 수 없어. 다들 각자 자신을 구해야 돼, 다른 누구도 도와줄 수 없어."

"너 저녁 때 약속 있다고 했지." 앤서니가 낮고 조용한 목소리로 말했다. "하지만 저녁 먹고 나서는 돌아올 거야?"

코트니가 깜짝 놀라 앤서니를 보았다.

"아니." 코트니가 아무 생각 없이 바로 말했다. "절대, 다시는 안 갈 거야. 난 이제 다른 삶을 살아야 해. 재닛의 무의미한 희생이 뭔가 의미를 가질 수 있도록. 내 말 무슨 뜻인지 알지?"

앤서니가 허공을 응시했다.

"그래." 그가 말했다. "알고 있었어. 통화할 때 깨달았지. 아니 그 전에, 재닛이 죽었는데도 네가 나한테 전화를 하지 않았을 때 알았어. 넌 나에게 의지하지 않았어. 하지만 넌 분명 누군가에게 기대고 싶었을 거야. 너는 내가 널 도울 수 없다는 걸 알았기 때문에 스스로에게 의지한 거야. 그때부터 난 깨닫기 시작했지. 그리고 네가 내 옆에 앉았을 때 확신했어."

침묵이 흘렀다. 현실이 다가오기 전 그 조용했던 나날, 비밀의 정원과 모래성에서 보낸 나날은 이제 지나가버렸다. 두 사람 모두 그 사실을 알았다. 현실이 다가오기 전의 나날, 현실의 문턱에서 보냈던 나날.

"앤서니—"

앤서니가 코트니를 향해 고개를 돌리고 포도주 잔을 들었다.

"어디로 갔을까." 코트니가 말했다.

앤서니가 잔을 내려놓았다.

"나도 몰라."

"우리의 모래성은 어디로 갔을까. 현실이라는 파도에 휩쓸렸나봐.

결국은 무너져버렸네. 그런 거지?"

"알아." 앤서니가 손가락으로 잔을 문지르면서 말했다. "우리가 안 만나는 사이에 그렇게 돼버렸어."

"무슨 일인지 알았다 해도 그걸 지키기 위해서 할 수 있는 일은 아무것도 없었을 거야."

"참 대단한 모래성이었어." 앤서니가 미소를 지었다. "항상 불길한 운명을 맞이하지. 아마도 그래서 아름다운 거겠지—덧없기 때문에 말이야."

"앤서니. 앤서니." 코트니가 앤서니의 손을 잡았다.

"그걸 예전처럼 다시 만들려고 하지는 마. 너도 나도 다시 만들 순 없을 거야. 그 사실을 네가 깨달았으면 좋겠어."

"알았어." 코트니가 말했다.

앤서니가 그녀의 뺨을 쓰다듬었다.

"비극이 아니야, 코트니. 너나 나나 재닛 같은 사람들은— 우리는 비극과는 어울리지 않아. 이건 대단한 연극이 아니야. 영웅적인 인물도, 엄청난 감정도 없어. 비극이 아니었어. 그냥 아이들의 게임이 끝난 것뿐이야."

"하지만 난 약간 슬퍼." 코트니가 말했다. "이렇게 되고 보니, 사실은 끝나지 않기를 바랐다는 걸 깨달았어."

"어떤 의미에서 생각하면 꼭 끝날 필요는 없어. 물론 너랑 난 끝이지. 하지만 그 아름다움은 절대 사람에게 있지 않아. 그게 소중한 건 마법 때문이야."

앤서니가 생각에 잠겨서 엄지손가락으로 코트니의 손등을 어루만졌다.

"네가 마법을 잃을 필요는 없어." 앤서니가 말했다. "굳이 날 기억할 필요도 없어, 난 중요하지 않으니까. 하지만 날 위해서 그렇게 해줘, 네 삶에서 마법이 사라지지 않게 해줘."

"노력해볼게." 코트니가 말했다. "하지만 이런 일을 겪고 나니 그 마법을, 그 믿음을 지키는 게 너무 어려워."

앤서니가 그녀를 보았다. 상냥하기만 할 때는 몰랐지만, 그의 얼굴이 성숙해 보였다.

앤서니가 말했다. "내가 네게 마법이라는 선물을 준 거라면, 평생 처음으로 누군가에게 소중한 것을 준 셈이야." 그가 포도주를 한 모금 마셨다. "누가 알겠어." 앤서니가 천천히 미소를 지으며 말했다. "대단한 건 아니야. 네게 사랑을 주는 건 다른 사람 몫이야. 나한테 사랑이 있었다면 네게 줬을 거야. 하지만 그럴 수 없었어. 내가 널 위해 줄 수 있는 건 이게 전부야. 날 위해 간직해줘."

"너무 힘들어." 코트니가 다시 말했다. "다 추해졌어, 모든 것이 너무나 가혹하고 현실적인 것 같아. 죽은 나뭇잎들이 자꾸 수영장에 떨어지고, 난 거기서 달아나고만 싶어." 코트니가 앤서니를 향해 고개를 돌렸다. "너랑 헤어지고 싶지 않아."

"너에겐 선택의 여지가 없어, 코트니. 넌 이제 자랐으니까. 하지만 난 그럴 수 없어. 재닛이 그랬던 것처럼, 나도 계속해나갈 수가 없어. 하지만 넌 할 수 있을 거야." 코트니가 일어섰다. "잘 살아야 돼, 코트니." 앤서니가 말했다.

코트니가 미소를 지었다. "너 정말 바보 같아."

"이제 갈 거야?" 앤서니가 말했다.

"응." 코트니가 말했다. "가고 싶지 않지만, 가보려고. 네가 말해준 이야기 속 소년처럼." 그녀가 미소를 지었다.

"그래야지." 앤서니가 조용히 말했다.

앤서니는 유리문 너머로 펼쳐진 고요하고 투명한 가을 저녁으로 걸어가는 코트니의 모습을 보았다. 그는 술잔을 만지작거렸다. 겨울이 오고 있었다. 이제 곧 앤서니가 남쪽으로, 그의 섬으로 가야 할 시기가 올 것이다. 여름은 정말 빨리 지나갔다.

에마 스트라우브가 『아침은 초콜릿』을 읽고서

이것은 최고의 이야기이다. 이 이야기는 세상 물정에 닳고 닳은 사람들, 뉴욕의 아파트와 할리우드의 한물간 배우들, 가족의 비극, 비트 세대 지식인들, 사립학교에서 일어나는 소녀의 짝사랑, 즉 소설을 통해서 시간을 넘나드는 이야기이다. 『아침은 초콜릿(*Chocolates for Breakfast*)』은 놀라운 소설이지만, 이 책이 이러한 형태로 여러분의 손에 들어가게 된 과정도 주목할 만하다. 나는 어떻게 해서 이 책이 1956년에 처음 출판된 후 50여 년이나 지나서 내 손에 들어왔는지 먼저 이야기하려고 한다. 그런 다음 필요하다면 시간을 넘나들도록 하자.

몇 년 전 작은 출판사가 독자들의 공개 모금을 통해서 내 책을 내면서 예약 주문을 한 독자에게 내가 쓴 연애편지를 보내주겠다고 약속했다. 연애편지를 쓰자는 것은 나의 생각이었기 때문에 — 편지 받는 걸 싫어할 사람이 어디 있을까? — 나는 기쁜 마음으로 편지를 수백 통이나 썼다. 모르는 사람에게 쓰는 편지가 가장 쉬웠다. 나는 주소를 보고 이야기를 꾸며내서 "당신은 버지니아 비치에서 가장 아름다운 여성이에요" 같은 말들을 썼다. 아는 사람들에게 보내는 편지는 몇 가지 예외는 있었지만 더욱 직접적인 감사인사였다. 예를 들면, 멋진 고수머리에 밀수 담배를 셔츠 주머니에 넣고 다니는 7학년 담당 프랑스어 겸 라틴어 교사라는 사람에게 달리 무슨 말을 할 수 있을까? 그래서 나는 이름을 부를 만큼 친한 사이도 아니면서 그 사람에게 당신은 항상 멋진 사람이었다고 말해주었다. 이 교사가 (케빈, 그렇다, 이제는 이름을 부를 수 있다) 얼마 후 내 낭독회에 참석했을 때 나는 놀라기도 하고 우쭐하기도 했다. 그날 밤 케빈은 자기 어머니도 작가였다는 말을 꺼내면서 그녀를 아느냐고 물었다. 나는 몰랐다. 그러자 케빈이 어머니의 첫 소설 『아침은 초콜릿』을 나에게 주었고, 나는 별다른 생각 없이 그 책을 가방에 넣었다.

그 책은 케빈의 어머니 패멀라 무어가 겨우 열여덟 살 때 쓴 소설이었다. 표지에 그렇다고 당당하게 적혀 있었다. 그리고 프랑수아즈 사강에 대한 미국의 응답이라고, 섹시하고 대담한 십대의 이야기라고 적혀 있었다! 소설은 이미 여러 해 전에 절판되었기 때문에 케빈은 눈에 띌 때마다 책을 사들이고 있었다. 케빈이 준 책은 책장이 누렇게 변색되었고 표지에 그림이 그려져 있었다. 케빈이 자기 어머니에 대해서 아무 말도 하지 않았기 때문에 나는 아무것도 모르는 채로 책을 읽기 시작했다. 내가 아는 것이라고는 제목이 인상 깊다는 사실뿐이었다. 아침으로 먹는 초콜릿보다 더 맛있는 것이 어디 있겠는가?

이 소설은 고양이가 좋아하는 개박하처럼 맛있고 중독성이 있다. 이야기는 학교 기숙사에서 열다섯 살 소녀 코트니 패럴과 룸메이트 재닛 파커가 빈둥거리는 장면으로 시작하는데, 재닛은 코트니가 영어 선생님인 로즌 선생님과 지나치게 친한 것이 아니냐고 놀린다.

우리는 또한 첫 장면에서 코트니의 가족에 대해서 알게 된다. 두 소녀는 이제 막 방학을 마치고 학교로 돌아온 참인데, 방학이 시작할 때 코트니의 엄마와 아빠가 각자 상대방이 코트니를 데리고 있는 줄 아는 바람에(출판사에서 일하는 아버지는 어느 섬에 가 있었고, 배우인 어머니는 캘리포니아에 있었다) 코트니는 학교에서 며칠을 혼자 보내야 했다.

이야기를 끌고나가는 것은 나이가 더 많은 작가가 중개를 하는 듯한 목소리이지만 『아침은 초콜릿』은 여전히 신선하고 현대적이다. 무어의 이야기는 약간 우울하면서도 유쾌해서 시대를 불문하고 십대 소녀들에게 딱 맞는 내용이다. 현재의 세상은 1950년대 소녀들이 겪었던 세상과 많이 다르지만 변하지 않는 것들이 있다. 코트니가 사립학교 남자애들을 만나거나 웅장하고 텅 빈 아파트에서 파티를 하는 장면들은 드라마 「가십 걸」을 연상시키고, 아침에 마시는 마티니와 연달아 피우는 담배까지 모두 갖추고 있다. 코트니가 어머니와 함께 살기 위해서 로스앤젤레스로 가면서 소설의 배경은 한때 F. 스콧 피츠제럴드가 살았던 혼돈스러운 아파트, 가든 오브 앨러로 옮겨간다. 소설의 등장인물들은 요양원을 들락거린다. 열여섯 살이 된 코트니는 아침 식사도 사주지 않는 동성애자 배우와 첫 경험을 한다. 그런 다음 슈왑스라는 가게 카운터에서 콜라를 마신다.

나는 즉시 이 소설과 사랑에 빠졌다. 이 책이 딱 맞는 순간에 나에게 왔다는 느낌이 들었는데, 지금까지 나에게 그런 느낌을 준 책은 이 땅에 단 여섯 권밖에 없었다. 그때 나는 할리우드 스타에 관한 책을 쓰는 중이었고, 가든 오브 앨러도 방문했었다. 또 나는 맨해튼의 어퍼 웨스트 사이드(『아침은 초콜릿』에서 중요하게 다루는 어퍼 이스트 사이드와는 멀지만 지난 몇십 년간 많은 변화가 있었다)에서 자랐고, 나와 친구들이 세상 물정을 다 아는 척하다가 결국 그것이 습관이 되고, 우리 성격의 일부가 되는 과정을 지켜보았다. 나는 케빈에게서 받은 책을 나의 에이전트에게 주면서 내가 지금 여러분에게 하고 있는 것과 똑같은 말을 했다. 이 멋진 책이 절판되다니, 그것은 범죄라고 말이다. 그리고 우리가 이 상황을 바꿀 것이라고도 했다.

『아침은 초콜릿』이 복간되어서 가장 기뻤던 점은 여자아이들—십대 여자아이들, 예전에 십대였던 여자들, 남자든 여자든 성인의 몸 깊숙이 숨어 있는 십대 소녀들— 이 지하철에서 넋을 잃고 이 책을 읽을 것이라는 생각 때문이다. 남자든 여자든 모든 독자들이 밑줄을 그으며 이 책을 읽은 다음 친구에게 줄 것이다(내가 줄을 그은 부분 중 하나는 다음과 같다. "코트니는 자기 엄마와 똑같았다. 물에 빠져서 죽을 지경에 처해도 최후의 반항적인 몸짓으로 구하러 오는 사람을 마다할 것이다. 구조하러 오는 사람들은 노 젓는 배를 탄 어부들일 테지만 요트를 탄 사람에게 구조되고 싶을 테니 말이다"). 나는 지금 1964년 판을 가지고 있는데, 책 뒤표지에 가장 크게 인쇄된 선전문은 "놀랄 만큼 솔직한 책"이다. 나는 이 말이 칭찬이라고 확신한다. 그렇지만 이 책이 눈에 띄는 것은 시대를 앞선 책이며 문체가 날카롭고 재기 넘치기 때문이다. 실비아 플라스의 『벨 자(*The Bell Jar*)』, 스티븐 크보스키의 『월플라워(*The Perks of Being a Wallflower*)』, J. D. 샐린저의 『호밀밭의 파수꾼(*The Catcher in the Rye*)』, 일레인 던디의 『더드 아보카도(*The Dud Avocado*)』를 사랑하는 독자라면 이 책을 읽으며 황홀함을 느낄 것이다. 이 책은 큰 잔에 가득 담긴 보드카와 자몽 주스처럼, 지난밤 파티가 끝나고 다른 사람들은 아직 깨지 않은 이른 아침에 하는 수영처럼 상큼하다.

앞에서 말했듯이 나는 책 내용을 전혀 모르는 채, 무어의 삶이 어떻게 끝났는지를 모르는 채로 이 소설을 읽었다. 무어가 이 책이 출판되고 8년 후인 1964년에 스물여섯 살의 나이로 자살했다는 이야기만 해두겠다. 이 소설에도 자살 시도가 등장한다. 실비아 플라스의 『벨 자』가 그렇듯이 이 책의 전개에는 작가가 실제 삶에서 벌였던 싸움이 투영된다. 이제는 이 소설을 읽으면서 패멀라의 인생과 관련시키지 않고 코트니를 파악하기란 어렵다. 하지만 이 책은 소설이며, 코트니는 살아남는다.

나는 최근에 케빈에게 연락을 했고, 우리 두 사람 모두 이 책의 복간 소식에 무척 들떴다. 우리는 이 놀랍고 충격적인 제목에 대해서, 왜 소설 속에서 아무도 아침 식사로 초콜릿을 먹지 않는지에 대해서 이야기했다. 등장인물들은 달걀도 먹고 블러디메리도 마시고 담배도 피우고 샴페인도 마시지만, 초콜릿은커녕 초콜릿 빵조차 등장하지 않는다. 케빈은 "초콜릿"이라는 단어가 다른 모든 것들을, 여기저기서 이 책을 검열하게 만들었을 술, 섹스, 십대 아이들의 완벽한 비참함을 나타내는 것 같다고 말했다. 『아침은 초콜릿』은 과자, 그러니까 사춘기 소녀가 생일에나 먹을 수 있는 간식 같다. 이제 인생의 복잡함과 장엄함 모두가 이 책에 무사히 담긴 채 앞으로도 많은 사람들이 즐기는 간식이 되기를 바란다.

에마 스트라우브

역자 후기

아이가 어른이 되는 과정은 얼마나 험난할까? 별 다른 고민이나 방황 없이 무사히 성인이 되는 사람도 물론 있겠지만, 아마도 사춘기에서 성인으로 넘어가는 길목은 많은 사람들이 가장 큰 성장통을 겪는 시기일 것이다. 그렇기 때문에 성장담은 언제나 많은 사람들의 관심을 받는다. 『아침은 초콜릿』 역시 그러한 성장담이지만, 이 책이 걸어온 길 역시도 특이하다.

작가인 패멀라 무어는 1937년 생으로, 열여덟 살이었던 1956년에 첫 소설인 이 책을 발표하여 주목을 받았고 책은 국제적인 베스트셀러가 되었다. 열다섯 살 소녀 커트니의 방황과 성장을 그리는 이 소설은, 「뉴욕 타임스 북 리뷰」의 표현처럼 십대 소녀가 이런 책을 쓰기는커녕 읽는다는 사실도 충격적이었을 시대였기 때문에, 그 솔직한 내용으로 화제가 되었다. 패멀라 무어는 계속 작가로 활동하면서 네 편의 소설을 더 발표했지만 첫 소설과 같은 성공을 거두지는 못했고, 다섯 번째 소설을 쓰던 중 스물여섯 살의 나이로 자살했다. 『아침은 초콜릿』은 그 후 절판되었다가 50여년 만에 복간되었다.

열여덟 살 작가가 쓴 열다섯 살 소녀의 이야기는 아무래도 진솔할 수밖에 없다. 주인공 코트니가 방황하며 반항하는 이유를 생각해보면 더욱 그렇다. 물론 코트니의 부모님은 이혼했고, 기숙학교에서는 또래 아이들과 잘 어울리지 못했으며, 어머니를 돌봐야 한다는 책임감도 있다. 하지만 코트니가 방황하는 이유는 그런 것들이 아니다. 코트니는 독립적이고 강인하지만 연약하고 불안하기도 하며, 세상물정을 다 알고 삶에 지친 듯 보이기도 하지만 사실은 빨리 어른이 되고 싶어하는 어린아이이기 때문이다. 소설의 배경은 1950년대 미국 할리우드와 뉴욕이지만 방황하는 소녀의 마음은 어느 시대 어느 곳이든 비슷할 것이다. 어느 시대 어느 곳에서든 아이에서 어른으로 가는 길은 밝은 햇살이 비치는 오솔길이 아니라 어둡고 기나긴 터널 같기만 하다. 코트니는 그 터널 속에서 재닛과 앤서니를 만난다.

하지만 어린 시절은 언젠가 끝날 수밖에 없다. 앤서니를 만나 비밀의 정원 같은 둘만의 세상에서 위로를 찾던 코트니에게 그 끝은 무척 충격적인 사건과 함께 다가온다. 둘도 없는 친구 재닛에게 일어난 사건으로 인해서 코트니는 충격과 죄책감 속에서 친구를 위해서 성장하겠다고, 터널 바깥으로 나가겠다고 결심한다. 이 책은 코트니가 그 터널 바깥으로 나가기 직전에 끝난다. 코트니의 터널 밖에는 무엇이 있었을까? 암울하게 삶을 마감한 작가가 알려주듯이 터널 바깥이라고 해서 밝은 햇살만 비치지는 않을 것이다. 하지만 슬픔 속에서 결연하게 세상으로 나선 코트니는 더 이상 추한 것으로부터 달아나지 않고 더욱 굳세게 삶을 직시했으리라고 믿고 싶다.

2014년 12월

역자